MILLENNIUM · VI

HON SOM MÅSTE DÖ
终结狩猎的女孩

〔瑞典〕大卫·拉格朗兹 著
颜湘如 译

著作权合同登记号　图字　01-2021-7533

David Lagercrantz
HON SOM MÅSTE DÖ

Hon som måste dö © David Lagercrantz & Moggliden AB, first published by Norstedts, Sweden, in 2019. Published by agreement with Norstedts Agency.
Simplified Chinese edition Copyright © 2022 by Shanghai 99 Readers' Culture Co., Ltd.
All rights reserved.

图书在版编目(CIP)数据

终结狩猎的女孩/(瑞典)大卫·拉格朗兹著;颜湘如译.—北京:人民文学出版社,2022
（千禧年小说系列）
ISBN 978-7-02-017373-0

Ⅰ.①终… Ⅱ.①大…②颜… Ⅲ.①长篇小说-瑞典-现代 Ⅳ.①I532.45

中国版本图书馆 CIP 数据核字(2022)第 144327 号

责任编辑　卜艳冰　邱小群　刘佳俊
封面设计　钱　珺

出版发行　人民文学出版社
社　　址　北京市朝内大街166号
邮政编码　100705

印　　刷　上海盛通时代印刷有限公司
经　　销　全国新华书店等

字　　数　250千字
开　　本　890毫米×1240毫米　1/32
印　　张　9.125
版　　次　2022年10月北京第1版
印　　次　2022年10月第1次印刷

书　　号　978-7-02-017373-0
定　　价　58.00元

如有印装质量问题,请与本社图书销售中心调换。电话:010-65233595

目录

1	楔　子
3	第一部　无名氏
89	第二部　高山民族
193	第三部　侍奉二主
285	尾声
287	致谢

人物与机构介绍

莉丝·莎兰德：一个令人捉摸不定、不世出的黑客高手兼数学天才，身上有刺青，还有一段坎坷的过去。追求公平正义……以及复仇，是她的最大动力。

麦可·布隆维斯特：《千禧年》杂志的首席调查记者。莎兰德协助他调查的海莉·范耶尔失踪案，是他职业生涯中最重大的报道之一。后来他则帮助洗清她的杀人嫌疑，并在一场法律诉讼中支持她争取为自己做主的权利。有时被昵称为"小侦探布隆维斯特"，意指作家阿斯特丽德·林格伦几部小说中的少年侦探。

亚历山大·札拉千科：简称札拉，又名卡尔·阿克索·波汀。叛逃到瑞典的俄国间谍，多年来一直受到瑞典国安局某个特别小组的保护。他是一个庞大犯罪组织的首脑，也是莉丝·莎兰德的父亲，莎兰德曾因母亲受到他暴力虐待而企图杀死他。他最后被国安局成员结束性命。

罗讷德·尼德曼：莎兰德同父异母的兄长，一个没有痛觉的金发巨人，在莎兰德的设计下遭杀害。

卡米拉·莎兰德：莉丝·莎兰德的孪生妹妹，是个麻烦制造者，姐妹二人关系疏远。她与犯罪帮派有关联，可能住在莫斯科。组织里的人称她为绮拉。

安奈妲·莎兰德：莉丝与卡米拉·莎兰德的母亲，四十三岁死于疗养院。

彼得·泰勒波利安：莉丝幼时的心理医师，为性虐待狂。在莎兰德的失能判定听证会上担任检方证人。

霍雷尔·潘格兰：莉丝昔日的监护人，是一名律师。极少数真正了解她并得到她信任的人之一。不久前遭泰勒波利安的同伙谋害，因为他手上握有证据，能证明莉丝小时候受到虐待。

德拉根·阿曼斯基：莉丝的前雇主，米尔顿安保公司主管。另一个受她信任的人。

蜜莉安·吴：莉丝的朋友，偶尔兼情人。有时昵称为"咪咪"。

爱莉卡·贝叶：《千禧年》杂志总编辑，布隆维斯特的密友，偶尔也是他的情妇。

葛瑞格·贝克曼：爱莉卡的丈夫，是建筑师。

玛琳·艾瑞森：《千禧年》杂志的执行编辑。

安妮卡·贾尼尼：布隆维斯特的妹妹，在莉丝的官司中担任她的辩护律师。

尤利·波达诺夫：卡米拉的组织"蜘蛛会"中的明星黑客，昔日曾是毒虫与窃贼。

艾德老大：艾德温·尼丹姆，美国国安局信息安全工程师，天赋异禀、个性率直。

杨·包柏蓝斯基：斯德哥尔摩警局的督察长，外号"泡泡警官"。

桑妮雅·茉迪：与包柏蓝斯基密切合作数年的警员，其他队友还包括史文森、傅萝与霍姆柏。

汉斯·法斯特：警员，曾与同事起过冲突，并在莎兰德案件的调查初期泄漏案情。

法拉·沙丽芙：计算机科学教授，包柏蓝斯基的未婚妻。

硫黄湖摩托车俱乐部：一个与尼德曼及札拉千科关系密切的黑帮飞车党。有些成员在过去曾受莎兰德重创。

黑客共和国：一个黑客联盟，以"黄蜂"为代号的莎兰德是其中的佼佼者。其他成员还包括瘟疫、三一与巴布狗等。

秘密警察：瑞典的国安局，暗藏一个名为"小组"的秘密单位，专门保护札拉千科。

军安局：瑞典军事情报暨安全局。

M.S.B.：瑞典民防管理局。

楔子

这年夏天，这一带出现了一个以前从未见过的乞丐。无人知晓他的名字，似乎也无人在意，但每天早上都与他擦身而过的一对年轻男女，私下称他为"矮疯子"。他身高约有一米五，不过人看上去确实疯疯癫癫，偶尔还会忽然跳起来抓住路人的胳臂，嘟嘟哝哝，胡言乱语。

一天当中大部分时间他都铺着纸板，坐在马利亚广场的喷泉与雷神索尔雕像旁边，仿佛这样多少能博得几分尊重。他昂扬着头，脊背总是挺得笔直，模样就像个落难的首脑人物。这是他仅存的社会资产，因此有些人还是会丢硬币或钞票给他，仿佛能感受到他昔日的荣光。他们想的没错，曾有一度，人们确实对他毕恭毕敬。然而他早已失去一切名声、地位，手上少了几根指头，加上脸颊的深色斑块，看起来更加落魄。那些斑块便有如死神的影子一般。

他身上唯一醒目的是那件羽绒外套，土拨鼠牌蓝色毛皮大衣，想必价格不菲。这件外套看上去一点都不搭调，不只因为沾满泥土污渍，也因为此时斯德哥尔摩正值盛夏，而它根本就是隆冬的装备。整座城市闷热不已，男人脸上汗如雨下，路人盯着他的外套，无不露出痛苦的表情，好像光是看到就热得受不了。但乞丐从未将外套脱下。

他看似沉浸在自己的世界，好像绝不可能对任何人造成威胁，但后来听说在八月初，他脸上曾出现过较坚决的表情。十一日下午，有人看到他费力地在一张画了线的 A4 纸上大书特书，当天稍晚，还将这张纸像大字报一样，贴在南站的公交站。

纸上拉拉杂杂地讲述了一场风暴，并指名道姓提到一名政府官员。当时有一个名叫爱尔莎·桑柏的年轻实习医生，正在那里等四路公交车，她勉强解读出部分内容，也因为职业关系，忍不住对他感到好奇。据她判断，他最可能罹患的是妄想型思觉失调。

可是十分钟后公交车抵达，她便将整件事抛到脑后，只带着些许不安离开。那就像希腊神话女先知卡珊德拉的诅咒：谁都不会相信这个男人，因为他说的事太疯狂了。不过他写的这些信息想必多少还是传播出去了，所以就在第二天早上，有个穿白衬衫的男人从一辆蓝色奥迪下来，将大字报撕下来，揉成一团带回了车上。

八月十四日星期五晚上，乞丐走向北铁广场，去买一点私酒，在那里遇见另一名醉汉，他来自东博腾，名叫赫基·亚威南，原本是个工人。

"喂，老兄。你很想要吗？"亚威南说。

他没有应声，一开始没有。随后却开始滔滔不绝，在亚威南听来他完全是在自我吹嘘，便不屑地说"废话一堆"，还多此一举地（他自己也承认）骂了一句带有地域歧视的话。

"我是康巴人！"乞丐冲着他吼。

然后用他残废的手打了亚威南一拳，虽然没有什么手法或技巧可言，这一拳的威力之大却出人意料。亚威南的嘴巴出了血，他一边用芬兰话不停咒骂，一边跟跟跄跄地走开，进入中央车站的地铁。

接着有人看见乞丐又回到他熟悉的小区，醉得厉害，显然也很不舒服。他嘴角流着口水，手指着喉咙喃喃地说道：

"好累……必须找到达兰萨拉和伊哈瓦，伊哈瓦很好……你知道吗？"

他并没有等待回答，而是像梦游一样穿越环城大道，将一只没贴标签的瓶子丢到地上，不久便消失在丹托伦登公园的树林与灌木丛间。夜里下了一场小雨，天亮后吹起北风。到了八点，风停了，天空放晴，乞丐却被人发现双膝跪地，倚靠在一棵桦树旁。

大街上，大家正忙着准备当天晚上的午夜长跑活动，附近一带充满热闹的节庆气氛。

乞丐死了。

没人知道，也没人在乎，这个怪人艰苦而英勇的一生令人难以想象。更没有人知道他一生只爱过一个女人，而她也一样，在另一个时期，一个人孤零零地死去。

第一部
无名氏
八月十五日至八月二十五日

　　许多死者始终姓名不详，有些人甚至没有坟墓。

　　也有人和其他成千上万的死者，一起安息在白色的十字架底下，例如法国的军人公墓。

　　少数人则被献上大大的纪念碑，例如巴黎凯旋门或莫斯科亚历山大公园的无名烈士墓。

第一章
八月十五日

　　第一个鼓起勇气过街走到树旁，发现男人已死的是作家英格拉·杜夫瓦。当时已经十一点半。可怕的气味四处弥漫，蚊蝇嗡嗡飞舞，杜夫瓦后来说，那张脸上有一种深刻而动人的感觉，这其实并不全是实话。

　　这个男人呕吐过，还有腹泻的迹象。但她感受到的并非同情，而是焦虑，且心怀恐惧地揣想自己死亡的情景。就连十五分钟后抵达现场的警员桑德拉·林德瓦与沙米尔·艾蒙，也把自己分派到的这一任务视为一种惩罚。

　　他们为死者拍照，检视四周环境，只是搜寻范围并未扩及辛肯路下方坡道，那里躺着半瓶酒，瓶底还有薄薄的一层沙粒。尽管他们俩都不认为这起事故"清清楚楚写着"犯罪二字，却仍仔细查看死者的头与胸，结果并未发现施暴迹象，也没有其他疑似死因的证据，只有嘴角流出大量口水。在与上司商量之后，决定不拉封锁线。

　　等候救护车来将尸体运走时，他们搜索了那件脏兮兮的、不成样又不合时宜的羽绒外套的口袋，找到许多透明纸张，是街头小贩包热狗用的，还有一些硬币、一张二十克朗的钞票和霍恩斯路上一间文具店的收据，但没有身份证或其他可以证明死者身份的证件。

　　他们认为要查出他的身份应该不难，因为不乏明显特征。但一如其他许多情形，这个假设又错了。在索尔纳市法医小组进行验尸时，为死者照了牙齿的 X 光，但所有数据库都找不到吻合的比对数据，他剩下的几根手指的指纹也是一样。验尸官菲德丽卡·尼曼医师在死者裤袋里发现一张纸，上面有几个手写的电话号码，于是在将部分采样送往国家鉴识实验室后，她去查了这些号码，虽然这已超出她的职权范围。

其中一个号码的主人是《千禧年》杂志的麦可·布隆维斯特。接下来几个小时,她并未多想。但稍后到了晚上,和正值青春期的女儿发生激烈争吵后,她回想起光是去年一年,就验过三具未能查明身份便下葬的尸体,不禁暗自咒骂起来,也诅咒这个人生。

她今年四十九岁,是独力抚养两个女儿的单亲妈妈,除了有背痛、失眠的烦恼,也深感人生毫无意义。于是,她未加细想便打了个电话给布隆维斯特。

电话响了,是不认识的号码,布隆维斯特不予理会。他刚刚走出家门,正沿着霍恩斯路往斯鲁森与旧城区的方向走,却不知要上哪儿去。他毫无目的地在巷弄间穿梭,最后在一间露天咖啡座坐下,点了一杯健力士啤酒。

现在是晚上七点,却仍余热未消。船岛上的笑声与鼓掌声依稀可闻,他抬头望着蓝天,感觉到水面上吹来徐徐微风,舒爽宜人。他试着告诉自己,人生毕竟不差,然而在接连喝了两杯啤酒后,还是说服不了自己,于是付了钱,他决定回家做点正事,又或者可以看看电视剧或读一本惊悚小说。

但几乎就在同一时间,他改变了主意,转而走向摩塞巴克与菲斯卡街。莉丝·莎兰德住在菲斯卡街九号。她在不在家?他完全没把握——在她的前监护人潘格兰的葬礼过后,她便开始周游欧洲,偶尔想到了才会回复一下布隆维斯特的电子邮件或短信——不过他想去碰碰运气。他走上广场阶梯,转身面向莎兰德住的公寓大楼对面的建筑。一看之下大吃一惊,只见一幅巨大的街头艺术画覆盖着整面白墙,上次来的时候还没有。画中充满超现实的细节,好像一个身穿格子花呢裤的怪老头,打赤脚站在一节绿色地铁车厢上面,是一幅值得沉迷其中的画作,但是他无暇细看。

他按了大门密码,搭上电梯后,两眼直瞪着电梯里的镜子。真没料到今年的夏天炎热又晴朗。镜中的他脸色苍白、双眼凹陷,加上整个七月都在紧追股市崩盘的新闻,压力更是沉重。这是重要的报道,毫无疑问。这次重挫的起因不仅在于股民的高估与过度预期心理，还有黑客攻击与假消息的传播。现在，凡是称职的调查记者无不深入追查，尽管他挖出了不少内幕，却又觉得即使自己不这么努力，世界依然照常运转。他实在应该给自己放个假，让亟待运动的身体动一动，或许也该多关心一下正在和葛瑞格办离婚、身心俱疲的同事爱莉卡。

电梯停了下来，当他推开铁门走出来时，已然确信这趟多半是白来了。他几乎可以肯定莎兰德不在家，也依然不理他。不料竟发现她家的房门大开，这也让他瞬间想起这整个夏天，自己有多担心她被敌人追杀。他连忙冲了进去。"有人吗……有人吗？"他高喊着，新油漆和清洁剂的味道瞬间扑鼻而来。

他听见背后响起了脚步声，楼梯上有人像牛一样喷着气息。一转身，他看见两个身穿蓝色工作服的壮硕男子正在搬一件庞然大物。他情绪太激动，一时无法理解这个再自然不过的景象。

"你们在做什么？"他问道。

"我们像在做什么？"

看起来像是两个搬家工人抬着一张蓝色沙发，这显然是出自设计师之手的时尚新家具，而他比谁都清楚，莎兰德不是个崇尚时尚装潢的人。当他正要再次开口时，就听见屋内传出说话声。他一度以为是莎兰德，不禁雀跃起来，但这只是一厢情愿的想法。那声音一点都不像她。

"贵客上门了。是什么风把你吹来的？"

他转过身，看见一名身材高挑的黑人女子站在门口凝视着他，脸上带着嘲弄的表情。她穿着牛仔裤和优雅的灰色上衣，头发编成辫子，一双杏眼炯炯有神，他不由得感到更加困惑。他认识她吗？

"不，不，我只是……"他好不容易开口说道。

"你只是？"

"跑错楼层了。"

"还是不知道那位小姐已经把房子卖了？"

他确实不知道。这下他开始觉得不自在了，尤其女子一直在对着他微笑。她转头去确认工人搬沙发时没有撞到门框，随后又回到屋里去了，他顿时松了一口气。他想要离开，去思考和消化一下这个消息，想再喝一些健力士，但整个人偏偏像被钉在原地，动也不动，目光瞄向信箱。上面的名字已不再是 V. 库拉，而是林德。谁是林德呀？他在手机上搜寻这个名字，出现了这个女人的相片。

卡蒂·林德，心理学家，也是多个董事会的非执行董事。没有太多信息，这让他备感好奇，不过他最在意的还是莎兰德。当卡蒂·林德重新出现在门口时，他也好不容易恢复了镇定。此时的她不只是面露揶揄，也被触动了好奇心，两只眼珠子飞快地转来转去。她身材苗条，手腕细瘦，锁骨突出，空气中飘着一丝幽微的香气。

"你就老实说吧，真的是跑错地方了吗？"

"这我就不回答了。"他说完立刻觉到，这不是一个好答案。

但从她的微笑看得出来，她识破了他的困惑，因此他想赶快离开，尽可能不要留下太多线索。不管林德知道多少，他绝对不会泄漏莎兰德曾化名住在这里。

"这样并没有减少我的好奇。"她说。

他笑了笑，好像整件事只是个可笑的秘密。

"所以你不是来探我的底？这个房子毕竟不便宜。"

"我应该就别再打扰你了，除非你学《教父》的手法，割了马头放在某人床上。"

"我不敢说我记得每次交谈的细节，但应该没有那回事。"

"那就好。那么祝你一切顺利。"他佯装轻松地说。搬家工人正要离开，他打算和他们一起走，但林德显然还想接着聊，两只手紧张地玩弄着辫子。他这才惊觉，原本被他解读为恼人的自信态度，其实可能是在掩饰截然不同的性格。

"你认识她吗？"她问道。

"谁？"

"本来住在这里的女生。"

他把问题丢了回去。

"你呢?"

"不认识,"她说,"我连她叫什么名字都不知道。但我还是喜欢她。"

"为什么?"

"虽然股市跌得很惨,竞价还是激烈得吓人。我实在没办法再往上加,只好放弃。没想到我还是买到了房子了,因为'那位小姐'——律师是这么称呼她的——想卖给我。信不信由你,两个礼拜就成交了!"

"不可思议。"

"可不是嘛。"

"也许你做了什么让那位小姐高兴的事?"

"其实我在媒体界最出名的就是很会和董事会里的老先生吵架。"

"说不定这是她认同的事。"

"也许吧。如果我能说动你留下来喝杯啤酒,庆祝我的乔迁之喜,我们就能再多聊聊。我不得不说……"她又迟疑了一下,"我很喜欢你写的关于那对双胞胎的报道,很感人。"

"谢谢。"他说,"非常感谢你的好意,但我真的得走了。"

她点点头,他则只是简单说了声"再见",几乎不知道自己是怎么离开的,总之就这么进入了夏夜之中。他没注意到临街入口上方新装了两部监视器,甚至没注意到正上方的热气球。他穿过摩塞巴克广场,继续往伍韦德巷的方向走去,直到约特路才放慢脚步,整个人就像泄了气的气球一样。没什么事,只是莎兰德搬走了而已,他应该觉得高兴才是。她现在比较安全了。然而,布隆维斯特并未替她感到庆幸,反而像是挨了一巴掌,真是荒谬。

她是莉丝·莎兰德,她本来就是这样,但他还是觉得受伤。至少可以透露一点风声吧?他拿出手机,想给她发条短信问一声,但不行,最好还是算了。他沿着霍恩斯路走,发现午夜长跑活动最年轻的参赛者也已经起跑了,看见有那么多家长在人行道上鼓掌喝彩,他目瞪口呆,似乎怎么也无法体会他们的兴奋之情。他必须专注精神,在参赛者人群中找空隙过马路，走到贝尔曼路后，他又接着胡思乱想，并回忆起最后一次与莎兰德在一起的情景。

那是潘格兰下葬的那天晚上，在磨坊啤酒屋，两个人都找不到话说。在那种情况下，倒也不足为奇。那次碰面，唯一让他印象深刻的是她给他的回答。

"你接下来要怎么办？"

"我要当猎人，不是猎物。"

当猎人，不是猎物。

他始终无法追问出更多解释，而他仍然记得稍后她消失在梅波加广场另一头的身影，穿着那身定做的黑色套装的她，就像被迫盛装出席某个正式场合而闹脾气的小男孩。当时是七月初，并不算太久，却感觉已经像是上辈子的事了。他一边继续往回家的路上走，一边想着这样那样的事情。当他最后打开家门、拿出一罐皮尔森啤酒坐到沙发上时，手机响了。

来电的是一位名叫菲德丽卡·尼曼的法医。

第二章

八月十五日

莎兰德人在莫斯科驯马场广场一家饭店的房间里,眼睛直盯笔记本电脑,看着布隆维斯特从菲斯卡街公寓大楼的门口走出来。他少了平日自信的神采,反倒显得有些迷惘。莎兰德忽然一阵揪心,弄不清那是什么样的感觉,也无意深究。她从屏幕前抬起眼睛,望着外面广场灯光下五彩斑斓的玻璃圆顶。

这座前不久还引不起她任何兴趣的城市,此时却像是发出声声呼唤,让她起心动念,想干脆放下一切出去狂欢。但这么做就太蠢了,她必须保持良好的自律习惯。最近,她可以说是抱着笔记本电脑过日子,有时候几乎不睡觉。不过比起长时间以来的她,现在外形倒是干净利落得多。她将头发剪短了,身上的孔洞不见了,穿的是白衬衫搭黑色套装,和葬礼上穿的一样,倒不是为了纪念潘格兰,而是已经成为习惯,也希望能更好地融入人群。

她决定率先出击,不再像一头受困猎物似的等待着,因此她现在才会出现在莫斯科,也才会在斯德哥尔摩的菲斯卡街装设监视器。但她付出了意想不到的代价,不只因为回想起过去而夜夜难眠,还因为敌人躲在层层烟幕与高深莫测的加密技术背后,让她不得不花上数小时掩盖自己的行迹,活得像个逃犯。她搜寻到的一切都来之不易,直到现在,经过一个月的努力,才终于接近目标。但这还说不准,有时候她总怀疑敌人终究还是快上一步。

今天外出勘查时,她觉得自己被监视了,有时到了夜里,她会倾听门外走廊里有无脚步声,特别是某个男人的脚步声——她很确定是男人,一个有辨距障碍的男人,步伐不规律,来到她门外时经常会放慢脚步,而且似乎也在倾听着。

她按了返回键。布隆维斯特再次带着颓丧的表情,从菲斯卡街的公寓大门走出来，她看着这幅画面，一边沉思，一边将杯中的威士忌一饮而尽。乌云飘过下议院上空，朝红场与克里姆林宫移动。暴风雨即将来临，或许这样也好。她站起身来，想冲个澡或泡个澡，最后决定换掉衬衫，改选一件黑色的，看起来更加合适。接着从行李箱的暗格中取出她抵达莫斯科第二天时买的贝瑞塔猎豹手枪，插进外套底下的枪套。她坐在床上，环视着房间。

她并不喜欢这个房间，认真说起来，她也不喜欢这家饭店，太奢华、太浮夸，楼下酒吧里有像她父亲那样的男人在社交应酬，一群自以为高高在上、可以无条件支配情妇和手下的烂人。不仅如此，还有人在盯她的梢，短信可能回报给情报机构或黑道帮派。她常常像现在这样握紧拳头坐着，随时准备应战。

她走进浴室，往脸上泼了一点冷水，但帮助不大。由于失眠的关系，额头紧绷，头有些痛。该去了吗？这么快？或许这样也好吧。她先倾听走廊上有无动静，然后才溜出去。她的房间在二十一楼，靠近电梯。已经有一名中年男子在那儿等候，长得不错，一头短发，身穿牛仔裤与皮夹克，还有和她一样的黑衬衫。她知道曾经在哪里见过这个人，他的眼睛有点奇怪，闪着不同的色泽。她故意对他视而不见，搭电梯下楼时只盯着地板看。

她进入大厅后直接走向外面的广场。正前方，大大的玻璃圆顶在黑暗中闪闪发光。在这幅旋转的世界地图底下，有一间四层楼高的购物商场，圆顶上则竖立着圣乔治与龙的铜雕。圣乔治是莫斯科的守护圣人，无论走到哪里都会碰见高举着剑的他。有时候，她会把手放在左肩胛上，保护她自己身上的龙。有时则会轻轻抚摸同一侧肩上的子弹旧伤，或是臀部上的一道刀疤，仿佛在提醒自己旧日的伤痛。

她一心想着几场大火与灾难，也想到母亲，但仍不忘谨慎地避开监视器，因此举动显得僵硬而不规律。她匆匆前往特维尔大道——这是条美丽的林荫大道，到处可见公园与花园——来到全市数一数二的豪华餐厅"凡尔赛宫"后才停下脚步。

餐厅建筑很像一座巴洛克宫廷，有圆柱、金饰与水晶，仿十七世纪风格，整个儿金光闪闪。她只希望能走得远远的，但是今晚这里有一场为莫斯科首富们举行的餐宴，她可以远远地观察准备的情形。到目前为止，只看到一小群年轻貌美的女子，八成是受雇参与盛会的应召女郎。另外还有工作人员，正在努力地做最后的准备工作。

她稍微靠近些后，看见了东道主弗拉基米尔·库兹涅佐夫，他身穿白色晚宴服和漆皮鞋站在前门，尽管年纪不大，顶多五十吧，却活像个圣诞老人，除了白发白须，还有一个与那双细腿格格不入的大肚腩。对外，他算是个成功的典范，从跌到谷底的小罪犯翻身一变，成为专精于熊肉排与蘑菇酱的名厨，但私底下却经营一大批网军，散布假消息，还经常公然夹带反犹太言论。库兹涅佐夫不仅制造混乱、影响政治选举，手上还沾染了鲜血。

他煽动大屠杀，将仇恨化为牟取暴利的工具，光是看到他站在门口，就让莎兰德精神大振。她一边抚摸着枪套里的手枪，一边环视四周。库兹涅佐夫紧张地拉扯着胡子，今晚对他来说意义非凡。

餐厅里有一支弦乐四重奏乐队正在演奏，莎兰德知道接下来俄罗斯摇摆爵士乐团即将上场。餐厅外宽阔的黑色遮雨篷下已铺设好红毯，两边拉起了绳子，密密地站满了好几排身穿灰色西装、戴着耳罩的武装保镖。库兹涅佐夫看了看表，一个客人都还没来，会不会是在玩什么游戏？谁都不想第一个到。

但路上挤满了看热闹的群众。将有重量级人物出席的消息显然走漏了风声，这不是坏事，莎兰德这么想。如此一来，她便能更轻易地混入人群。这时开始下起雨来，先是毛毛细雨，很快就变成瓢泼大雨。远方出现闪电，雷声隆隆，人群散了，只剩一些不怕苦的人撑着伞伫立不动。不久，礼车与宾客陆续抵达。库兹涅佐夫一一鞠躬迎接，他身旁的女子则负责在黑色小册子上钩记姓名。慢慢地，餐厅里充斥着中年男子与年轻的女子。

莎兰德听到里面人声嘈杂，以及四重奏较微弱的乐声。她不时瞥见事前调查时见过的面孔，也仔细观察库兹涅佐夫的表情与举动如何随着每位宾客的身份地位而变化。他会根据每个客人在他心目中的分量，以不同的微笑与行礼方式迎接，还会跟真正重要的人物开点小玩笑，只不过笑声多半都发自库兹涅佐夫本人。

他咧着嘴发出咯咯的笑声，有如宫廷里的弄臣，莎兰德就这么又湿又冷地站在那里看着这一幕。有个警卫注意到她，向另一名警卫点头示意——她太投入了，这可不妙，一点也不妙。于是她假装走开，其实是躲进稍远处一个大门入口。这时她才发现自己的手在发抖，而且应该不是湿冷的缘故。她的神经已经紧绷到濒临崩溃。

她拿出手机，确认一切准备就绪。发动攻击的时间点必须万无一失，否则她就完了。查看了一次、两次、三次，但时间一分一秒流逝，她开始心怀疑虑。雨还在下着，什么事也没发生，越来越像是又错失了一次机会。

似乎所有的宾客都已经到了，连库兹涅佐夫也进去了。宴会的气氛方酣，男士们已经开始畅饮，也开始对女孩动手动脚。她决定回饭店去。

但就在这时，又有一辆礼车到来，门口一名女子连忙进去通报库兹涅佐夫，只见他步伐蹒跚、满头大汗地走出餐厅，手上还端着一杯香槟。莎兰德最终决定留下，这个客人很重要，从警卫的举动、紧张的气氛，以及库兹涅佐夫脸上的可笑表情就能明显看出。莎兰德悄悄退回原来躲藏的门口，不料却无人下车。

没有司机在雨中跳下车来开门，车就静静地停着。库兹涅佐夫理理头发和领结，缩起肚子，把酒喝干。莎兰德不再发抖，从库兹涅佐夫的眼中，她留意到再熟悉不过的神情，于是毫不迟疑地发动了攻击。

接着将手机放进口袋，让程序代码自行运作，她则四下环顾，精准无遗地留意四周每个细节：警卫的肢体语言、他们的手与武器的距离、他们站在红毯边上彼此之间肩膀的距离、她眼前人行道上的凹凸不平与水坑。

她一动不动，近乎僵直地站在那里看着，直到司机终于走下礼车、撑开雨伞，打开后车门。随后她像猫一样往前移动，一手握住外套内的手枪。

第三章
八月十五日

布隆维斯特和手机的关系已不再那么友好,老早就该换一个私人号码,却又迟迟不肯付诸行动。身为记者,他实在不想让平民大众联系不上。可是接连不断打来的电话让他深受其扰,并感觉到去年一年当中发生了某些变化。

来电者的语气变得凶恶,有人羞辱他、有人对他大吼大叫,也有人提供夸张到极点的情报。后来他几乎都不再接陌生号码的来电,放任手机去震动、去响,就算偶尔接起来(像现在这样),也往往会不由自主地拉下脸来。

"布隆维斯特。"他应道,同时从冰箱里抓起一罐啤酒。

"很抱歉,"是一个女人的声音,"需要我稍后再打来吗?"

"不用了,"他用较温和的口气回答,接着问道,"有什么事?"

"我叫菲德丽卡·尼曼,是索尔纳市国家法医委员会的医生。"

他顿时感到一阵恐惧。

"出什么事了?"

"没什么,只是平常都会发生的事,我相信和你没有关系。不过有一具尸体……"

"是女性吗?"他打断道。

"不,不是,非常确定是男性。嗯,非常确定……这种说法还真奇怪,对吧?不过是男性没错,大概六十来岁,也可能更年轻一点,显然有个多灾多难的人生。我从没见过这么惨的情形。"

"能不能请你说重点?"

"对不起,我不是故意让你担心。我想你认识他的可能性不大,他是个穷困潦倒的人,即使在那样的圈子里也是最底层的人。"

"那么,这和我有什么关系?"

"他口袋里有你的电话号码。"

"很多人都有。"布隆维斯特烦恼地说,但立刻觉得自己的回答不得体。

"我当然明白,"菲德丽卡接着说,"你想必接电话都接到手软了。但这件事让我感触很深。"

"怎么说?"

"我认为即使再悲惨的人都应该死得有尊严。"

"这是当然。"他以此弥补片刻前缺乏同情心的态度。

"正是如此,"她说,"而且瑞典在这方面一直是个文明国家。可是最近几年,每年都有越来越多死者无法判定身份,真的让我很气馁。每个人死后都应该有明确的身份,应该有一个名字、有一份人生经历。"

"说得对。"他虽是这么说,却已经分了心,几乎是不知不觉地朝桌上放着的笔记本电脑走去。

"我相信有时候是真的有困难,"女医生说道,"但更多时候只是缺乏资源或时间,或甚至更糟的是缺乏意愿,我有种很不舒服的感觉,这具尸体就是这样。"

"为什么呢?"

"因为所有数据库都没有他的数据,因为他看起来就像个无足轻重的人,属于底层里的最底层、经常让人转眼即忘的那种人。"

"真悲惨。"他说。

他搜索着这几年来为莎兰德建立的档案。

"运气好的话,可能是我错了。"菲德丽卡说,"我已经把采样送出去,也许很快就会得知更多关于这个人的信息。我现在在家,心想也许可以试着加快一下速度。你住在贝尔曼路,不是吗?离他陈尸的地点不远,说不定你们曾经碰过面,也许他甚至还打过电话给你。"

"他是在哪里被发现的?"

"丹托伦登公园的一棵树旁。你要是见过他,一定有印象。他的脸深棕色,很脏,还有很深的皱纹,胡须稀稀拉拉。几乎可以肯定他经历过暴晒与酷寒,身体有冻伤的痕迹,而且大部分的手指和脚趾都没了。他的肌肉附着点有高度使力的迹象。我猜他是来自东南亚国家,过去可能长得相当俊美,虽然容貌饱经风霜,五官却很端正。因为肝脏受损,所以皮肤泛黄,脸颊上有一些黑斑,是皮肤坏死的斑块。相信你也知道,在验尸初步阶段,还很难判断年纪,但如我刚才所说,我猜他将近六十岁,而且濒临脱水状态已经很长时间。他个头儿不高,一米五出头。"

"我不确定,没什么印象。"布隆维斯特说。

他在档案中搜索莎兰德传来的短信,毫无所获。看起来,她最近甚至没有黑进他的计算机,不由得让他更加担心。他几乎能直觉地感受到她身陷险境。

"不仅如此,"她继续道,"我还没提到他最引人注目的地方,就是他的羽绒外套。"

"那有什么特别的?"

"那件外套很大又很厚,在这种热天应该相当醒目。"

"就像你说的,我要是看见过应该会记得。"

他关上计算机,望向窗外的骑士湾。他再次觉得,莎兰德卖掉公寓应该是明智的做法。

"但你没见过,对吧?"

"没有……"他迟疑了一下,"你能不能把照片传给我看看?"

"这样恐怕有违职业伦理。"

"你认为他是怎么死的?"

他并不完全专心。

"这个嘛,我猜是中毒身亡,无疑是他自己服下的,而最主要的当然就是酒。他满身酒臭,但也不能因此排除他体内有其他东西的可能性。过几天,鉴识实验室会告诉我更多讯息。我已经要求他们做药物检测,包含八百多个项目。不过大致上来说,他是死于缓慢而持续的器官衰竭和心脏肥大。"

布隆维斯特坐在沙发上喝光了啤酒,显然沉默太久了。

"你还在吗?"女医师问。

"我在,我只是在想……"

"想什么?"

他在想莎兰德。

"他有我的电话号码,这也许是好事。"他说。

"此话怎讲?"

"也许他觉得有故事想说,我相信这会让警方更努力地去追查。在我巅峰时期,有时候我能稍微让他们把弦绷紧一些。"

她笑了一声。

"我也相信你可以。"

"但有时只会惹恼他们。"

有时我还会惹恼自己,他暗想。

"但愿是前者。"

"是啊,但愿。"

他想要结束通话,一个人静静地想一想,偏偏女法医还想再说下去,而他又不忍心挂她电话。

"我刚才说过,他是那种通常会让人很快忘记的人,对吧?"她接着说。

"是的。"

"其实不全是这样,至少对我来说不是。感觉好像……好像他的身体想诉说什么。"

"怎么说?"

"他看起来好像经历过冰与火的试炼。诚如我所说,我从未见过这种情形。"

"是个硬汉。"

"也许吧。他衣服破烂,身上脏得无法形容,臭气熏天,可是又有一种高贵感。我想说的大概就是这个。他虽然受尽羞辱,还是保有某种尊严。他打了场漂亮的仗。"

"他是军人吗?"

"没看到打过仗的伤痕之类的。"

"或许来自某个原始部落?"

"不太可能。他看过牙医,显然也识字。他的左手腕上有一个法轮刺青。"

"我明白。"

"真的吗?"

"我明白他在某方面让你感到在意。我再听听语音信箱,看看他有没有找过我。"

"谢谢。"她说完,两个人可能又聊了一会儿,他也不确定,因为还是有点心不在焉。

挂断电话后,布隆维斯特依然坐着,陷入沉思。霍恩斯路上传来午夜长跑群众的欢呼与鼓掌声,他用手梳理了一下头发,肯定是将近三个月没剪头发了。他需要好好地整顿一下生活,甚至需要过点自己的生活,像别人一样寻欢作乐,不要只是工作,还不断把自己逼向极点。或许也该接接电话,不要只顾着埋首于那些该死的最新报道。

他走进浴室,心情并未好转。衣服还挂在那里晾着未收,洗脸台上有斑斑点点的牙膏和剃膏泡沫,浴缸里有头发。羽绒外套,他心想,在仲夏时节?这里头有蹊跷,对吧?但他就是无法专心,太多思绪一起涌入。他擦了洗脸台和镜子,把衣服折好,然后拿起手机,查看语音信箱。

有三十七通未听留言。拜托,谁都不应该有三十七通未听留言,接着他带着痛苦表情一一去听。我的老天,现在的人是怎么回事?没错,有很多人想提供情报,也有人的口气礼貌又恭敬,但大多数都只是满腔怒火。关于移民的事你在撒谎,他们怒吼道,把我们全蒙在鼓里,还保护金融金字塔顶端的犹太人。他觉得好像被泼了粪一样,随时都想挂掉,但还是勇敢地往下听,最后终于听到了一点不一样的东西。那只是短暂的困惑时刻。

"喂……喂,"是带着口音的英语,夹着粗重的呼吸声,沉默片刻后又加了一句,"进来,完毕。"

听起来像在讲对讲机,后面还有一些话,布隆维斯特听不清楚,也许是另一种语言?那个声音带着绝望与孤独。会是那个乞丐吗?有可能,但无从得知。布隆维斯特挂了电话,走进厨房,想要打电话给玛琳·傅露德或是任何能让他心情变好的人。不过他忍住了这股冲动,转而发了一条加密短信给莎兰德。她不想和他有瓜葛又如何?

他,不管以前或现在,就是放不下她。

卡米拉(现在她都自称绮拉)坐在特维尔大道上的礼车内,欣赏自己的长腿。她穿了一件迪奥的黑色礼服,搭配古驰的红色高跟鞋,紧贴领口处还有一条格拉夫钻石项链,闪耀着淡蓝色的光。

她有倾国倾城的美貌,这点她比谁都清楚,因此常常像现在这样,逗留在后座迟迟不下车。她喜欢想象一些画面:想象自己进场时,男人微微一震的神情;想象无数男人忍不住瞠目直视的模样。以往的经验告诉她,只有极少数人能鼓起勇气开口赞美她、与她四目相交。绮拉一直都梦想着能闪耀出谁也比不上的万丈光芒,此时她闭上眼,倾听雨点敲打车身,然后隔着染色玻璃窗望出去。

外面只有寥寥几名男女撑着伞微微打战,对于即将下车的人是谁,似乎没什么兴趣。她用厌烦的眼神瞄向餐厅,只见大批宾客互相举杯,说说笑笑,更里面的小舞台上站着几名乐师。还有库兹涅佐夫,眯着丑不拉叽的小眼睛,顶着大肚皮,脚步迟缓地走出来。看看那副德行!十足一个小丑。她真想下车赏他一巴掌,但她得保持风度,保持她的雍容华贵,最近那种跌入万丈深渊的感觉,丝毫都不能流露出来。手下仍未能找到姐姐的行踪,这让她怒不可遏。她原以为一旦查出她的住址与掩护身份,事情应该不难,谁知她却消失得无影无踪,就连绮拉在俄罗斯情报总局的人脉(就连葛里诺夫本人)都找不到她。他们知道有高明的黑客攻击了库兹涅佐夫的网军工厂与其他目标,或许和莎兰德有所关联,但又不确定她要负多少责任。无论如何,这一切都必须到此为止。绮拉终究需要平静。

听得见远方的雷声隆隆。一辆警车从旁驶过,她拿出镜子,对着镜中的自己嫣然一笑，仿佛在为自己打气。抬起头时，看见库兹涅佐夫不安地扭动身躯，抚弄着蝴蝶领结与衣领。那个笨蛋很紧张，这倒是好事。她想要的是他颤抖冒汗，而不是听他说那些不好笑的笑话。

"好了。"她说。于是谢尔盖下车，打开后车门。

保镖们下了车，她则是慢条斯理地等谢尔盖将伞打开，然后一脚跨到人行道上，以为会一如往常听见赞叹声、倒吸气声、惊呼声！可是没有，耳边只听见雨声，以及餐厅里演奏的弦乐声、嘈嘈切切的话语声。她心想，我要保持冷漠疏离，要把头抬得高高的，而就在她注意到库兹涅佐夫露出既期待又焦虑的笑容、展开双臂欢迎她时，感觉到一种绝对而纯粹的恐惧袭上心头。

她可以隐约感觉右肩后方、建筑物正面的稍远处，似乎有些什么，便往那个方向瞄上一眼。好像有个黑影正对着她而来，那家伙一只手放在外套里面。她想大声叫保镖，又想赶紧走上人行道，不料却全神贯注地钉在原地，仿佛明白此时此刻，哪怕只是稍微动一下，都可能致命。一个人影正在靠近，虽然只看得出一个轮廓，但她似乎已经知道那是谁了。

那人移动的态势，那坚定的步伐，让绮拉有种不祥的预感，甚至尚未能感受到十足的冲击就知道自己输了。

第四章

八月十五日

她们俩曾经有机会和平相处、不视彼此为死对头吗？或许不是完全没有可能。毕竟她们也曾有过一个重要的共同点，那就是对父亲亚历山大·札拉千科的仇恨与惧怕，怕他会打死母亲安奈妲。

当时，这对姐妹还住在斯德哥尔摩伦达路的公寓，两个人共享一个小房间，每当父亲出现（通常都是满身酒臭与烟味），将母亲拖进卧室加以强暴，她们总能听见每一声尖叫、每一记拳头、每一声喘息。有时候，莉丝与卡米拉会互相拥抱寻求慰藉，这是她们仅有的权利，但至少还有这个……有共同的恐惧、相同的脆弱。后来，连这个都被剥夺了。

她们十二岁那年，情况恶化，不仅暴力程度加剧，也越来越频繁。札拉千科开始时不时地前来同住，而且夜复一夜地殴打安奈妲。与此同时，姐妹俩的关系也悄悄起了变化，一开始并不明显，但从卡米拉眼中射出兴奋的光芒，从她踩着轻快脚步上前迎接进门的父亲，就露出了端倪。转折点就在这里。

正当冲突即将变得致命，她们分别选边站，此后便和解无望。自从安奈妲被打得奄奄一息，倒在厨房地上，大脑受到永久性伤害，加上后来莎兰德朝札拉千科丢掷汽油弹，眼看着他在奔驰车前座烈火烧身，此后的状态就是你死我活了。从那时起，过往始终有如一颗未爆弹，而多年后的此刻，当莎兰德从特维尔大道上那个门口悄悄溜出，伦达路的昔日情景宛如一连串的电光石火闪过脑海。

她身处当下，已经看清了要从哪个缝隙开枪射击，也已经完美地规划好了事后的逃跑路线。但是万万没想到往日回忆竟如此鲜明。莎兰德慢慢地、慢慢地移动，直到身穿黑色礼服的卡米拉踩着高跟鞋踏上红毯，她才加快速度，不过依然蹲低身子，悄无声息。

笑声、弦乐声与碰杯声从敞开的餐厅大门溢出，雨依然下个不停。一辆警车驶过一个个水坑。她直直地盯着警车与那一整排保镖，不知他们何时会再注意到她，是在她开枪前，还是开枪后？不得而知。不过到目前为止都没问题，四周昏暗迷蒙，而且所有目光都集中在卡米拉身上。

她光彩照人，一如既往，库兹涅佐夫看得两眼发亮，就像许多年前在学校游戏场上的那些男生。卡米拉能让停滞的一切恢复生气，这是她与生俱来的能力。莎兰德目视妹妹步态轻盈地往前走，看见库兹涅佐夫挺直背脊、张开双臂，以戒慎紧张的姿态欢迎她，也看见宾客们挤在门口争相一睹风采。但就在同一时间，路上响起莎兰德预料之中的叫喊声：

"Там, посмотрите！"（看那边！）

一名发色浅淡的塌鼻子警卫发现了她，再无犹豫的余地。

她握住枪套里的贝瑞塔手枪，感觉自己被抛入冰冷之中，就像当初将装满汽油的牛奶罐丢向父亲时的感觉。她正好来得及看见卡米拉吓得动弹不得，同时至少有三名保镖伸手拔枪。她必须立刻行动，必须快如闪电、毫不留情。

然而不知怎的，她丧失了行动力，只觉得自己被儿时的阴影再次笼罩。她发现自己不仅错失了时机，更毫无防备地面对一群武装敌人，无路可退。

卡米拉始终没看到那人的迟疑，有的只是她自己的尖叫声，以及许多头与身体瞬间移动、手枪纷纷拔出。她很肯定太迟了，她的胸口随时会被子弹炸开。不料没有人攻击她，让她得以及时跑向门口，躲在库兹涅佐夫背后。在数秒间，她只留意到自己粗重的呼吸声与周遭的骚动。

过了一会儿她才发现，自己不仅毫发无伤地脱险，情势也逆转成对她有利。如今有性命危险的不再是她，而是那边那个黑影，她仍尚未看清长相的黑影。那个人低着头在看手机。一定是莉丝。卡米拉感觉到喉头有一股嗜血的渴望，恨不得看到那个人痛苦而死，此时已平静下来的她开始观察起眼前混乱的景象。

看起来比她想象的还要好。她身旁环绕着身穿防弹背心的保镖，莉丝则孤身一人站在人行道上，还有无数支枪对着她。这真是再美好不过了。卡米拉真想将这一刻拉长，也已经看得出这将会是让自己回味无穷的一刻。莉丝完蛋了，她很快就会被消灭，为了避免让任何人有机会犹豫，卡米拉尖声喊道：

"开枪！她想杀我。"

喊声方落，她甚至以为自己听到了枪声夹杂着尖锐的鸣笛声，似乎有一辆警车直奔她而来。她能真切感受到嘈杂的噪声在体内迸发，虽然已经看不见莉丝（因为眼前有无数人头攒动），她仍想象着姐姐在弹雨中倒地，身卧血泊，性命垂危。

但是没有……事情不太对劲。那不是手枪的声响，那是……什么呢？炸弹爆炸？一个震耳欲聋的噪声从餐厅内破空而出，尽管卡米拉一秒钟也不想错失看着莉丝受辱毁灭的机会，却忍不住瞪着餐厅里面的群众。她完全无法理解眼前的景象。

小提琴手已经停止演奏，目瞪口呆地看着面前的餐宴宾客。许多人呆立原地，双手捂着耳朵，也有人揪着胸口或是惊恐尖叫，但多数人都惊惶地冲向出口。直到餐厅门蓦地打开，第一批客人奔向雨中，卡米拉这才明白，那不是炸弹，而是音乐，由于声量调高到疯狂的地步，几乎听不出是声音，这更像是高频的声波攻击。

有个年纪较长的光头男子嚷嚷着问道："这是怎么回事？是怎么回事？"有个身穿深蓝色短礼服、年纪顶多二十岁的女子，双手抱头跌跪在地，好像生怕天花板砸下来。库兹涅佐夫就站在她身边，嘴里不知在说些什么，话语全淹灭在刺耳的响声中，这时候卡米拉才意识到自己犯的错。她竟然分神了，当她愤怒地将视线转回街上，越过红毯、越过警车看去，姐姐已经不见踪影。

她好像遁地了似的。卡米拉绝望地环视着这有如群魔乱舞的混乱场面，看着宾客们惊慌尖叫。正当她发出一声失望的怒吼，肩膀忽然遭受一记重击，她砰的一声倒下，手肘和头撞到地面。就在她额头隐隐作痛、嘴唇流血、四周人马杂沓之际，从自己正上方传来一个冰冷熟悉的声音说："你等着吧，妹妹，我会报仇的。"但卡米拉太过恍惚，一时没反应过来。

等到她抬起头能看清楚的时候，莉丝已经无影无踪，只见仓皇的群众从餐厅鱼贯而出。她再次高喊道："杀了她。"但就连她自己也不再相信能做到。

库兹涅佐夫并未注意到绮拉跌倒在地，对周围的狂乱也几乎视而不见。在一片扰攘中，他听到了比什么都更令他害怕的东西，那是一串字句伴随着断续、颤动的节奏咆哮而出，起先他根本不相信自己的耳朵。

他摇着头喃喃自语"不会的，不会的"，试图把它当成自己的可怕想象，当成狂热幻想给自己开的玩笑，置之不理。但真的是那首曲调，那梦魇般的曲调，他真想一头钻进地底，就此死去。

"不可能是真的，不可能是真的。"他哀号道，但合唱声对着他大声鸣放，犹如手榴弹的冲击波：

> 以谎言毁灭世界
> 给予领袖们力量
> 瘫痪一切
> 以仇恨喂养杀人者
> 切割、破坏、祝贺
> 但绝不、绝不
> 道歉妥协

这世上再没有其他歌曲能让他如此茫然若失，相较之下，不管是期待已久的宴会毁于一旦，还是可能因为让寡头政治当权者的耳膜受损而遭到起诉，都无所谓了。他现在满脑子只想着这首乐曲，想着此时此刻被播放出来,就表示有人长驱直入他最隐晦的秘密。这下恐怕会在世人面前丢尽颜面,慌张之余,他不由得感到胸闷、呼吸困难,但仍极力摆出若无其事的模样。当手下终于设法消除了噪声后,他才假装松了一口气。

"各位女士先生,还请大家见谅。"他试着压过喧闹声说道,"这就证明了绝对不能太信赖科技,小弟在此深深致歉。不过宴会还是要继续,请各位开怀畅饮,饮料非常充足,当然其他各项招待也是一样……"

他左顾右盼,寻找一些穿着清凉的女郎,仿佛想借由穿插美色来挽救局面。但只见寥寥几名年轻女子背靠着墙,已被吓得魂飞魄散,他也始终没能把话说完。宾客们看得出来,他快撑不下去了,由于乐师们从他面前鱼贯而出,多数宾客似乎也迫不及待地想赶回家去。对此,库兹涅佐夫其实心存感激,因为他现在只想一个人好好想一想,该如何面对自己的恐惧。

眼下该打电话找律师和他的人脉了,但愿能获得些许慰藉。库兹涅佐夫背后有强有力的靠山,但他毕竟不够坚强,当《以谎言毁灭世界》在他举办的奢华私人派对上播放出来时,还是让他无法承受。

发生这种事,他便又被打回了小瘪三、二流罪犯的原形。当初多亏一次奇迹似的好运气,他才会在某天下午去洗桑拿的时候遇见两名下议院议员,进而对他们信口吹嘘一番。库兹涅佐夫别无长才,既没受过什么教育,也没有什么特殊技能,就是会天花乱坠地吹牛,而光是这点似乎也就够了。从那时起,他努力结交权贵,至今手下已有数百名员工,其中大多数比他本人聪明得多,有数学家、策略家、心理学家、黑客、计算机科学家、工程师,以及人工智能与机器人专家。他有钱有势,而最重要的是,外界没有人会把他和情报组织及谎言联系在一起。

他巧妙地隐瞒了自己的责任与持股权,最近更为此感谢老天保佑。倒不是因为他插手股市的崩盘(其实恰恰相反,他反而认为这是值得夸耀的事),而是因为他的行为催生了一首硬式摇滚抗议歌曲。

在每一场示威活动中,都会播放这首歌来抗议谋杀,他也每次都提心吊胆,生怕和自己的名字扯上关系。直到最近这几个星期忙着筹备宴会,生活才总算恢复正常。今晚他又能谈笑风生、大吹牛皮,还有一个接着一个贵客光临。他挺起胸膛,享受这种滋味,没想到那首歌又冷不防地被放出来,而且声音响得让他头痛欲裂。

"妈的,去他妈的!"

"你说什么?"

有位戴着帽子、拄着拐杖的老绅士——库兹涅佐夫心慌意乱,一时想不起他是谁——不以为然地看着他。虽然他很想叫这个老人家闪一边去,可又担心对方可能比自己更有权势,只好尽可能地礼貌回话。

"请原谅我口不择言,我只是太生气了。"

"你应该检查一下你的计算机系统。"

说得好像我都在忙其他事情似的,他暗忖。"和那个没关系。"他回答。

"那是什么问题?"

"好像是……电力问题。"他说。

电力问题。他是白痴还是怎样?难道是电线忽然短路,自己播放起了《以谎言毁灭世界》?他自觉丢脸,连忙看向别处,可怜兮兮地朝最后一批快速钻进出租车正要离去的宾客挥手。餐厅里的人越来越少,他四处张望着,寻找年轻的总技师费利克斯。那个没用的废物跑哪儿去了?

最后终于发现他在舞台边打电话,他的下巴留了一撮可笑的山羊胡,身上的晚宴西装荒谬得活像套了个布袋。他显得十分焦躁,这也是理所当然。这个笨蛋明明说不可能出问题,结果现在天都塌下来了。库兹涅佐夫气愤地向他猛打手势。

费利克斯草草地挥手回应,库兹涅佐夫真想揍他一拳,或是抓住他的头去撞墙。但是最后当费利克斯慢慢走过来时,库兹涅佐夫却有截然不同的反应,口气听起来很无助。

"你听到那是什么歌了吗?"

"听到了。"费利克斯说。

"所以说外面有人知道。"

"大概吧。"

"你觉得接下来会怎样?"

"不知道。"

"有没有可能会被勒索?"

费利克斯没有回答,只是咬咬嘴唇,库兹涅佐夫茫然盯着外面的街道看。

"我觉得有可能更糟。"费利克斯说。

别这么说,库兹涅佐夫心想,别这么说,嘴里却问:

"为什么?"

他声音变得沙哑。

"因为波达诺夫刚刚打电话来……"

"波达诺夫?"

"绮拉的人。"

绮拉,他心中暗忖,美艳、可恨的绮拉,这时他猛然想起,一切好像就从那一刻开始,当她美丽的脸蛋扭曲成可怕模样,嘴里大喊"开枪!杀!",两眼直直地盯着较远处墙边的黑影那一刻。回想起来,接下来的刺耳噪声似乎与这一切有关。

"波达诺夫说了什么?"他问。

"说他知道是谁黑进了我们的系统。"

电力问题,他暗想,我是怎么搞的,竟然会说是"电力问题"?

"所以说我们的系统被入侵了?"

"看起来是这样。"

"可是应该不可能啊。不可能啊,你这个大白痴。"

"是没错,可是这个人……"

"这个该死的家伙怎样了?"

"这个女的很厉害。"

"是个女的？"

"而且好像不是为了钱。"

"那是为了什么？"

"报仇。"费利克斯说。库兹涅佐夫浑身打起哆嗦，一拳朝费利克斯的下巴挥去。然后他离开了，用香槟和伏特加把自己灌到不省人事。

莎兰德走进饭店的房间时十分平静。她给自己倒了杯威士忌，一口饮下，再从茶几上的罐子里拿了几粒坚果。然后慢慢收拾行李，动作当中丝毫看不出仓促或紧张。

直到拉上行李袋的拉链准备离开时，她才发现自己的身体异常紧绷。她两眼朝四下里转来转去，想找样东西砸个稀烂，花瓶、画、天花板垂挂的吊灯……最后却走进浴室，瞪着镜子，细细检视自己的五官。她什么也没看见。

在心里，她又回到了特维尔大道，手伸向武器，又旋即缩回。她想起了这个举动何以让她觉得简单，又何以那么困难，也蓦然发觉自己不知该如何是好——整个夏天以来，这还是头一遭。她……怎么会这样呢？八成是茫然失措，就连拿起手机，找到了卡米拉的住处，也还是提不起劲。

从谷歌卫星地图上可以看到一栋大石屋，四周环绕着露台、花园、水池与雕像。她试着想象这一切全部陷入火海，一如伦达路上那辆奔驰车里的父亲，但这么想并未让心情好一些。原本看似完美的计划，结果竟一团糟，她心里明白，不管是现在还多年前，犹豫不决都是她的致命伤，也是一大阻碍。她又倒了杯威士忌。

在线付完饭店费用后，她拎起袋子离开，一直走到几条街外，才拿出手枪擦拭干净，丢进下水道。她搭上出租车，用假护照订了隔天一大早飞往哥本哈根的机票，然后住进谢列梅捷沃机场旁的喜来登饭店。

清晨时分，她发现布隆维斯特传了一条短信。他说他很担心，这让她想起菲斯卡街监视器上那一连串的画面。她决定经由平常使用的后门偷偷进入他的计算机,至于是为什么,她也说不上来,或许只是为了转移一下注意力,暂时忘却脑海中一再出现的影像。于是她在桌前坐下来。

不一会儿,她找到几个加密文档,心想一定是重要的资料,但他好像希望让她看到。在为她建立的档案夹里,他留下了只有她明白的线索,在他的服务器胡乱浏览了大约半小时后,她开始埋首于一篇关于股市崩盘与网军工厂的长文。他挖到不少内幕,但还是比不上她,在仔细爬梳过两次之后,她在文章结尾加了一点东西,并插入一个链接,可以连上许多文件与电子邮箱。这时的她已经累坏了,没注意到自己把库兹涅佐夫的名字拼错,也没能注意保持布隆维斯特的一贯写作风格。不过倒是没忘记注销,随后倒头就睡,外套和鞋子都没脱。

睡着后,她梦见父亲站在火海当中,对她说她已经变弱了,要对抗卡米拉全然无望。

第五章
八月十六日

　　星期天早上，布隆维斯特在六点起床。一定是太热了，他这么想。空气闷热，就像暴风雨来临前夕，床单和枕头全都被汗浸湿，头也隐隐作痛，让他一度怀疑自己病了，直到前一晚的事重新浮现在脑海。他想起昨晚熬了夜，还喝了一点酒，此时看见晨光从窗帘底下渗入，暗自咒骂后，拉高被子盖住头，试图再睡个回笼觉。

　　但他偏偏又打开手机，看莎兰德有没有回复。当然是没有了。于是他又开始为她陷入忧思，心情根本无法放松，最后在床上坐了起来。

　　床头柜上有一大堆书，都是没看完的，有一会儿他考虑要待在床上看书，或是写写文章。结果还是进厨房冲了一杯卡布奇诺，然后拿起早报埋首其中。半小时后，他回了几封电子邮件，随后一边在屋里晃来晃去，一边略做整理。

　　九点半时，苏菲·梅尔克传来短信，她是公司里一位年轻同事，刚和丈夫带着两个儿子搬到附近。苏菲想和他讨论一篇报道的构想，他毫无意愿，但因为喜欢苏菲，便提议半小时后到圣保罗街的咖啡吧碰面。随后收到竖起大拇指的回复。他不喜欢用表情，在他看来，文字已绰绰有余。但是又不想显得老派，便决定回传一个讨喜的小表情。

　　本想发个笑脸，却笨手笨脚地发成了红心，这有可能造成误解。不过管它呢……表情的使用也已经泛滥了，他心想，现在一颗心根本不代表什么，对吧？他冲完澡、刮完胡子后，穿上了牛仔裤和夏季衬衫。

　　外头是一片无云的蓝天，阳光灿烂，他走下石阶来到霍恩斯路，接着转进马利亚广场，四下环顾，竟然几乎看不出前一晚有过热闹活动的迹象，连碎石小路上也不见烟蒂，令他十分惊讶。垃圾桶已经清空，左手边的利瓦尔酒店外面，有个穿橘色背心的女孩拿着长夹在草地上捡垃圾。他从她身旁经过，接着经过广场中央的雕像。

在全斯德哥尔摩，这是他最常经过的雕像，但他说不出那是什么雕像，一如无数近在眼前的事物。要是有人问他，他八成会猜是圣乔治和龙。但其实是雷神索尔在杀海蛇耶梦加得。这么多年来，他从未读过上面的铭文，这回也一样。他越过雕像看着游戏场上一位年轻的父亲在替儿子推秋千，看着民众坐在长椅与草地上，仰头面向太阳。这景象就如同每个星期天上午。可是他总觉得好像少了什么，肯定是记忆在作祟，他心中暗想。当他重新起步转上圣保罗街时，忽然想起来了。

少了一个已经有一阵子没看到的人，以前他都会在雕像旁边铺一块纸板，一动不动地坐着，像个打坐的僧人。他有几根手指只剩短短的残肢，一张历经风霜的老脸，还穿了一件笨重的蓝色羽毛外套。有一段时间，他可说是布隆维斯特日常风景的一部分，只不过都只身处于背景中，因为布隆维斯特几乎随时有繁重的工作缠身。

他总是太专注于自己的思绪，对一些事往往视而不见。但那个可怜的家伙一直都坐在那里，他甚至没怎么注意到，奇怪的是如今人不在了，反而更容易让人发现。现在布隆维斯特轻而易举便能想起他的一些特征：脸颊上的深色斑块、龟裂的嘴唇，虽然身体显示他经历不少苦难，神态中却透露出一种威严。也因此当法医问及那个死去的人时，布隆维斯特没有马上联想到他。

他怎会如此彻底地将那个人忘记了呢？说起来，他是知道原因的。

以前，街上如果出现像他这样的人，会醒目得令人心痛。但现在，可能走不到五十米就会有人来碰触你，企图讨个几块钱。人行道上、商店外面、回收中心、通往地铁站的阶梯上，到处都有男男女女在乞讨。一个全新却破碎的斯德哥尔摩出现了，而所有人也都很快就习以为常了。这便是令人难过的现实。

乞讨的人数增加了，差不多就在同一时间，斯德哥尔摩居民身上也不再带现金，而他也和其他人一样，学会了掉过头去不看他们，甚至也不会觉得内疚。他感觉到一阵忧郁袭来,不尽然是因为那个人或一般乞丐的惨况,而是有感于时光的无常,以及我们对人生变幻的无知无觉。

咖啡吧外面停了一辆货车,空间如此狭窄,他不禁好奇车子要怎么倒出来。一如往常,咖啡馆里有太多熟面孔。他没有心情闲聊,所以只是草草地打个招呼敷衍一下。点了一杯双份浓缩咖啡和一份鸡油菌吐司后,他找了个面向圣保罗街的靠窗位子坐下,开始神游起来。片刻过后,他感觉有一只手搭在他背上。是苏菲,脸上带着小心翼翼的笑容。她点了奶茶和一瓶沛绿雅矿泉水,然后递出显示红心的手机。

"搞暧昧?还是只是对员工的关怀打气?"

"笨手笨脚的关系。"他说。

"答错了。"

"那么,就当是爱莉卡下达的人事好消息。"

"还是错,不过比较好。"

"家人都还好吗?"他问道。

"妈妈觉得暑假实在太长,家里那两个小流氓,随时都得哄他们开心。"

"你们搬来多久了?"

"差不多五个月了。你呢?"

"我啊,一百年了。"

她扑哧一笑。

"真的可以这么说,"他说,"等你也像我住了这么久以后,就再也看不见什么了。走来走去好像失神一样。"

"你会这样?"

"至少我是这样。不过你才刚来不久,可能会睁大眼睛。"

"也许吧。"

"你记不记得有个乞丐,穿了一件大大的羽绒外套,坐在马利亚广场?他脸上有深色的斑块,有一只手的手指几乎都断了。"

她露出苦笑。

"记得呀,记得可清楚了。"

"为什么这么说?"

"因为想忘记他可不容易。"

"我就忘记了。"

苏菲诧异地看着他。

"什么意思?"

"我至少看到过他十次,却从来没有真正意识到,直到如今他人死了,好像才在我心里活过来。"

"他死了?"

"昨天法医打电话跟我说的。"

"怎么会是打给你?"

"因为那个人的口袋里有我的电话,法医可能希望我帮忙确认身份。"

"但是你帮不上忙?"

"一点也帮不上。"

"他八成有什么故事想告诉你。"

"应该是。"

苏菲喝完茶,两个人沉默了片刻。

最后还是她先开口说:"一个星期前,他忽然找上凯特琳·林达斯。"

"真的?"

"他一看到她就抓狂了。我当时在斯威登堡街,远远地看见了。"

"他想做什么?"

"大概是在电视上看过她吧。"

凯特琳·林达斯确实经常上电视。她是社论与专栏作家,是个保守派,时常参与有关法律秩序或学校纪律与教学标准的辩论。她有一种优雅的美感,穿的是剪裁美观的套装与丝质蝴蝶结衬衫,头发总是梳理得一丝不苟。布隆维斯特认为她是个严肃而缺乏想象力的人。她在《瑞典日报》上批评过他。

"发生了什么事？"

"他抓住凯特琳的手臂大嚷大叫。"

"叫嚷什么？"

"不知道，不过他挥舞着类似棍棒的东西，把凯特琳吓坏了。我试着安抚她，还帮她清除外套上的一处污渍。"

"哎呀，那她肯定受不了。"

他本无意语带讥讽，但苏菲马上就察觉了。

"你一直都不喜欢她，对吧？"

"她其实没什么不好，"他辩解道，"只是对我来说，有点右倾，也太一板一眼了。"

"吹毛求疵，是吗？"

"我没这么说。"

"你没说，却有这个意思。你知不知道网上把她骂得多难听？说她是上流圈的烂女人，读过伦兹贝尔寄宿学校，瞧不起一般老百姓。但你知不知道她经历过些什么？"

"不，苏菲，我不知道。"

他不明白她为何忽然动怒。

"那么我来告诉你吧。"

"请吧。"

"她是在约特堡一个嬉皮士和吸毒者聚居的小区长大的，环境很凄惨，爸妈都在吸食迷幻药和海洛因，家里头一团乱，老是坐着一群吸毒吸到神志不清的人。穿套装，把自己打理得一丝不苟是她的生存方式。她是个斗士，在某方面也是个叛逆的人。"

"有意思。"他说。

"没错，我知道你认为她是反动派，可是她在对抗她从小听到大的那些关于新时代和心灵的胡说八道方面，有莫大的贡献。她可是比大家所想的有意思多了。"

"你们是朋友吗？"

"是。"

"谢谢你，苏菲。那么以后我会尽量用不同的眼光来看她。"

"我不信。"她抱歉地笑了笑，但从她嘟哝的口气可以明显听出她很在意。

接着她问起他报道写得如何了，他说进展不算快，还说俄国那条线索查不下去了。

"可是你有不错的消息来源，不是吗？"

"我的来源不知道的事，我也不会知道。"

"也许你该去一趟圣彼得堡，打探一点那间网军工厂的消息，它叫什么来着？"

"新中介社吧？"

"那不是某种活动中心吗？"

"这看起来也是死胡同。"

"现在说话的这个布隆维斯特会不会太悲观了啊？"

他也听得出来，但他就是不想去圣彼得堡。那个地方已经聚满了记者，至今还没有人能查出工厂幕后的主脑，也查不出情报单位与政府涉入有多深。他受够了。他已经厌倦了新闻，厌倦世界各地那些令人沮丧的政治局势的发展。他又点了一杯浓缩咖啡，改问苏菲有什么新点子。

她想写假消息舆论战中的反犹太趋势。这不是新的东西，因为那些网军一直在忍不住暗示，整个股市崩盘都是犹太人的阴谋。几百年来，始终有人在大量制造这些丑恶荒唐的谣言，早已被写、被分析过无数次，但苏菲有一个更明确的观点。她想描述这对民众的日常生活有何影响，例如学童、教师、知识分子，也就是至今几乎都没有想过自己是犹太人的寻常百姓。"好极了，那就写吧。"布隆维斯特说。他问了她几个问题，提出了一两个建议，大致谈了一下民粹主义与极端主义团体的仇恨心态，又说到有一堆白痴在他的语音信箱里乱发飙。不一会儿，他自己都听烦了，便给了苏菲一个拥抱，道歉（却不知是为什么）并道别后，回家去换了衣服，然后出去慢跑。

第六章
八月十六日

绮拉在莫斯科西郊卢比约夫卡住宅区的豪宅内,当她手下的头号黑客尤利·波达诺夫发短信来,说想和她谈谈时,她还在床上。她回复说要他等着,然后拿起梳子丢向管家卡蒂亚,又拉起羽绒被蒙住头。昨天晚上简直是一场噩梦。餐厅的骚动,姐姐坚定的步伐与身影,这些记忆始终萦绕不去,她一再触摸肩膀,现在仍因摔倒在人行道上时的冲击而隐隐作痛。但她甩不掉的与其说是痛苦,倒不如说是一种阴魂似的东西。

为什么就是没完没了?她都已经那么努力,也取得了那么大成果,过去却仍一而再,再而三地出现,而且似乎每次都会换上新模样。她的童年乏善可陈,但还是有她自己心爱的部分。现在就连那些也都被一一剥夺了。

卡米拉从小就渴望离开伦达路,走得远远的,脱离与姐姐和母亲共度的生活,将贫穷与脆弱抛到身后。自小小年纪起,她就知道自己值得更好的人生。她有一段许久以前的记忆,地点是NK百货公司的"光庭"。当时有个穿着毛皮大衣和花长裤的女人在笑,她简直美若天仙,好像不属于这个世界。卡米拉靠上前去,就站在她腿边,后来有一个同样高雅的朋友来了,亲了亲女子的双颊。

"哇,这是你女儿吗?"她问道。

前一个女人转身低下头,这才看见卡米拉。"要是我女儿就好了。"她面带微笑,用英语回答。

卡米拉听不懂,但是看得出是恭维的话。她走开时听见那个女人继续用瑞典话说:"好漂亮的女孩。可惜妈妈没能把她打扮得更漂亮一点。"这番话在她心里留下了伤痕。她凝视着正在和莉丝一起看圣诞橱窗的安奈妲(即使在当时,她也直呼母亲的名字),看见了天壤之别。那两个女人容光焕发，仿佛这一生只为了享乐而来，反观安奈妲，苍白佝偻，一身丑陋的破衣服。她深感不公，内心顿时燃起熊熊怒火。我生错家庭了，她暗想。

儿时有许多这样的时刻，让她既得意又厌恨，得意是因为大家会称赞她漂亮得像个小公主，厌恨则是因为自己的家庭生活在社会的边缘、在暗处。

为了买衣服和发夹，她确实开始偷窃，其实根本没什么大不了，大多都是硬币，后来也偷过几张钞票、外婆的旧胸针、书架上的俄国花瓶。但她也确实受了不少冤枉，后来她看清了安奈妲和莉丝是联合起来对付她。在自己家里，她总觉得像个陌生人，像个被调包后受到监管的小孩，更糟的是当札拉一来，会把她像杂种狗一样丢到一旁。

在这些时候，她成了全世界最孤独的人。她会幻想着逃离这个家，另外找一个更配得上她的人来照顾她。没想到光渐渐渗了进来，也许只是虚幻的光彩，但那是她仅有的。一开始她注意到一些小东西，像是一只金表、裤袋里的一沓钞票、打电话时的命令口吻，等等，这些小小的迹象显示札拉有的不只是暴力而已。她渐渐在他身上看见了自信、权威、从容与坚强的特质，总之就是他散发的力量。

最重要的是他看她的眼神也变了。他会仔细地上下打量她，有时还会露出微笑，让她完全无力抵挡。平常他从来不笑，因此那笑容的力量才会如此强大，就好像探照灯投射在身上。一段时间过后，她不再害怕他的到来，甚至开始幻想那个带她离开这个家、前往更加多姿多彩的地方的人，可能就是他。

她十一二岁的某天晚上，安奈妲和莉丝出去了，父亲在厨房喝伏特加。她进去陪他，他轻轻抚摸她的头发，并给她一杯加了果汁的酒。"螺丝起子。"他说道，接着开始说起自己是在乌拉尔联邦管区的斯维尔德洛夫斯克的一家孤儿院长大，当时每天挨打，但是他凭着自己的努力变得有钱有势，在全世界都交了朋友。听起来好像童话故事，但他用食指压住嘴唇，小声地说这是秘密。她全身一颤，并在这个时候鼓起了勇气向他告状，说安奈妲和莉丝对她有多坏。

"她们是嫉妒。所有人都会嫉妒你我这样的人。"他还保证会让她们对她好一点。从此,家里的生活就变了。

每当札拉到来,广阔的世界也跟着来临,她爱他不仅因为视他为救星,还因为什么都扰乱不了他,不管是那些穿着灰色西装、一脸严肃、偶尔到访的男人,还是那群某天早上跑来敲门、身材魁梧的警察。但是她可以。

她可以让他变得温柔体贴。有很长一段时间,她并不知道自己付出了什么代价,更不知道她是在欺骗自己。她只把那段时间当成一生最美好的时光。终于有人重视她了,她很开心。父亲来得越来越频繁,还会偷偷送她礼物和钱。

然而每当有新的东西、很棒的东西即将属于她时,莉丝就会全部抢走。从那时起,她便对姐姐恨之入骨,这股恨意也成了她最持久、最鲜明的特质。现在她想毁灭莉丝,绝不会因为姐姐碰巧领先一步就有所动摇。

昨晚下过雨后,此时从窗帘外射进强烈的阳光。可以听见割草机和远处有人说话的声音,她闭上眼睛,想着在伦达路时,夜里逐渐接近她们房门的脚步声。紧接着她握起拳头,踢开被子起身。

她要重新采取攻势。

波达诺夫已经等了一小时,但并没有闲着,而是一直敲着放在腿上的笔记本电脑,直到此时才忧心地瞥了一眼屋外的露台与大花园。他没有带来好消息,可想而知,只会受到责骂,只能更努力工作,但他仍然觉得信心满满、动力十足,而且已经动员起了整个网络的人脉。手机响了,又是库兹涅佐夫,那个愚蠢、歇斯底里又该死的库兹涅佐夫。他按了拒接键。

十一点十分,园丁们已提早在外面吃午餐。时间过得飞快,他低头看自己的鞋子。如今波达诺夫发达了,穿戴的是定做的西装和昂贵的手表,可是并未完全摆脱贫民窟的气息。他是个在街头长大的老毒虫,那种生活在他的举止仪态间留下了无法抹灭的痕迹。

他的脸棱角分明、满是痘疤，身形高瘦，薄嘴唇，手臂上有一些业余水准的刺青。尽管绮拉不会在上流圈中炫耀他，但对她而言，他依然是十分宝贵的，因此当他听见大理石地板响起她的高跟鞋声时，立即为之一振。她来了，一如以往超尘脱俗的美，身穿淡蓝色套装和一件红色衬衫，扣子一直扣到领口。她在他身旁的扶手椅上坐下。

"所以呢，有什么？"她问道。

"一些问题。"

"说来听听。"

"那个女人……"

"莉丝·莎兰德。"

"这点还没确认，但没错，肯定是她，主要是因为攻击手法非常细腻。库兹涅佐夫对他的 IT 系统疑神疑鬼到了极点，还请专家从所有可能的角度进行检测。他们向他保证绝对不可能被侵入。"

"显然不是事实。"

"是啊，我们还不知道她是怎么办到的，不过一旦进入以后，操作本身就相当简单明了了。她连接了声破天音乐播放软件和昨晚的喇叭设备，然后播放那首摇滚歌曲。"

"可是差点把所有人都逼疯了。"

"另外还有均衡器，不幸的是它既是数字式又是参数型，还连接了无线网络。"

"用我听得懂的话说。"

"均衡器会调节音量，把低音和高音调到适中，莉丝呢——先假设是她好了——把这个连上她的手机，制造出最可怕的音响震撼。事实上，恐怖到你连心脏都感受得到，应该就是因为这样，才有那么多人揪着胸口。他们不知道那是声音的残害。"

"这么说她的目的是要制造混乱。"

"莎兰德的主要目标恐怕不是库兹涅佐夫。我们不能排除一个可能性：她也许知道我们本身和情报组织的关联。你不觉得她的报复对象可能是你，而不是他吗？"

"老早以前就该把她杀了。"

"我还有一件事没说。"

"什么?"

波达诺夫知道已没有理由再拖延。

"昨晚她撞倒你以后绊了一跤。"他说,"那个冲击力道让她失去平衡,往前踉跄,总之看起来是这样。为了稳住,她不得不伸手扶着你的车,就在后轮上面一点的地方。一开始我觉得看起来很自然,但我一再重复看监视画面,最后认定她可能根本没有跌倒,也不是要稳住脚步,而是在车身上贴了什么东西。喏,就是这个。"他拿起一个小方盒。

"那是什么?"

"GPS 追踪器,一路跟踪你来到这里。"

"所以说她现在知道我住哪儿了?"

卡米拉说得咬牙切齿,嘴里尝到血的味道。

"恐怕是。"波达诺夫说。

"一群白痴。"她啐了一口。

"我们已经做了万全的防备。"波达诺夫接着说,口气越来越紧张,"保护措施已经升级,当然了,尤其是 IT 系统。"

"所以你的意思是说我们现在处于守势?"

"不,当然不是,我只是向你报告一声。"

"那你就去把她给找出来。"

"可惜没那么简单。我们已经查看过这一带所有的监视器,完全没发现她的踪影,也没办法通过手机或计算机追踪她。"

"那就去搜旅馆,申报她失踪。不管看到或听到什么,都给我仔仔细细查个清楚。"

"已经着手进行了,我相信我们会打垮她的。"

"千万别低估了那只老狐狸。"

"我一刻也没有低估过她。只不过我认为她错失了机会,现在轮到我们掌握优势了。"

"你怎么说得出这种话?她都知道我住在哪儿了。"

波达诺夫略一迟疑,寻思着该怎么说。

"你说你觉得她会杀你,是吗?"他问。

"我很确定。不过她想必在计划更可怕的事。"

"我认为你想错了。"

"什么意思?"

"我想她本来是真的想开枪杀你,否则她何必发动攻击。没错,她的确把库兹涅佐夫吓得屁滚尿流,但除了这个,她得到什么了?什么也没有,只是暴露了自己的行迹而已。"

"所以你是说……"

她望向外面的花园,纳闷园丁都跑哪儿去了。

"我是说她犹豫了,下不了手,她还没有这份勇气,她毕竟还是不够强。"

"这只是自我安慰的想法。"绮拉说。

"我认为这是事实。不然说不通。"

她顿时觉得舒坦了些。

"我想有些人她还是在乎的。"她说。

"她的那些女朋友。"

"还有她的布隆维斯特。这是最重要的一个,她的麦可·布隆维斯特。"

第七章
八月十六日

布隆维斯特在斯鲁森的贡多拉餐厅,和米尔顿安保公司创办人德拉根·阿曼斯基一起用餐。此时的他有些后悔,不只是因为去欧斯塔湾慢跑后腿和背非常酸痛,还觉得无聊透顶。阿曼斯基拉拉杂杂地说着到东方(也或许是西方)发展事业的机会,说着说着聊起了一则轶事,说是尤尔戈登岛上,有匹马不知怎么跑进一个大帐篷内:

"……然后那些白痴把平台钢琴给推进游泳池。"

布隆维斯特不确定这和马有没有关系,总之他也没仔细听。在离他们最远的那头,有一群《当日新闻报》的员工,其中的米雅·席德兰曾和他有过一段不愉快的恋情,另外那边则有皇家戏剧院演员莫丹·倪斯壮,在《千禧年》调查戏剧界滥用权力的报道中,并未为他涂脂抹粉。因此他们似乎都不怎么乐意见到他。布隆维斯特低头看着餐桌,喝着酒,想着莎兰德。她是他和阿曼斯基之间唯一的共通点。阿曼斯基是她唯一有过的雇主,而他则是始终放不下她,或许这也不太令人意外。许久以前,阿曼斯基曾交给她一份工作,当作一种社会福利计划,不料她竟成了他前所未有的杰出工作伙伴,有一度他甚至还爱上了她。

"挺疯狂的。"布隆维斯特说。

"可不是嘛,而且那台钢琴……"

"所以说你也不知道她要搬家?"他打岔问道。

阿曼斯基不太想转换话题,见布隆维斯特对他的故事不甚感兴趣,可能也有点失落。平台钢琴掉进游泳池了……但他很快转为严肃。

"其实我不应该跟你说的。"他说道。

听起来似乎是个好的开始,布隆维斯特于是倾身向前。

莎兰德在哥本哈根饭店房里小睡片刻后，冲了个澡，坐到计算机前面，正好瘟疫（她在黑客共和国中最亲密的联系人）传来加密短信。只是短短的一个例行问题，却仍扰乱了她。

〈还好吗？〉他写道。

全搞砸了，她暗想，然后回答：

〈我已经不在莫斯科了〉

〈为什么？〉

〈原先的计划无法完成〉

〈无法完成什么？〉

她很想到市区去走走，忘掉一切。她写道：

〈结束一切〉

〈什么？〉

再见，瘟疫，她心想，却写道：

〈没事〉

〈没事怎么会无法完成？〉

"别问了。"她喃喃说道。

〈因为我想起了一些事〉

〈什么？〉

脚步声，她心想，父亲的低语和她自己的迟疑，她的懵懂无知，还有妹妹下床，和札拉那只猪一起溜出房间的身影。她回答：

〈烂事〉

〈什么样的烂事？〉

她很想搬起计算机往墙上砸。但写道：

〈我们在莫斯科有什么门路？〉

〈我很替你担心，黄蜂。就别管俄罗斯了，脱身出来吧〉

饶了我吧，她暗叹。

〈我们在莫斯科有什么门路？〉

〈不错的门路〉

〈谁能在高难度的地方装国际移动用户标识符(IMSI)捕捉器?〉

手机拦截是小菜一碟,但他知不知道当地有谁能做?

〈比方说卡蒂亚·费里〉他写道。

〈她是谁?〉

〈有点疯狂。以前是一个有名的黑客组织的成员〉

也就是说不会太便宜。

〈能信得过吗?〉

〈看你愿意付多少钱〉

〈给我她的详细资料〉

她随即关上计算机,起身更衣。最后她决定今天还是穿同一件黑色套装,虽然已经被昨天的雨水弄皱,右边袖子也有一处灰色的污渍,加上她穿着睡觉,看起来更不成样子。不过管它的,她也不打算化妆了,用手梳一下头发便离开了房间,搭电梯到一楼,走进酒吧点了一杯啤酒。

外面是开阔的国王新广场,天空中有几片乌云。但莎兰德一点也没注意,思绪仍沉浸在特维尔大道上迟疑的手,以及脑海中不断回放的昔日画面。她对外界的一切浑然不觉,直到耳边忽然有个声音问道:

"你还好吗?"

她感到气恼。这跟任何人无关,她甚至都没抬头。这时她才发现布隆维斯特传来了短信。

阿曼斯基凑上前来,像有什么阴谋似的低声说:

"春天的时候,莉丝打电话要我去找公寓业主委员会,问问看能不能在她菲斯卡街公寓大楼门外装设监视器。我觉得是个好主意。"

"所以你就安排装设了。"

"事情哪有这么简单?麦可,你得先向郡议会申请,还需要这个那个,一堆东西,不过这次都很顺利。我特别指出威胁程度相当高,督察长包柏蓝斯基也出了一份报告。"

"向他致敬。"

"我们竭尽了全力,七月初,我派了两个人过去安装两部网件(Netgear)的遥控设备。相信我,我们非常谨慎,小心地进行加密,其他人都看不到这些画面,我还吩咐监控室的手下要紧盯屏幕。我很担心莉丝,很怕他们会找上她。"

"我们都一样。"

"但没想到那么快就得到印证。六天后,深夜一点半,装设在那边的麦克风收到摩托车声,我们的夜班人员史汀·葛兰伦正要去重新安置摄影机,却有人比他早到一步。"

"哎呀。"

"没错,史汀根本来不及想。是两个穿皮衣的摩托车骑士,硫黄湖摩托车俱乐部的人。"

"难缠的家伙。"

"可不是!莉丝的住址已不算机密,而硫黄湖俱乐部的人通常不会带着咖啡和点心出现。"

"那可不是他们的作风。"

"幸好他们发现监视器就掉头离开了,我们当然马上报警,警方认出了他们,我记得其中一个叫彼得·柯威。可是问题当然没有解决,于是我打电话给莉丝,约她立刻见个面。她答应了,不过心不甘情不愿的。她到我的办公室来,一副模范好媳妇的样子。"

"好像有点夸张吧。"

"我是说就她的标准而言。身上的铆钉不见了,头发剪短了,打扮得很体面。我心想,天哪,真怀念那个怪里怪气的人。我发觉她显然侵入了我们的监视器,却没法严厉斥责她,只能警告她小心点:'他们来找你了。'她只回了一句:'一直都有人来找我。'听了真是火大,我跟她说她需要寻求帮助、保护,'不然他们会杀了你',结果她的反应吓坏我了。"

"怎么了?"

"她看着地上说:'只要我抢先一步就好了。'"

"她是什么意思？"

"我也这么问自己，然后我想起了她父亲的事。"

"所以你的意思是？"

"我的意思是，那次她以主动攻击来保护自己，我有预感她现在也在计划类似的事，打算先下手为强，我真的很害怕啊，麦可。我看见了她的眼睛，不管她外表多么干净整齐都没用，因为我看到的是致命的眼神，她的两只眼睛黑得像墨。"

"我觉得是你太夸张了。莉丝不会无端冒险，通常她都相当理性。"

"她是用她自己疯狂的方式展现理性。"

布隆维斯特想到莎兰德在磨坊酒吧对他说的话，说她要当猎人而不是猎物。

"后来怎么样了？"

"没怎么样。她直接就走了，之后再也没消息。我每天都等着看有没有'硫黄湖俱乐部被炸得支离破碎'或是她妹妹'全身烧焦陈尸在莫斯科街头的车内'之类的新闻。"

"卡米拉有当地黑手党在保护，莉丝绝不会和他们开战。"

"你真的这么想吗？"

"不知道。但我敢说她绝不会……"

"怎样？"

"没什么。"他说着咬咬嘴唇，觉得自己既天真又愚蠢。

"事情要真的结束了才算结束，麦可，我是这么觉得的。除非莉丝或卡米拉其中一个倒下、死去，否则她们谁也不会罢休。"

"我觉得你把这件事看得太严重了。"布隆维斯特说。

"真的吗？"

"希望如此。"他纠正说法，并为两个人又斟了些酒，随后道了个歉，拿起电话传发短信给莎兰德。

出乎意料，他马上就收到回复，上面写着：

〈别紧张，布隆维斯特，我现在在度假，安全得很。没做什么傻事〉

说"度假"或许有些言过其实，不过莎兰德心目中的快乐必须与减轻痛苦有关，而当她在英格兰饭店酒吧将啤酒一口喝干时，就是这样的感觉，一种解放的方式，就好像她才刚刚开始意识到这整个夏天以来，自己有多么紧绷——追查妹妹的行踪已将她逼到疯狂的边缘。所以她倒不是真的放松了，童年记忆依然在脑中不停回旋，视野似乎变得宽广，甚至开始有所渴望，不一定特别渴望什么，只是想摆脱一切，只要让她感到自由就够了。

"你还好吗？"

在酒吧的吵闹声中，她又听到同一个问题，一转头正好与站在旁边的一名年轻女子四目相交。

"你为什么这么问？"

女子年约三十岁，肤色黝黑，神情热切，有一双凤眼和一头又长又卷的黑发，穿着牛仔裤和深蓝色衬衫，搭配高跟靴子，给人一种难以亲近和带刺的感觉，右手臂还缠着绷带。

"我不知道。"女子说，"一般都会这么说吧。"

"也许。"

"不过请恕我直言，你看起来惨不忍睹。"

像这样的话莎兰德这一生已听过无数次，总会有人来跟她说她看起来很阴沉、很愤怒，或者就是这句"惨不忍睹"，让她痛恨不已。但不知为何，此时却欣然接受了。

"我想是吧。"

"现在好些了吗？"

"嗯，总之是不一样了。"

"对了，我叫波琳娜，我自己也好不到哪儿去。"

波琳娜·穆勒等着对方做自我介绍，不料对方一言不发，甚至没有点头，可是也没叫她滚开。波琳娜会注意到莎兰德，是因为她走路的样子，好像全世界她都不放在眼里，更懒得去讨好任何人。这种姿态有一种奇特的迷人之处,波琳娜心想,也许自己曾经也这样走路过,只是后来这种步态被托马斯剥夺了。

她的人生是那么缓慢而逐步地走向毁灭,她几乎毫无察觉。尽管搬到哥本哈根来已让她明白损伤的程度,见到眼前这个女孩后,感受更加深刻。光是站在她身边,波琳娜就意识到自己的不自由。这个女孩散发出一种绝对独立的光环,这种光环吸引了她。

"你是本地人吗?"她试探着问道。

"不是。"女孩说。

"我们刚从慕尼黑搬来。我先生在昂格勒制药公司上班,被派任为北欧地区总裁。"她这么说着,几乎也感到与有荣焉。

"哦。"

"但是今天晚上我逃跑了。"

"OK。"女子说。

"其实我是《Geo视界》科学杂志的记者,因为搬来这里,只好辞掉工作。"

"哦。"女子说。

"我写的文章多半是关于医学和生物学方面的。"

"OK。"

"我真的很喜欢这份工作。"她说,"偏偏我先生要调职,结果就变成这样了。我会自己接一点案子。"

她不断地回答始终没有被提出的问题,而女孩也只会说"哦"和"OK",直到最后才问波琳娜要喝什么。"什么都好。"波琳娜回答,接着她得到一杯杜拉摩威士忌和一个微笑,至少看似微笑。女孩身穿的黑色套装,可能需要洗一洗、烫一烫,里面搭的是黑衬衫,而且素着一张脸。她面容憔悴,仿佛很长时间没有好好睡觉了,眼中透着一股令人不安的阴暗力量。波琳娜试图要逗她笑。

不怎么成功,不过女孩凑上前来,波琳娜发觉这感觉不错。或许因为如此,她紧张地望向街道,更加害怕托马斯会在此时现身,于是女孩提议到她房里再喝一杯。

她说:"不,不,绝对不行,不可以。我先生真的会不高兴的。"话才说完,她们便接吻、上楼回房、做爱,在她记忆中从未有过这种体验,同时充满了愤怒与欲望。事后她向女孩提起托马斯与家里发生的悲剧始末,女孩的眼神像要杀人一样。然而波琳娜看不出她想毁灭的是托马斯还是全世界。

第八章
八月二十日

接下来一个礼拜,布隆维斯特都没有现身杂志社,也没有花时间在网军工厂的报道上。他打扫家里、外出慢跑、读了美国作家伊丽莎白·斯特劳特的两本小说,也和妹妹安妮卡·贾尼尼一起吃饭,主要还是因为她是莎兰德的辩护律师。但安妮卡没有太多新消息,只说莎兰德联络过她,想打听专精家庭法的德国律师。

他多半只是悠闲地消磨时间。有时候懒散地晃来晃去几个小时,和老友兼同事爱莉卡打电话,聊一聊她离婚的最新进展。说来也奇怪,这有一种净化作用,好像两个人又回到青春年少时期,喋喋不休地聊着各自的恋爱生活。但事实上对她来说,这是个艰难的过程,星期四她再次来电,口气变得截然不同。她想谈工作,两个人吵了起来,她叫他别再只顾着自己,结结实实地对他发了一顿脾气。

"不是这样的,小莉。"他说,"我真的累死了,我需要度个假。"

"可是你说文章差不多写好了,那就传过来,我们可以修改。"

"全都只是一些老掉牙的东西。"

"我才不信。"

"可惜是真的。你有没有看《华盛顿邮报》的调查报道?"

"当然没有。"

"他们在各方面都比我强得多。"

"不一定每次都要独家,麦可。只要说出你的观点就非常值得了。总不可能每次都让你拿到头条新闻吧?这种事连想都不要想。"

"可是内容就是不够好。写的全是陈词滥调,还是作废吧。"

"没有什么要作废的,麦可。不过好吧……这一期就先保留,反正这一期的东西应该够多了。"

"这我相信。"

"那你要做什么？"

"我要去沙港待几天。"

这次谈话不甚愉快，但他觉得如释重负，于是从衣橱拿出行李箱，开始打包。他动作缓慢，好像也不太想去那里，莎兰德偶尔还是会浮现在他的脑海中。他暗骂自己老是忘不了她，不管她怎么保证不会做傻事，他还是担心，也生气。老实说，他真的很气她什么话也不说，这么神神秘秘的，他很想多听一点关于她受到的威胁和监视器、关于卡米拉和硫黄湖俱乐部的事。

想到她在磨坊酒吧说的话，他很想弄清楚一切来龙去脉，看看自己能不能帮上一点忙。他仿佛还能听见她的脚步声，渐渐隐没于梅波加广场的暮色中。他停止打包，晃进厨房，拿起酸奶的纸罐直接就喝，这时手机刚好响起。陌生的号码。但现在既然不工作了，就干脆接吧，甚至还能装出愉快的口气：嘿，真他妈感谢你来电再多骂我几句。

法医菲德丽卡·尼曼回到位于斯德哥尔摩郊区特隆松的家里时，发现女儿坐在客厅沙发上，埋头玩手机。这个景象丝毫不令她讶异，就像看到窗外的湖水依然还在一样。女儿只要一有空就在看手机，不是看YouTube视频网站，就是其他有的没的，她很想骂她们，叫她们放下手机去看会儿书，或是弹弹钢琴，或是要不要去练个篮球，至少是出去晒晒太阳。

可是她没力气。今天过得非常不顺，而且刚刚才跟一个笨蛋警察说过话，他就跟所有笨蛋一样，自认为是天才。他说他已经研究过这个案子，其实只是读了维基百科的内容，结果就成为佛教专家了。"那个怪胎八成觉得自己顿悟了，就随便找个地方坐着。"这种话实在太不尊重人，也太愚蠢，她根本懒得回应，此时她走向灰色长沙发，坐到女儿身边，希望至少有一个会跟她打招呼。两个女儿都没反应，不过当菲德丽卡问她们在看什么时，约瑟芬至少答了一句："一个东西。"

一个东西。

菲德丽卡真想尖叫，但只是起身走进厨房，把流理台和餐桌擦干净。她也打开手机看了一下"脸书"，以证明自己不落女儿之后，然后做起远走他方的白日梦。她搜索了一些信息，也不知是怎么弄的，最后找到一个希腊度假旅游的网站。

她看着一张有个老人坐在海边咖啡馆的照片，忽然闪过一个念头，并且立刻想到布隆维斯特。她犹豫着要不要再打电话给他，因为实在很不想被当成一个对名记者纠缠不休的无聊女人。可是她唯一能想到有可能会感兴趣的人只有他了，因此终究还是拨了电话。

"你好，真高兴接到你的电话！"他说。

他的语气十分愉快，她立刻觉得这是一整天下来所遇到的最好的事。但其实这也没什么。

"我在想……"她说。

"你知道吗？"他打断她，说道，"我忽然想起来了，我其实见过那个乞丐，至少我觉得一定是他。"

"真的吗？"

"一切都很吻合，羽绒外套、脸颊的斑块、断指，不可能是别人。"

"那么你是在哪里看到他的？"

"马利亚广场。老实说，我真不敢相信我竟然忘了他。"他接着说，"太不可思议了。他常常在广场雕像旁边铺一张纸板，动也不动地坐在那里，我从他旁边经过少说也有十几二十次。"

他的热忱感染了她。

"真想不到。你对他有什么印象？"

"呃……我也不太清楚，"他说，"我从来没有注意过他，只是记得他身体有残缺，神情骄傲，就像你描述的他死后的样子。他会直挺挺地坐着，头抬得高高的，有点像电影里面的印第安酋长。不知道他怎么能连续几个小时保持那种姿势。"

"他看起来像喝过酒或吸过毒吗？"

"我说不准,也许有。不过如果受到酒精或毒品影响,恐怕无法维持同一个姿势那么久。为什么这么问?"

"因为今天早上收到药物筛检的结果。他体内每克股静脉血含有二点五毫克的唑吡酮,浓度高得吓人。"

"唑吡酮是什么?"

"一些安眠药里会有的成分,例如宜眠安。他想必是混着酒吞了至少二十颗,而且还有相当多的右丙氧芬,一种鸦片类止痛药。"

"警方怎么说?"

"用药过量或自杀。"

"有什么根据?"

她哼了一声。

"对他们来说,这就是最方便的根据吧,我猜。案件的负责人好像想尽办法要偷懒。"

"叫什么名字?"

"负责的警官吗?汉斯·法斯特。"

"哈,太好了……"他说。

"你认识他?"

布隆维斯特对法斯特可以说是了如指掌。他曾经说服自己相信莎兰德是某个崇拜撒旦的同性恋硬式摇滚乐团的成员,而且在毫无事实根据的情况下(除了些许厌女的落伍心态之外),指控她杀人。包柏蓝斯基常说法斯特是警方的报应。

"是啊。"他说。

"他叫那个人'怪胎'。"

"听起来就像法斯特会说的话。"

"他一收到检测结果,马上就说那个怪胎有点太爱嗑药了。"

"可是你好像不太相信。"

"用药过量是最直接的解释,但竟然是唑吡酮,我觉得很奇怪。它当然也会让人上瘾,只不过通常都是苯二氮平,当我指出这一点,并说那个人很可能是佛教徒,还真激励了你那位警察朋友。"

"怎么说?"

"几个小时后他回电说,他深入研究了一下,也就是去看了维基百科的自杀标题。那里面好像提到个别自认为彻底顿悟的佛教徒有权结束自己的生命。他似乎觉得很有趣,说那个人八成是觉得自己顿悟了,所以去树下坐着。"

"天哪。"

"我气炸了,但没跟他计较,我不想吵架,至少今天不想。后来回到家,整个人非常沮丧,可是又忽然想到这实在说不通。"

"怎么说不通?"

"我不断想到他的尸体。我从来没见过这么饱受磨难的身体,他的一切,他的每寸肌腱与肌肉,都在诉说一个艰苦奋斗的人生。这么说也许有点像大众心理学,但我真的很难相信他这样的人会忽然不再奋斗,给自己塞进一堆药。我认为不能排除有人得为他的死负责。"

布隆维斯特吓了一跳。

"这点你当然要告诉他们。他们需要投入更多人力做调查,不能只有汉斯·法斯特。"

"我会的。但我还是想告诉你,以防警方不尽责。"

"感谢。"他忽然想起了苏菲提过的凯特琳·林达斯。

他想到她烫得服服帖帖的套装和外套上的污渍,想到她生长的嬉皮士小区。他琢磨着该不该提起她,说不定她有些讯息可以告知警方,但随即决定暂时还是不要让法斯特注意到她,因此说道:

"你还是不知道他的身份吗?"

"不知道,完全找不到线索。申报失踪的人里头没有人具有那些特征,不过这条线我本来就不抱期望。我现在手上有国家鉴识实验室的 DNA 序列分析结果,刚刚送来的,但那仍然只是粗浅的染色体分析,我准备请他们也分析他的线粒体 DNA 和 Y 染色体,希望能有一些进展。"

"我敢说会有很多人记得他。"他说。

"什么意思？"

"他是个引人注目的人，只是今年夏天我太专注于自己的事情。警方应该到马利亚广场附近找人问问，会有很多见过他的人。"

"我会转达的。"

布隆维斯特开始有了兴致。

"还有一点，如果他真的吃下那些药，不可能是医生开的处方。"他说，"他不像那种会去约诊看心理医生的人，根据我的亲身经历，有黑市可以买到这种药，那个圈子里应该有警方的线民。"

菲德丽卡沉默了一两秒。

"唉，该死。"她说。

"你说什么？"

"我真是大笨蛋。"

"不可能吧。"

"不，是真的。不过呢……幸好你记得他。这对我确实有所帮助。"

布隆维斯特望向收拾了一半的行李箱，发现他已经完全不想去沙港了。

布隆维斯特回了几句感谢的话，但菲德丽卡几乎充耳不闻。她挂断电话，几乎没注意到阿曼达站在旁边问她晚餐要吃什么，或许她甚至为自己刚才一脸不高兴道了歉。菲德丽卡只是要她们叫外卖。

"什么？"她们俩异口同声说。

"想吃什么都行，比萨、印度菜、泰国菜、薯片、甘草糖果……"

两个女儿看着她的表情，好像觉得她疯了。她走进书房关上门，写电子邮件请鉴识实验室立刻做毛发片段分析，这件事其实一开始就该做了。

这不仅能得知那个人死的时候血中有多少唑吡酮和右丙氧芬，还能显现过去几个月来每星期的药物浓度。换句话说，由此便能知道他是长期用药还只有这一次。这有可能是一片重要的拼图，一切的一切让她忘了女儿、背痛、失眠与人生可能终究毫无意义的感觉。她不禁觉得困惑，这一辈子都在调查可疑的死因，如今的她难得会如此投入。但这个人令她着迷，甚至可能希望他有个戏剧性的死因。就好像他备受摧残的身体应该要有个更精彩的故事相配，因此她花费许多个小时细看尸体照片，每次都会发现一些新的细节。她不时自言自语道：

你到底经历了什么，老先生？

你到底受过什么可怕的苦难？

布隆维斯特坐到计算机前，开始搜寻凯特琳·林达斯。她现年三十七岁，拥有斯德哥尔摩大学政治经济学硕士学位，如今是保守派的评论员兼作家。她有一个播客节目，经营得有声有色，同时还为《瑞典日报》《Axess杂志》《焦点周刊》与《报人》写专栏。

她曾呼吁立法禁止行乞，也经常探讨福利依赖的风险与瑞典教育体制的缺失。除了支持君主制、主张强化国防之外，也强烈体认到保护核心家庭的重要性，但她自己似乎并没有这样的家庭。她自称是女权主义者，却时常受到女权主义者的批评。网络上，左右两派都对她炮火猛烈，在"闪回"论坛总会出现冗长不堪的留言串。"我们必须有准则。"她经常这么说，"准则与责任会让人成长。"

她时常写道，她厌恶暧昧不明、迷信与宗教信仰，但对于后者持较保留的态度。在《瑞典日报》上写到建构式新闻时——也就是新闻报道不仅要描述问题，还要提供切实的解决之道，她说："麦可·布隆维斯特自称想要对抗民粹主义者，却又对社会抱持悲观态度，这反而顺了他们的意。"

她说，年轻记者视他为典范，令她感到担忧。她写道，他往往将人当成受害者，而且已经预设立场，支持企业的反对方。他应该更努力地提出解决方案，而不只是指出问题。她的说辞与他预期的差不多。

他当然听过更严厉的批判，何况她说的并不全错。但荒谬的是，她还是让他感到惊慌，总觉得只要她瞄上一眼，就会知道他没洗碗、没洗澡或裤子拉链没拉，或是直接就着纸罐喝酸奶。他觉得她的神情当中有一种毁灭的力量，一种冰冷特质，却又平添了一丝严峻的美。

但他不由自主地一再想起她与那名乞丐的冲突——冰山美人与衣衫褴褛的男子。最后他查到她的电话，打了过去。她没接，或许这样也好。没什么特别的，没什么故事，他也该抓紧时间，出发前往沙港了。他从衣橱拿出几件衬衫和一件较正式的外套，以免忽然心血来潮想去赛格拉饭店犒赏自己一下时没衣服穿。这时候手机响了，是林达斯，她说话的口气和严峻的外表一模一样。

"有什么事？"她劈头就问，他考虑先对她的专栏文章稍加赞美，以卸下她的防备心，但实在办不到，便只问有没有打扰到她。

"我在忙。"她说。

"好吧，那我们改天再谈。"

"可以改天再谈，但你先告诉我是什么事。"

我在写一篇专说你坏话的专栏文章，他很想这么说。

"我听同事苏菲·梅尔克说，你最近在马利亚广场和一个游民起过争执。"

"我和很多人都起过争执，工作的关系。"她说。

我的天哪，他暗叹。

"我只是觉得好奇，想知道那个人说了什么。"

"反正就是些胡说八道。"

他又看一眼屏幕上林达斯的照片。

"你还在公司吗？"他问。

"问这个干吗？"

"我想我可以过去一下，我们谈一谈。你在麦可大师街，对吧？"

事后回想起来，他无法想象自己怎会提出这种建议，但他知道若想挖出任何讯息，光靠电话不可能办到。因为电话交流就好像架了铁丝网一般。

"好吧，但要长话短说。"她说，"一小时后见。"

从布拉格共和广场上的饭店里,可以听到一辆电车轰隆轰隆驶过。莎兰德又一次喝多了,也再次黏在计算机屏幕前,关在她的法拉第笼内。没错,她是有过放松与遗忘的时刻,但总得借助酒精与性爱,而且事后愤怒与沮丧又会卷土重来。

有一种疯狂状态让她无力抵抗,过往在她脑中飞快转动,像离心机似的。日子不能这么过,她时常暗自揣想,不能再这样继续下去。她必须采取行动,光是等待并倾听走廊与街道上的脚步声,或是逃跑,都没有用。所以她才会化被动为主动,可是这并不简单。

瘟疫介绍的代号叫卡蒂亚·费里的人,据说非常厉害,一开始感觉不出来。她不断地提高价码,说没有人会去惹那个派系的黑手党,尤其现在又涉及伊凡·葛里诺夫。

她不断提到葛里诺夫和库兹涅佐夫,还有一些众所周知的报复行动。直到在暗网上经过冗长对话后,莎兰德才说服费里,在距卡米拉位于卢比约夫卡的豪宅外上百米处的杜鹃花丛中,偷偷地放置一个IMSI捕捉器。之后她从里面的手机通信拦截到了追踪号码,即国际行动装置辨识码(IMEI)。至少有点进展了,但这并未保证什么,也没有纾解过往的纠缠,它依然在她心里不断躁动、大声叫嚣。她常常像现在这样坐着,吃着客房提供的垃圾食物,喝光小冰箱存放的威士忌和伏特加,同时透过她黑入的卫星联网,死盯着卡米拉的房子。

光这点就纯粹是疯狂的行径。她既不运动,也不出房门,只有在听到敲门声,才起身替波琳娜开门。门一开,她就絮絮叨叨不知说些什么,莎兰德一个字也没听进去,直到波琳娜突然问道:

"怎么了?"

"没事。"

"你看起来……"

"……惨不忍睹?"莎兰德问。

"差不多。有什么我能帮得上的吗?"

走开,她心想,走开。但没说出口,而是一边转身去躺到床上,一边猜想波琳娜敢不敢跟过来。

布隆维斯特与林达斯握了握手。她的手劲强而有力，却回避了他的目光。她穿着白色衬衫，连领口的扣子都扣上了，搭配裙子与淡蓝色西装外套，还披了一条花呢格纹披肩，脚上踩着黑色高跟鞋。她的头发盘成髻，尽管衣服十分合身，曲线毕露，却正经拘谨得像个英国学校的教师。办公室里显然只剩她一人，她办公桌上方的公布栏上有一张照片，是她和国际货币基金组织总裁克里斯汀·拉嘉同台讨论的合照，两个人看起来有如母女。

"佩服。"他指着照片说。

她没有回应，只是请他坐沙发，自己则坐到对面的扶手椅上，挺直背脊，跷起腿来。他有种荒谬的感觉，好像女王在万般不情愿地接见大臣。

"谢谢你答应见我。"他说。

"不客气。"

她用狐疑的眼光打量他，他不禁想问问她为什么这么讨厌他。

"我并不是在调查你，如果这么说能让你比较放心的话。"他说。

"你想怎么写我都无所谓。"

"我会记住的。"

他微微一笑，她却没有反应。

"其实我是在休假。"他接着说。

"可真幸运。"

他感受到一种莫名的冲动想刺激她。

"我很好奇，想听听那个乞丐的事。他跟你说了什么？几天前发现了他的尸体，口袋里有我的电话号码。"

"哦……"

这个人死了，你至少应该有点反应吧，他心想。

"他可能有什么想告诉我的，所以我才会好奇想知道他跟你说了什么。"

"没什么。他只是大嚷大叫,还挥舞着像棍子的东西,把我吓死了。"

"他在叫嚷什么?"

"就是平常那些胡言乱语。"

"什么叫'平常那些胡言乱语'?"

"大概就是说约翰尼斯·福塞尔是个狡猾的家伙。"

"他嚷嚷了这个?"

"总之和福塞尔有关,不过我当时只想赶快离开。他拉扯我的手臂,很粗鲁,感觉很不舒服,所以请原谅我没有留下来耐心听他的阴谋论。"

"我理解,真的。"他不禁感到失望。

关于国防部长那些源源不断的谣言,他真是受够了。这是网军最喜爱的话题之一,内容的夸张程度与日俱增,恐怕迟早会传出福塞尔为恋童癖者开了一家比萨店的消息。其中部分缘由无疑是因为他面对右翼激进分子与排外人士毫不妥协。他的教育程度高,又富裕,不单是马拉松选手,还曾经游泳横渡海峡,有时难免被认为高傲。当然了,他激怒人的功力是出了名的。

但是布隆维斯特喜欢他。他们俩偶尔会在沙港巧遇,互相开开玩笑。有传闻说福塞尔因为股市崩盘大赚了一笔,还说他甚至可能是罪魁祸首之一,出于责任感,布隆维斯特于是着手追查,但丝毫没有发现可以支持这些说法的证据。福塞尔的资产基本上是委托管理,在股市崩盘前或崩盘期间并无交易。再者,股市下跌绝对无助于巩固他的地位。然而截至目前,他却是最招人厌的政府官员。他的主要成就在于为军情局(瑞典军事情报暨安全局)和瑞典民防管理局争取到更多经费,那么遭遇这样的处境也就不足为奇了。

"我实在受不了那么多的流言蜚语。"她说。

"我也不怎么喜欢。"他说。

"那我们至少有一项共识了。"

"我同意,要跟一边吼叫一边挥舞棍子的人谈话并不容易。"他说。

"谢谢你的宽宏大量。"

"但即便听起来不合理的话,有时候还是值得一听。说不定里头还是有点道理的。"

"你现在是在教我怎么做好我的工作吗?"她的语气令人恼火。

"你知道吗?"他说,"当谁都不相信你,谁都不愿意听你说话,有可能会把人逼疯。"

"你是说真的?"

"年复一年地被忽视?是啊,那有可能毁掉一个人。"

"那个人会无家可归又精神异常,是因为像我这种人不肯听他说话?"她反问。

"我不是这个意思。"

"听起来就是。"

"那么我道歉。"

"谢谢。"

"我听说你自己也是辛苦过来的。"他试探地说。

"那和这件事有什么关系?"

"应该无关。"

"那好了,谢谢你跑一趟。"她说。

"拜托,"他喃喃地说道,"你到底是怎么回事?"

"我是怎么回事?"她重复他的问题并站起身来,两个人怒目相视了几秒钟。

荒唐的是,他觉得他们好像在决斗,又好像拳击场上的两名拳击手,事情也不知道是怎么发展的,两个人忽然靠得很近,他可以感觉到她的气息,可以看到她眼中闪着光,胸部上下起伏着。当她将头转向一旁,他亲了她,那一刹那他以为自己做了愚不可及的事,不料她竟也回亲了他,两个人诧异地互相凝视数秒,好像谁也不知道发生了什么事。

紧接着她一手勾住他的颈子,将他拉近,转眼间便一发不可收拾。他们倒进沙发又滚到地上,在这干柴烈火的炽热当中,布隆维斯特发觉打从在网络上看见她的照片,他就想要她了。

第九章

八月二十四日

菲德丽卡坐在法医委员会实验室内想着两个女儿，自问究竟是哪里出了错。

"我不懂。"她对同事马蒂亚斯·霍姆斯特罗姆说。

"你不懂什么？"

"我怎么会这么气约瑟芬和阿曼达，气到几乎就要爆炸了。"

"什么事让你这么生气？"

"她们实在太没教养，连招呼都不打。"

"拜托，菲德丽卡，她们是青少年啊，这很正常。你忘了你在她们这个年纪是什么样了吗？"

她记得可清楚了。她向来是乖宝宝，成绩好，长笛、排球、合唱，样样拿手，而且规矩有礼。她总是笑容可掬地说："好的，妈妈。""没问题，爸爸。"像个快乐的小勇士。她自己想必也有令人受不了的地方，可是天哪……别人问你话，竟然闷声不响？

她无法理解，也忍不住一直感到心情恶劣，到了晚上就发脾气怒骂女儿。她实在是太累了，必须好好睡个觉，安定心神，而最好的做法显然就是给自己开一些安眠药。既然如此，何不来点管制药物？既然青春期那么循规蹈矩，现在稍微叛逆一下也无妨吧？那么何不来点红酒配止痛药？她暗自一笑，而当她对马蒂亚斯说了几句意兴阑珊的话，却引来他热情的笑容，不由得也想冲着他尖叫。

之后她又开始想那个乞丐。他的案子是唯一能让她全心投入的工作，因此她决定不去理会警察不肯为此伤脑筋的事实。她已申请对他的牙齿进行碳十四定年检测，并列为重要优先项目。如此一来便能得知此人的年纪，误差值在两岁之内，另外碳十三的检测则能披露他童年长牙时的饮食习惯，并显示其中锶与氧的含量。

她也拿常染色体 DNA 的检验结果和国际基因网的数据库进行比对，显示此人极可能来自中亚南部。目前还在等候毛发片段分析的结果出炉，若碰上最糟的情形，毛发检验可能要花好几个月，因此她一直尽可能地向鉴识实验室施压。她决定再打电话问问医务秘书。

"葛妮拉，"她说，"对不起，一直来烦你。"

"没关系，你是最少来麻烦我的，只是最近忽然发愤图强了。"

"毛发分析的结果出来了吗？"

"你是说那个身份不明的人？"

"就是他。"

"我去问问总办。"

菲德丽卡一边敲打桌面，一边抬头看了看墙上的时钟。现在是上午十点二十分，她已经想吃午餐了。

"好啦，好啦，真是令人惊喜啊。"葛妮拉顿了一下才接着说，"他们赶工了，结果已经出来。我送过来给你。"

"只要跟我说就好了。"

"结果是……等一下。"

菲德丽卡没想到自己会这么沉不住气。

"他好像是长头发。三个片段都有，而且全部是阴性。没有检出鸦片类药物或苯二氮平。"

"所以他不是吸毒成性的人。"

"只是实实在在的酒精成瘾。不，等一下……这里说……他以前服用过阿立哌唑，这是抗精神病的药，不是吗？"

"没错，治疗思觉失调症的药。"

"只看到这些了。"

菲德丽卡挂上电话后，坐着思索片刻。所以说这个人除了阿立哌唑之外，没有吃过其他精神药物，而且已经有一段时间了。这意味着什么？她咬咬嘴唇，瞪着马蒂亚斯看，他还在傻笑。其实事实已经摆在眼前了，不是吗？要不是这个人忽然（也许是碰巧）得到大量安眠药，一口气吞了下去，就是有人想杀他而把药磨成粉，混进酒里面。

她倒不晓得混了唑吡酮的酒味道如何，应该不太好喝吧。不过她猜这个人也没那么挑。但话说回来，会有谁想杀他呢？当然无从得知，至少目前还没办法。假设真是他杀，已经可以排除非预谋性杀人的可能了。这不是一时冲动的行为，要将药物混入酒瓶，还要混入鸦片类药物，混入右丙氧芬，有一定程度的复杂性。

混入右丙氧芬。

这点让她起疑。加了右丙氧芬，这款调酒未免有点太高级了，就像出自药剂师之手，或是询问过医生。她再一次微微感到兴奋，自问接下来要怎么做。可以打电话给法斯特，再一次听听他关于怪胎习性的高谈阔论。但她又改变了主意，想先写完报告，然后打电话给布隆维斯特。既然不该说的都已经说了，干脆继续说下去。

林达斯坐在布隆维斯特位于沙港的小屋内，试着整理一篇为《瑞典日报》写的短社论。写得不太顺利，没什么灵感，也受够了截稿时间，甚至厌倦了发表观点。事实上，她对一切都感到厌烦——除了布隆维斯特，而这却是她最不需要的，偏偏又无能为力。她应该回家，看看她的猫和植物，展现自己还有些许独立能力。

但她没有这么做，好像怎么也离不开他。说来也奇怪，他们完全没有争执，就只是不断地温存、聊天，也许是因为早在八百年前她就对他有意思，一如当时的每个年轻女记者。不过说她被杀个措手不及，可能比较接近事实——甚至可说是完全出乎她意料之外。她斩钉截铁地相信他瞧不起她、想要让她出糗，因此才会表现出高傲的防卫姿态，这也是她在承受压力时每每会有的反应。她本想将他赶出办公室，却在他眼中看见截然不同的神情——一种饥渴。于是情况急转直下，瞬间失控。她完全变了个人，不再是一般人心目中的她，甚至不在乎可能随时会有同事进来。直到现在，她仍然对自己扑向他的那股激情感到惊讶。事后他们离开办公室，一起毫无节制地喝酒。通常她做任何事都不会毫无节制。

他们在深夜搭着水上出租车来到沙港，跌跌撞撞进入他的小屋。

接下来几天,他们有时躺在床上依偎在彼此怀里,有时坐在院子里或是小快艇上,这是他前一年买的,或许应该说是装了舷外马达的小艇。他们就这样悠闲地打发日子。不过她不肯相信这份感情是认真的,对于自己人生中唯一真正恒久存在的东西,那份始终存在的恐惧,她至今仍只字未提。她一再地说明天要回家,或者说不定当天晚上就回去,结果一留再留,到现在已是星期一上午十点半。水面上有风,她抬头望着天空,一只绿色的风筝在风中飘摇不定,快速下坠。身旁忽然响起嗡鸣声。

是布隆维斯特的手机。他出去慢跑了,她当然没有说要替他接电话。然而她看了一眼显示屏幕,菲德丽卡·尼曼,想必是他提到的那位法医,她于是接了起来。

"这是麦可的手机。"她说。

"他在吗?"

"他出去跑步了,有什么需要我转达的吗?"

"麻烦请他回电给我,"医生说,"告诉他我收到检验结果了。"

"你是说那个穿羽绒外套的乞丐吗?"

"是的。"

"其实我见过他。"她说。

"真的吗?"凯特琳听得出她语带好奇,"抱歉,请问你是?"

"我是凯特琳,麦可的朋友。"

"是怎么回事?"

"有一天早上在马利亚广场,他忽然跑过来对我大吼大叫。"

"他想做什么?"

她已经后悔开了头。她回想起当时感觉到的不愉快再次袭来,有如一阵凛冽寒风。

"他想说约翰尼斯·福塞尔的事。"

"福塞尔,国防部长吗?"

"他很可能是想污蔑福塞尔,就像其他人一样。不过我尽快离开了。"

"他大概是哪里的人,你有没有概念?"

凯特琳自认为十分清楚。

"没有,我不知道。"她说,"你刚才说的是什么检验结果?"

"这个我还是跟麦可讨论比较好。"

"好吧,我会叫他打给你。"

她挂断电话后,恐惧感又悄悄回来了,她想起了那个乞丐,想起他跪坐在马利亚广场的雕像旁,那种似曾相识的感觉,并因此回忆起儿时的经历。也许她对他露出略显紧张的微笑,想当年遇见穷苦残废的可怜人,她都会露出这种微笑。总之,那个人肯定是觉得自己受到认可,才会一跃而起,抓起身边的棍棒,一边一跛一跛地朝她走来,一边高喊:

"有名的女士,有名的女士。"

她很惊讶他认得她。但紧接着当他靠近后,她看见他残留的断指与泛黄肌肤上的黑斑,看见他眼中的绝望,顿时愣住了,动弹不得。直到他抓住她的外衣,开始嚷嚷福塞尔的名字,她才终于挣脱逃离。

"你完全不记得他说了什么吗?"布隆维斯特曾这么问她。

当时她说就像平常那些胡言乱语,但说到底,可能不只如此。如今那些话重新浮现,她已不再觉得毫无意义,也不再认为是大家老是骂福塞尔的话。如今想来,那其中有迥然不同的含意。

布隆维斯特快到家了。他汗流浃背,精疲力竭。他左右张望了一下,一个人也没有,他再度暗忖:是我太多疑了,真够荒唐。最近他开始怀疑有人在跟踪他,也觉得太频繁地碰见一个绑马尾、留胡子、手臂上有刺青的男人。那人的穿着打扮像是来度假,却有一种太过小心翼翼的感觉,不像离开工作岗位的样子。

他倒不是真的认为这个男人和自己有什么关联,而且大部分时间,他整颗心都放在凯特琳身上,把外界全抛到九霄云外去了。只不过偶尔——就像现在——还是会突然感到焦虑,然后几乎从无例外地想起莎兰德。他会想象一些残酷至极的可怕画面……

还在气喘吁吁的他仰起头来,天上没有云。气象说热浪还会持续,但今晚过后就会起风,还可能有暴风雨。他站立在栅门外,院子里有两丛红醋栗,早该修剪了。他大口大口地喘气,一边弯下身用手撑住膝盖,一边看着远处的湖水与泳客。

随后进屋时,他满心期待会受到热情欢迎。是凯特琳把他宠坏了,有时哪怕只是出去个十分钟,她也会像迎接凯旋战士一样迎接他。但此时她却只是全身僵硬地坐在床上,一脸阴郁,他不禁担心起来,立刻回想到那个绑马尾的男人。

"发生什么事了吗?"

"什么……没有。"她说。

"没有人来过吗?"

"你在等谁吗?"她问道,他这才略感放心,伸手轻抚她的头发,问她是不是哪里不舒服。

凯特琳说她没事,但他不相信,他已不是第一次发现她露出郁郁寡欢的神情,只不过每次总是一闪而逝。等她告诉他法医来电,他便决定不再追问,转而去打电话给菲德丽卡,听听毛发检验结果。

"所以呢,得到什么结论?"他问法医。

"老实说,我已经翻来覆去思考过各种可能性,还是觉得可疑。"她说。

布隆维斯特看着凯特琳,只见她双手搁在腹部安坐着,他微微一笑,她也勉强报以一笑,然后他便望向窗外,看到天鹅在湖面上游荡。他的马达小艇正随波起伏,待会得把它安置妥当。

"那现在法斯特怎么说?"

"他还不知道,但我写进报告了。"

"你必须让他知道。"

"我会的。你的朋友说那个乞丐提到福塞尔。"

"那个人就像一种病毒,"他说,"每个疯子都对他念念不忘。"

"这我倒不知道。"

"有点像当年的首相帕尔梅遇刺案,总会在不知不觉间渗入每个小变态的脑子里。关于福塞尔那些荒谬的阴谋论,都快把我淹没了。"

"为什么？"

凯特琳起身走进浴室，他又看了看她。

"我想我们永远不会知道。"他说，"好像有些公众人物就是会激发人的想象力，不过福塞尔只可能是被栽赃。网军针对他散布假消息，这已是千真万确的事。"

"他不也是有点爱冒险吗？一个投机分子。"

"其实我觉得他还好。我仔细调查过他。"他说，"你还是不知道乞丐是哪里人吗？"

"现在只有碳十三分析的结果，显示他的成长环境可能非常贫穷，但这点我本来就猜到了。他的饮食似乎以蔬菜谷类为主，也许他的父母是素食者。"

他看向浴室。

"这一切不是有点怪吗？"他说。

"怎么说？"

"这个人突然莫名其妙地冒出来，然后又忽然死了，体内还混了一堆致命的毒。"

"是啊。"她回答。

他灵光一闪。

"我想到了，我有个朋友在重案小组，是督察长，曾经和法斯特共事过，而且觉得他是个大白痴。"他说。

"他显然是个很有判断力的人。"

"我可以跟他说一声，问他能不能看看这个案子，那么也许就能加快速度了。"

"这样最好。"

"谢谢你打电话来，我会再找你。"他说。

他挂断电话后很高兴有了可以找包柏蓝斯基的理由。他与督察长相识已久，尽管两个人的关系并不十分融洽，近几年却成了朋友，而且与他交谈后总能得到些许慰藉。包柏蓝斯基思考事情向来面面俱到，光是这点就有助于布隆维斯特综观全局，暂时脱离源源不断的世界新闻讯息的洪流，这虽说是他的日常，有时却让他觉得就要被新闻的污浊与疯狂中淹没。

他最后一次见到包柏蓝斯基是在潘格兰的葬礼上，他们聊到莎兰德，聊到她在教堂里致悼词，以及她提到关于龙的事。他们说好很快再见面，但后来便无下文，世事往往如此。现在布隆维斯特拿起手机准备打给他，但迟疑了一下，转而去敲浴室门。

"你在里面没事吧？"

凯特琳不想应声，但知道总得说点什么，于是她嘟哝了一声"等一下"，然后从马桶座起身。她往脸上泼了点水，想让眼睛看起来不那么红，可是几乎没有差别。接着她走出来，坐到床上，布隆维斯特靠上前来抚摸她的头发时，她有些不自在。

"文章写得如何？"

"一塌糊涂。"

"我知道那种感觉，不过还有其他事情，对不对？"他问。

"那个乞丐……"她没往下说。

"他怎么了？"

"他让我变得歇斯底里。"

"这我知道。"

"可是你不知道为什么。"

"好像是。"他说。她犹豫片刻，还是开口了，眼睛则盯着自己的手看。

"我九岁那年，爸妈要我休学一年。妈妈说服学校，说她和爸爸会亲自教我，我猜学校一定给了他们一堆教材和功课，只是我从来没看到。然后我们就飞往印度果阿邦，一开始还真是挺酷的。我们就睡沙滩或吊床，我跟着其他小孩跑来跑去、学做首饰和木雕。我们会玩足球和排球，晚上就升火跳舞，爸爸弹吉他，妈妈唱歌。有一阵子，我们在阿兰波开了一家咖啡馆，我会招呼客人，还会用椰浆煮一种扁豆汤，我们把它叫作凯特琳汤。但是事情慢慢变了味，有人光着身子跑到咖啡馆来,其中很多人手臂上有针孔,也有人一副神情恍惚的样子,有些人还会摸我,或是做一些疯狂的举动来吓我。"

"听起来很可怕。"

"有一天我半夜醒来,看见妈妈的眼睛在黑暗里闪闪发光,她在注射毒品,爸爸站在稍远的地方摇晃着身体,几乎是意识不清地呻吟着,不久以后,我们开始有了真正的问题。爸爸的魔鬼,我们一天到晚在说这个。我会问:'爸爸怎么了?'妈妈老是说:'是他的魔鬼。'爸爸的魔鬼。过后不久我们离开了,好像也想逃离魔鬼一样,我记得我们走了几个小时、几天、几个星期,拖着一辆木轮老旧腐朽的推车,上面高高堆着妈妈想设法尽快脱手的披肩、衣服和一些小玩意。后来想必是全部卖掉了,因为那些行李在一夕之间几乎一件不剩。接着我们改搭火车又搭便车,去了瓦拉纳西,最后来到加德满都,住在怪胎街,就是以前的嬉皮街,那时候我才发觉我们彻底换了另一种生计。爸妈不仅注射海洛因,也在贩卖。有人会到我们家来苦苦哀求'拜托,拜托',有时候上街也会被追着跑。有很多人手指都没了,有的甚至缺手或缺腿。他们穿得破破烂烂,皮肤泛黄,脸上有斑块。我到现在都还会梦见他们。"

"而那个乞丐让你想起他们了。"

"所有的记忆都回来了。"

"对不起,让你回想起这些。"他说。

"这也没办法,我已经背负很久了。"

"不知道这么说能不能让你好过一点,但那个人不是毒虫,好像连药也没吃过。"

"他的外表还是很像。"她说,"那种绝望的神情一模一样。"

"法医觉得他是被杀。"布隆维斯特换了个语气说,好像已经忘记她的故事。她或许是因此而气恼,也或许只是厌倦了自己,便说想出去走走,尽管他略带敷衍地试图留她,心思很明显已经转移了。

她走到门口,转过身,看见他在手机上按号码。她忽然想到,也不一定要对他全盘托出,说真的,她还不如自己追查。

第十章

八月二十四日至二十五日

督察长杨·包柏蓝斯基生性优柔寡断,此刻他甚至不确定该不该吃午餐。也许到走廊的贩卖机买个三明治了事,然后继续工作,但念头一转,又觉得三明治也不好,应该吃沙拉,或者根本就不吃东西。和未婚妻法拉·沙丽芙去特拉维夫度假以后,他的确胖了一点,头顶的毛发也稀疏了些,但这是正常现象,没什么好紧张的。于是他收敛思绪,全心投入工作,专注于一份审讯报告(写得很差)和来自胡丁厄的鉴识分析报告(也同样粗糙)。也许正因为如此,他的心思才会开始散漫,而当布隆维斯特来电时,也才会实话实说:

"真有意思,麦可,不到十分钟前我刚想到你呢。"

不过他真正想到的人可能是莎兰德,又或者那只是他的感觉。

"你过得好吗?"

"大致上还好。"布隆维斯特回答。

"很高兴你还能这么说。我开始觉得我连简单的快乐都应付不来。你最近有没有去度假?"

"我现在正在努力。"

"既然你打电话给我,就表示努力得还不够。我猜应该是为了你的女孩吧?"

"她从来就不是我的女孩。"布隆维斯特说。

"我知道,我知道。她比谁都更不像是某人的女孩。她有点像是从天堂坠落的天使,对吧?她不侍奉任何人,也不属于任何人。"

"我真不敢相信你是警察,杨。"

"我的拉比说我该退休了。不过说真的,你有她的消息吗?"

"她跟我说她躲得很好,不会做傻事。我暂时倒是相信她的。"

"这是好消息。硫黄湖俱乐部的人在到处打听她的下落,这让我很不是滋味。"包柏蓝斯基说。

"谁都一样。"

"你应该知道我们提议过要保护她。"

"我听说了。"

"那你是否也听说她拒绝了？之后就再也联络不上？"

"听说倒是听说了……"

"只不过？"

"没什么。"布隆维斯特接着说，"但事实上没有人比她更善于躲避追踪，这点的确让我放心。"

"你是说电子监视之类的。"包柏蓝斯基说。

"你是不可能通过基站台或IP地址追踪到她的。"

"至少这样已经够好了。那么我们就只能等着瞧啦。"

"是的。我能不能问你一件完全无关的事？"

"说吧。"

"你的部下法斯特在负责一个案子，可是他好像一点兴趣也没有。"

"通常这样会比较好。有时候当他心血来潮想努力做事，反而……"

"嗯，也许吧。那个案子是关于一个陈尸街头的乞丐。菲德丽卡·尼曼法医认为他可能是遭人杀害。"

布隆维斯特告知了来龙去脉之后，包柏蓝斯基走出办公室，在贩卖机买了两个塑料包装的干酪三明治和一个巧克力夹心酥，然后打电话给同事桑妮雅·茉迪警官。

凯特琳戴上了在草丛间发现的园艺手套，将布隆维斯特那几丛红醋栗底下长出来的荨麻拔除。当她抬起头，正好瞧见一个绑着马尾辫、背影宽阔、给人略带威胁感的男人，那人沿着岸边匆匆离去。但她没把他放在心上，又回到方才在小屋时萦绕不去的混乱思绪中。

也许马利亚广场那个乞丐真的不像怪胎街的毒虫，但她深信他来自同一个地区，而且接受过同样马虎的医生的治疗。她还记得他残缺的手指与奇特的走路姿态，就像脚下失去重心似的。她想起了他抓住她的强劲力量，和他说的话：

"我知道关于约翰尼斯·福塞尔一些很恶劣的事。"

她原以为会是每天在网络上看到，还有她收到的那些恐吓信之类的漫骂，不禁担心他要施暴。但眼看她即将陷入恐慌时，他放开了她的手，继续用一种较忧伤的语气说：

"我带走福塞尔，留下了曼沙比夫……好可怕，太可怕了。"

但或许他说的不是"曼沙比夫"，只是听起来类似的音，总之是很长的词，重音落在第一个音节。她跑开时，那个词不断在耳边回响，接着就在斯威登堡街撞见了苏菲·梅尔克。不知怎的她把这个细节给忘了，此时在小屋外，刚才与法医的一席谈话又让她全想起来了，不知那是什么意思。这终究需要查一查。

她脱下手套，输入几个不同版本的拼法，但不管哪种语言都搜寻不到什么结果。谷歌只问是不是要查"马茨·萨宾"，说不定是，他是把马茨·萨宾一口气说出来。不能排除这个可能性，尤其是她发现马茨·萨宾曾是海岸炮兵队的军官，后来又成为瑞典国防大学的军事历史学家。福塞尔曾是情报人员兼俄罗斯方面的权威，这两个人很可能有所牵扯。

凯特琳抱着一线希望，输入两个人的名字一起搜寻，立刻有结果显示他们不单见过面，还是敌对关系，至少曾在公开场合发生意见分歧。她考虑要不要进屋告诉麦可，但不行，感觉太牵强，于是她继续留在院子里拔草，偶尔抬起头凝视水面，内心满是乱糟糟的想法。

莎兰德还在布拉格的国王殿饭店，坐在窗边的桌子前，再次盯着屏幕上卡米拉位于卢比约夫卡的豪宅画面。但这已不再是自我强迫的行为，也不是为了将景象印在脑海的例行公事。这栋房子越来越像一座堡垒，一个指挥中心，随时有人来来去去，甚至包括如库兹涅佐夫之辈的大人物，而且人人都要搜身。警卫一天比一天多，IT安保系统肯定也是一再重复检查。

多亏有卡蒂亚·费里放置定位后,隔几天才又取走的基站台,莎兰德才得以通过追踪卡米拉手机的信号,亦步亦趋地跟踪她。但是她还没有能入侵IT系统,所以屋里的情况只能靠猜测。她只知道活动越来越频繁。

那房子充斥着一种重大行动前的紧张能量,昨天卡米拉乘车去了"水族馆"——位于莫斯科郊区霍登卡的军情总局的别称。这不是好兆头,看来她正在尽其所能地寻求协助。

然而她似乎并不知道莎兰德人在哪里,这一点多少还是令人安心的。只要妹妹还待在卢比约夫卡的房子里,莎兰德和波琳娜应该就毫无危险。只是凡事都没有绝对。

莎兰德关掉卫星画面,转而查看波琳娜的丈夫托马斯在做什么。没做什么,至少看起来如此。他只是瞪着网络摄影机,苦恼的神情一如往常。

最近莎兰德不太多话,但至少晚上会花几个小时听波琳娜说话。她对她的人生了解得够多了,甚至已经听过熨斗的意外事件。住在德国的时候,托马斯(这时正对着摄影机擤鼻涕)总会将衬衫送洗。到了哥本哈根,他则叫波琳娜替他熨烫衣服——"好让她白天有点事做"。不料有一天她忘了熨烫衣服,也忘了洗碗,穿着一件短裤和他没烫的衬衫,一边走来走去,一边接连喝着红酒和威士忌。

前一天晚上波琳娜挨了打,嘴唇裂开,她希望把自己灌醉之后,能壮起胆子结束这段关系,或是做个了断。情况越来越糟。她不小心打破花瓶,然后打破玻璃杯和盘子(这倒不完全是不小心),不知怎的,她还把红酒洒在了衬衫上,把威士忌洒在床单和地毯上。最后她在酒醉、挑衅的状态下入睡,内心觉得自己终究会有勇气叫他去死。

醒来时,发现托马斯压坐在她的手臂上,一拳一拳往她脸上打。随后将她拉到烫衣板旁,动手烫自己的衬衫。在这之后,波琳娜唯一记得的只有皮肤烧焦的味道与不可言喻的痛,还有她自己冲向大门的脚步声。偶尔莎兰德会想到这个,尽管有时候她会像现在这样直视着托马斯的双眼，他的脸却往往与她父亲的脸合而为一。

在她疲累之际，卡米拉、托马斯、她的童年、札拉，这一切会全部汇聚成一体，像束带一样将她的胸部与额头越绑越紧，让她忍不住大口吸气。外面可以听到音乐声，有人在调吉他。她伸长脖子往窗外看，街道上人潮汹涌，人群在帕拉丁百货公司进进出出，川流不息。右手边一个巨大的白色舞台上，工作人员正在为演奏会做准备。也许又是星期六了，也可能是放假日，反正对她来说都一样。波琳娜人呢？八成又到大街小巷闲晃去了，她老是这么走个没完。为了驱散纷乱的思绪，莎兰德看了一下信箱。

黑客共和国的人并未如预期回复消息，她白天问的问题还是没答案。倒是布隆维斯特寄来了几个加密文档，她不由得浅浅一笑。你终于看自己的文章啦，她暗想。结果不是，文档内容与库兹涅佐夫及他的谎言无关，而是……是啊，这些是什么呢？

一列又一列数不尽的数字与字母，XY、11、12、13、19。显然是DNA序列，但这是谁的？她浏览了文件与一份附加的验尸报告，发现是一名男性的资料，根据碳十四定年检测，年纪介于五十四到五十六岁，来自中亚南部地区。他有几根残缺不全的手指与脚趾，身体状况极差，还是个酒鬼。验尸结果显示他是唑吡酮与右丙氧芬中毒而死。

布隆维斯特写道：

〈如果你真的在度假，也没做任何傻事，也许可以试着查出这个人的身份。警方那边没有姓名，什么都没有。有一位能力杰出的法医名叫菲德丽卡·尼曼，她认为他是遭人杀害。

他的尸体是八月十五日在丹托伦登公园的一棵树旁被发现的。我寄了一份DNA分析（体染色体的）和其他一些数据，碳十三的检测结果和一份毛发分析，还有那个人的笔迹的照片（没错，那是我的电话）。M〉

"想得美,"她喃喃自语,"我要出去找波琳娜,再把自己灌醉。我才不去研究别人的 DNA 结果,我也不找什么病理学家谈。"

但这回她还是没出门,因为就在这个时候,她听见走廊上传来波琳娜的脚步声。她从小冰箱里拿了两小瓶香槟,张开双臂,勇敢地试着不让自己露出惨不忍睹的模样。

这是个疯狂的计划。不过自从凯特琳说她一定要回家喂猫、给植物浇水(输给植物让布隆维斯特格外觉得不是滋味),他不得不在港口与她挥别之后,他始终感到孤单和沮丧。从港口回到家后,他又给菲德丽卡打了电话。

他声称认识一个卓越的女性遗传学家,说她或许能在 DNA 分析上提供些许帮助。菲德丽卡很想知道她是谁,又是专精于哪个领域。他只说她是个意志非常坚定的人,在伦敦的大学教书,专攻系谱追查。莎兰德对于 DNA 分析确实非常拿手。她曾竭尽全力试着查出为什么她的家人都有如此极端的遗传特征。不单是她那个极端聪明又可恨的父亲札拉千科,还有她同父异母的哥哥罗讷德·尼德曼,他有惊人的神力,却没有痛觉。另外还有莎兰德自己也拥有过目不忘的记忆力。她的血亲当中有一些人具有罕见的特质。布隆维斯特虽不清楚她查出了什么,却知道莎兰德在很短的时间内便自行学会了这项科学方法。与菲德丽卡经过一番长谈后,他终于取得实验室送给她的资料。

然后他全部转寄给了莎兰德。他并不抱太大希望,这可能只是和她联系的借口罢了。无所谓啦。他望着外面的大海,风势逐渐猛烈,最后一批泳客也开始收拾行装。他渐渐陷入沉思。

凯特琳是怎么了?短短几天,他们已变得如此亲密,他原以为……唉,他也不知道自己以为什么。以为他们真的适合彼此?这么想未免太傻了,他们简直是天壤之别……暂时还是别想了,打电话给爱莉卡吧。他应该为拖稿的事弥补一下。他拿起手机拨了电话……给凯特琳。不知不觉就变成这样了,一开始的谈话多少还延续着两人分手时的不自然与迟疑。之后她忽然说:"对不起。"

"为什么?"

"就这么走了。"

"可不能因为我害死任何植物。"

她郁郁地一笑。

"你现在要做什么?"他问道。

"不知道。可能会强迫自己坐下来写点东西。"

"听起来不怎么好玩。"

"是啊。"她说。

"但你需要逃离,是吗?"

"应该吧。"

"我从窗口看着你拔草,感觉你一脸忧郁。"

"也许是这样。"

"发生什么事了吗?"

"也不算是。"

"但真的有事,对不对?"

"我在想那个乞丐。"

"他怎么了?"

"我没告诉你他嚷嚷着说了福塞尔什么。"

"你说就是一些平常的东西。"

"但恐怕不只如此。"

"你为什么现在要告诉我这个?"

"因为法医打电话来以后,我开始记得更清楚了。"

"那么他当时说了什么?"

"有点类似像:'我带走福塞尔,我留下曼沙比夫,好可怕,好可怕。'大概是这样。"

"你觉得他是什么意思?"

"不知道。可是我查了曼沙比夫、曼沙宾之类的字,结果查到马茨·萨宾,这是最接近的了。"

"那个军事历史学家?"

"你认识他吗？"

"多年前，我也曾跟着潮流读遍有关第二次世界大战的文章。"

"四年前，萨宾到阿比斯库国家公园登山的时候意外死亡，这你也知道吗？他冻死在一座湖边，一般以为他是中风发作，无法找地方避寒。"

"这件事我不知道。"他说。

"我倒不是认为这和福塞尔有关……"

"可是……"他接话，以鼓励她说下去。

"可是我还是忍不住把他们的名字放在一起搜寻，结果发现福塞尔和萨宾在媒体上起过口角。"

"乞丐和这个有什么关系？"

"不知道。不过……他确实说了'我留下了曼沙宾'之类的，可能有所关联。萨宾死的时候的确是孤单一人。"

"这是条线索。"他说。

"也可能毫无意义。"

"你不能回来吗？我们详细地谈一谈，也可以顺便聊聊人生的意义之类的。"

"下次吧，麦可。下次。"

他想说服她，想苦苦哀求，却又自觉可悲，因此只祝她有个愉快的夜晚，便挂上了电话。他起身从冰箱里拿了一罐啤酒，不知该拿自己怎么办。照理说应该别再去想凯特琳和那个乞丐，反正也想不出个所以然。应该重新着手写那篇关于网军工厂与股市崩盘的文章，或者如果能真正放个假更好。

偏偏他就是这副德行，冥顽不灵，也许还有点笨。他就是放不下，后来洗完碗、清理了厨房，站着凝视了片刻变化多端的海面之后，还是上网搜寻了马茨·萨宾，并开始读起《诺兰社会民主报》上一篇很长的讣闻。

萨宾生长于吕勒奥，后来成为海岸炮兵队的军官（他曾参与一九八〇年代搜捕外国潜艇的任务），但除此之外他也研究历史，甚至向军队请假一段时间，攻读乌普萨拉大学的博士学位，论文写的是希特勒入侵苏联。他后来在国防大学担任讲师，但一如布隆维斯特所知，他也出版过有关第二次世界大战的畅销历史书籍。

马茨·萨宾是出了名的越野赛跑与潜水好手。在妻子去世后不久，他去走了阿比斯库与尼卡卢奥克塔之间的经典健行步道，据讣闻称，他"身体状况极佳"。当时是五月初，气象预报说天气不错，不料接近三号傍晚，天气忽然变得冷飕飕，气温降到零下八度，萨宾似乎发生中风，倒在阿比斯库尤卡河不远处，始终未能抵达步道沿线的任何一间山屋。四号早晨，一群来自松比柏的登山客发现了他的尸体，看情形并无可疑之处，也没有暴力迹象。他享年六十七岁。

布隆维斯特试图查出当时福塞尔人在哪里（他也是个热爱户外活动的运动健将），但网络上的搜寻毫无所获。当时是二〇一六年五月，差不多是福塞尔成为国防部长的一年半前，就连他家乡厄斯特松德的媒体也尚未关注他的行踪。不过布隆维斯特最后还是查出福塞尔在那一带做生意，倘若他当时人在阿比斯库，也不是不可能的事。

但这完全是不确定的臆测。布隆维斯特站起身来，浏览了卧室的书架，大部分都是侦探小说，而且都已读过，于是他试着打电话找女儿佩妮拉和爱莉卡，却都没接通。心情越来越浮躁的他，便出发前往港边的赛格拉饭店用餐，晚上很晚才回到家，觉得泄气得不得了。

波琳娜睡着了，莎兰德则盯着天花板看。这是一般的正常状况，否则就是两个人都醒着躺在床上。她们俩都无法获得充分的休息，身体状态不怎么好。可是当天晚上，在香槟、啤酒与性爱的帮助下，她们终于能互相抚慰，并心满意足地迅速入睡。然而过没多久，当莎兰德蓦然惊醒，伦达路与童年的记忆和疑问宛如一阵冰冷的寒风袭来，方才的欢愉也难以缓解。他们一家人到底有什么毛病？

即便在对科学感兴趣之前,莎兰德就认为自己的家族有基因缺陷。有很长一段时间,她纯粹只是觉得家里很多人都有某种极端特质,而且很邪恶。但约莫一年前,她决定对这个假设一探究竟,于是通过一系列的计算机服务器,从林雪平的基因鉴识实验室获得了札拉千科的 Y 染色体。

她熬过一个又一个漫长夜晚,学习如何加以分析,并看遍所有她能找到的有关单倍体群的资料。所有的血缘传承都会发生小小的突变,由单倍体群则能看出每个人属于人类哪个突变分支,当她发现父亲的单倍群极不寻常时,一点也不讶异。她研究之后发觉比例偏高的部分不只是高智商,还有精神疾病,这个结果没有让她高兴一点,也没有为她解惑。

但她因此学会了 DNA 的分析技术。现在已是深夜两点多,她却只是回想着过去,在回忆中打哆嗦,瞪着天花板上一闪一闪的烟感探测器,活像一只邪恶的红眼。她不禁寻思,要不干脆来看看布隆维斯特寄给她的资料,至少能转移注意力。

于是她小心地下床,坐到桌前打开文档。"我们来看看吧,"她低声说道,"来看看……这是什么?"那是初步的体染色体 DNA 检测,有一些经过筛选的所谓的短纵列重复序列(STR)标记,因此她打开她从布洛德研究所下载的 BAM 档浏览器,可以帮她进行分析。过了好一会儿她才全心全意地投入,因为很容易就会被卡米拉家的卫星影像分心,不过这些数据当中有某个东西渐渐开始让她着迷,也许是察觉到这个人在北欧地区并无祖先或亲戚吧。

他来自遥远的地方。再次看过验尸报告,尤其是碳十三分析以及身体损伤与断肢的描述,她忽然冒出一个惊人的想法,随后一手按住肩膀的子弹伤口,身子往前倾,动也不动地坐了许久。

她快速地进行一连串搜索。真有这种可能吗?她觉得太不可思议,本打算侵入法医的计算机,却突发奇想,先用传统的方法试试。她寄出一封电子邮件后,便随意地喝起了小冰箱里剩下的一瓶可乐和一小瓶白兰地,任由时间一分一秒地流逝,直到天亮,这期间还在椅子上打了几次盹。大约在波琳娜睁眼醒来,走廊上也传来响声时,她的手机接收到信号,便又重新连上卫星画面。起初她只是睡眼惺忪地瞅着,但立刻睡意全消。

屏幕上显示妹妹和三个男人(其中一人高得出奇)走出卢比约夫卡的住处,搭上豪华礼车。莎兰德一路追踪他们直到莫斯科郊外的多莫杰多沃国际机场。

第十一章
八月二十五日

凌晨时分,菲德丽卡辗转反侧了好一阵子,最后看看闹钟,很希望至少已经五点半,不料才四点二十,忍不住咒骂了一声。她顶多只睡了五个小时,可是她知道(失眠的人都会知道)再也睡不着了,于是下床冲了一壶绿茶。早报还没送来,她拿着手机坐到餐桌前,听着鸟鸣。她怀念城市,怀念有男人在身边的日子,或者有谁都好,只要不是青春期的孩子。

"我昨晚也没睡,而且头痛背也痛。"她会这么对伴侣说,虽然现在她还是说了,但只是自言自语。接着她还得回自己的话:

"可怜的菲德丽卡。"

经过一夜狂风,湖面已恢复平静,稍远处可以瞥见两只栖居在此的天鹅,在水上悠游相随。有时候她会羡慕,不是因为想当天鹅,而是因为它们成双成对,可以一起共度风雨交加的夜晚,可以用天鹅的语言互相抱怨……她开始感受到睡眠不足的影响。查看信箱后,发现有个自称"黄蜂"的人寄信来:

〈收到布隆维斯特寄来的STR标记与验尸报告。大概知道这个人来自哪里。碳十三很有意思。但我需要全基因体定序。找UGC应该会最快。催他们一下,没时间等了〉

该死的狂妄语气,连个正式的结尾也没有。你这么厉害,自己去定序啊,她心中暗骂。她最讨厌这种无趣又死板的研究者。以前她丈夫就是这样,现在想来根本无药可救。接着她又重看了一遍电子邮件,情绪也缓和下来。信中的口气虽然粗鲁又跋扈,但和她想的不谋而合,几天前她确实送了血液样本去乌普萨拉基因体研究中心

（UGC），也正是她要求他们做全基因体定序。

她对他们猛烈地施压，频频催促生物信息工程师标记出所有不寻常的突变与变异。现在应该随时都可能收到回复，因此她没有回信给那个咄咄逼人的研究者，而是写信给研究中心，并决定也采用同样的口吻：

〈我现在就要定序结果〉

她希望他们看到发信时间会受到感动。时间还不到清晨五点，连湖上的天鹅都显得无精打采，终究也没有因为出双入对就沾沾自喜瞧不起人。

霍恩斯路上的库尔特·维德马克斯电器店还没开门。不过茉迪警官看见里面有个驼背的老先生，便上前敲门，对方拖着脚步慢慢走来，脸上露出勉强的笑容。

"你来得好早，不过快请进来吧。"他说。

茉迪自我介绍并说明来意，男子一听全身僵住，满脸气恼，愤愤然嘟囔了好一会儿。他的脸有些歪斜，脸色苍白，并且将侧面较长的头发梳过来盖住秃顶。他的嘴角线条隐隐透着一丝愤恨。

"这门生意都已经够难做的了，"他说，"还要跟网络商店和百货公司竞争。"

茉迪淡淡一笑，试着表露同情。稍早，她随意在附近走来走去、向人询问，隔壁理发厅有个年轻人告诉她，包柏蓝斯基所说的乞丐经常站在电器店的橱窗前，直瞪着里面的电视屏幕。

"你第一次看到他是什么时候？"她问道。

"几个礼拜前他大摇大摆地走进来，站在一台电视机前面。"老板维德马克斯说。

"电视里在播什么？"

"新闻，还采访了福塞尔，问到股市崩盘和全面防卫的事，气氛很紧张。"

"你觉得那个乞丐为什么会对那些感兴趣？"

"我怎么知道？我一直在想办法要赶他走。我没有不友善。我其实不在乎人的外表，但我很老实告诉他，他吓到我的客人了。"

"怎么说？"

"他站在那里嘟嘟哝哝地自言自语，身上又臭得要命。我觉得他脑子有点问题。"

"你有没有听见他说什么？"

"有啊，他用非常清晰的英语问我，福塞尔现在是不是很有名？我有点惊讶，但还是回答说他当然有名，他是国防部长啊，而且超级有钱。"

"他像不像是在福塞尔出名以前就知道他了？"

"我说不准，但我记得很清楚，他说：'问题，他现在出问题了吗？'他问话的口气好像希望听到肯定的回答。"

"那你怎么说？"

"我跟他说那是当然，他问题可大了。他拿自己的股票耍各种花招，在背后狠狠大赚了一笔。"

"但这些肯定都只是谣言吧？"

"可是大家都这么说。"

"结果那个乞丐有什么反应？"茉迪问。

"他开始大喊大叫、大吵大闹，我就抓住他的手臂想拉他出去，但是他力气好大。他指着自己的脸喊叫着：'看看我，看看我变成什么样子了！我带了他，我带了他。'总之是类似这样的话。他好像绝望到了极点，我就让他多待了一会儿。访问完福塞尔以后，是一个关于瑞典学校的节目，然后就换那个假正经的上流社会的狐狸精上场，说了一堆自以为是的话。"

茉迪感觉到火气逐渐上来。

"哪个'上流社会的狐狸精'？"

"姓林达斯的那个女人啊，那才叫目中无人。不过乞丐直愣愣地盯着她，好像看见天使一样，嘴里还念念有词：'好美、好美的女人。她也在批评福塞尔吗？'我试着向他解释这两件事没有关联，但他好像听不懂。他太激动了。不过没多久他就离开了。"

"后来再回来过吗？"

"他每天都会在同一个时间回来，就在我们打烊前不久，持续了大约一个礼拜。他会站在外面，隔着橱窗往里面看，还会问我的客人，他可以打电话找哪些记者、哪些人。最后我实在忍无可忍，就报了警，不过当然谁都懒得理这种事。"

"所以关于那个人，你完全不知道名字或其他信息？"

"他说他叫萨达。"

"萨达？"

"有一天傍晚我试着赶他走的时候，他说：'我的名字叫萨达。'"

"这也算有点收获了。"茉迪谢过维德马克斯后，便离开了。

前往和平之家广场与警察总局的途中，她上网搜寻了"萨达"。这是古波斯语，意指王公贵族或是一般群体或部落的领袖，普遍用于中东、中亚与东南亚。还有其他音译为锡达、萨达尔或塞达。王子，茉迪心想，乞丐装扮的王子，这可有趣了。不过真实人生从来与童话不同。

他们花了不少时间才出发离开，不只是因为完全掌握不到莎兰德的行踪，也因为情报总局成员葛里诺夫有其他事情要处理，卡米拉又坚持要他同行。他现年六十三岁，受过精良教育，在情报与渗透工作方面已有多年经验。

他精通多种语言，不仅能流利地说十一种语言，还能转换各种方言。在英国、法国和德国，甚至会被当成本地人。他身材瘦长，保养得宜，长相更是英俊，发色斑驳、鬓角泛白，但五官隐约让人联想到禽鸟。在人前，他总是彬彬有礼，然而他是个令人胆寒的人，有一些关于他过去事迹的传闻，更加体现出他这方面的性格，也更清楚地显示他究竟是怎样一个人。

其中有个传闻说他在战争中失去一只眼睛，便换装一只搪瓷的假眼，据说是市场上顶级的。根据市井传说（灵感来自一则关于某位银行信贷员的老玩笑），一直以来都没有人分得清哪只眼睛是真、哪只是假，后来葛里诺夫的一位手下无意间发觉了真相："微微闪现人性光辉的那只是假眼。"

还有一个传言是关于位在霍登卡情报局总部地下二楼的焚化炉。听说葛里诺夫将一名转卖机密情报给英国的同事带到那里活活烧死，还听说当他折磨敌人的时候，动作会变慢，眼睛眨都不眨。这些大多很可能只是没有根据的传言，被夸大渲染后变成神话，虽然卡米拉自己也利用这些传闻的力量获得她想要的东西，但他最令她看重的却不在此。

葛里诺夫与她父亲的关系向来密切，他和她一样十分敬爱札拉千科，也和她一样遭受背叛。这番遭遇将他们俩紧紧地联系在一起。她在葛里诺夫身上看见的不是残酷，而是理解，是父亲般的关怀，她从来不会弄错哪只眼睛是真的。葛里诺夫教她要百折不挠。前不久，当她明白札拉千科叛逃瑞典对葛里诺夫造成多大的打击时，曾经这么问他：

"你是怎么活下来的？"

"就跟你一样啊，绮拉。"

"怎么说？"

"你能活下来就是因为变得像他。"

这番话她牢牢地记在心上，既感到害怕，却也因此生出力量，过去的事常常紧追在身后，就像现在，这个时候她总希望有葛里诺夫陪在身边。有他在，她就不怕再变成小女孩。近几年，他是唯一看过她哭的人，而此刻，搭着她的私人客机前往斯德哥尔摩阿兰达机场之际，她则试图唤起他的笑容。

"谢谢你陪我来。"她说。

"我们会逮到她的，宝贝。她逃不掉。"他温柔地拍拍她的手，回答道。

看到卡米拉和属下开车前往机场后，莎兰德想必是睡着了，因为一觉醒来发现波琳娜在床头柜上留纸条说她下楼吃早餐去了，但现在已经十一点十分，餐厅应该已经关了。莎兰德继续留在房间，想起小冰箱里的点心已被自己吃个精光，不禁暗自咒骂。她喝了点自来水之后，进去冲了澡，然后换上牛仔裤和黑色T恤，坐到桌前查看信箱，里面收到两个文件，大小超过10GB，还有一封菲德丽卡·尼曼法医附上的短信：

〈嗨，我并不笨，当然已经向他们要了完整的定序。今天早上收到了。不知道那些人做得彻不彻底，总之是标示了一些异常之处。我当然有自己的专家团队，但请你帮忙看看也无妨。附上一个经过处理并加注的档案和一个原始数据Fastq格式文件，也许你宁可直接看原始数据。希望尽快答复，感激不尽。F.N.〉

字里行间流露着怒气，但莎兰德不予理会，何况她也很快就转移了注意力。她看见卡米拉现在人在瑞典，正沿着E4公路从阿兰达前往斯德哥尔摩。她握起拳头，有一刹那还考虑着自己是否应该也要去。但最后还是留在桌子前，打开那个姓尼曼的女人寄来的文件，一页一页在眼前快速掠过，犹如不断闪现的微缩胶片。她到底为什么要做这件事？她真的在乎吗？

她暂时决定专心看一下，至少在尚未决定接下来要做什么以前。她知道这是自己向来擅长的东西。

即使再大量的文件，莎兰德总能在极短的时间内抓住重点，因此一如菲德丽卡猜测，她宁可直接处理原始数据，这样可以避免受到其他人的想法与标记的影响。她利用SAMtools工具组的程序将信息转成所谓的BAM档，这个文档内包含了整个基因组，本身就是个大工程。

它可以说就像个庞大的密码文，由四个字母组成：A、C、G、T，分别代表腺嘌呤、胞嘧啶、鸟嘌呤和胸腺嘧啶。乍看之下宛如一部天书，事实上却是一个完整生命的代码。

一开始，莎兰德先拖曳出索引，研究各种图表，寻找有无任何偏差的情形。接着改用 BAM 浏览器、集成基因体浏览器，再拿特定与任意的基因片段，与她在千人基因体计划（从世界各地搜集到的基因信息）中找到的其他人的 DNA 序列进行比对，之后发现在所谓的 EPAS1 基因中的 rs4954 位点出现异常，而这个基因则是负责调节血红蛋白的制造。

由于差异实在太大，她立刻搜寻 PubMed 数据库，没多久忽然大喊一声，还频频摇头。真有可能吗？她事先已有预感，可能会是类似结果，但没想到这么快就看到白纸黑字的证据。此时的她全神贯注，全然把跑去斯德哥尔摩的妹妹抛到脑后，甚至没注意到波琳娜进房跟她打了招呼后走进了浴室。

现在莎兰德已经全心全意投入进去，想对这个变异的 EPAS1 基因有更深入的了解。它不仅非常罕见，还有令人惊异的背景，可以一路追溯到丹尼索瓦人，这是智人的一个亚种，四万年前便已灭绝。

长期以来，科学家都不知道有丹尼索瓦人，直到二〇〇八年，俄国考古学家在西伯利亚阿尔泰山的丹尼索瓦洞穴，发现一名女性的一截骨头与牙齿，才确认他们的存在。在历史进程中，丹尼索瓦人似乎与南亚的智人混了种，而将部分基因遗传给现代人，其中就包括这个 EPAS1 变种基因。

拜此变种基因之赐，即使氧气极为稀薄，人体也能吸收利用，它能让血液不那么浓稠，增进血液循环的速度，并降低血液凝结成块或水肿的风险。这种基因对于在低氧的高地生活与工作的人尤其有利，这与莎兰德最初的推测正好相符，她从乞丐身体所受的损害、截肢情况与碳十三的分析结果，便已猜到了。

可是尽管现在证据摆在眼前，她还是不敢肯定。这种基因虽然罕见，仍然分布于世界多处，于是她研究了此人的 Y 染色体与线粒体DNA，发现他属于 C4a3b1 单倍体群，一经查证，便再无怀疑。

这种单倍体群只存在于一群特定的人体内，这些人生活在尼泊尔与中国西藏的喜马拉雅山上，经常担任高山探险队的挑夫或向导。

这个人是夏尔巴人。

第二部
高山民族
八月二十五日至八月二十七日

　　夏尔巴人是尼泊尔喜马拉雅山区的一支民族，经常担任高山探险的挑夫或向导工作。

　　大多数夏尔巴人都是一个古老佛教派别宁玛派的信徒，相信山中住有神灵，而且必须按宗教仪式敬拜神祇。

　　据信，民间医生（藏语称为"拉瓦"）能帮助生病或意外受伤的夏尔巴人。

第十二章
八月二十五日

远方的海上罩着乌云，布隆维斯特还待在沙港的小屋，漫无目的地在网络上搜寻，并一再被那些关于福塞尔的信息吸引。除了偶尔会在杂货店或港口边与他巧遇，布隆维斯特也在三年前，即二○一七年十月，在他当上国防部长后访问过他。还记得当时在一个墙上贴着地图的大房间等候，福塞尔则像个兴高采烈来参加派对的小男孩，从门口探头进来。

"麦可·布隆维斯特，我的天哪，真是太好了。"他这么说。

政治人物以这样的方式打招呼让布隆维斯特很不习惯，或许应该把它当成一种奉承的企图，不予理会。但是福塞尔的态度带着一种真诚的热情，而且他记得他们确实相谈甚欢。福塞尔脑筋转得很快，除了引导话题之外，也会具体回答问题，就好像真的对你的提问感兴趣，不只是在玩政党政治那一套。然而，让布隆维斯特记得最清楚的却是丹麦酥皮点心。桌上摆了一大盘，但福塞尔怎么看都不像会吃这种点心的人。

他高大又结实，身材很好。他说自己每天早上都会跑五公里、做两百个俯卧撑，而且丝毫没有放纵自己的迹象。也许这些点心是想展现平易近人的个性，是精英阶级试图让自己像个寻常百姓的做法，就像有一次他对《瑞典晚报》的记者说，他一向很爱看音乐节的歌唱大赛，却回答不出任何相关问题。

他们后来发现彼此同年，只不过福塞尔当然显得更年轻一些，无论哪项健康指标也都比布隆维斯特好。他整个人充满活力与乐观。"这个世界看起来黑暗，但正慢慢在进步。别忘了，战争已经越来越少了。"他说着送给布隆维斯特一本实验心理学家史蒂芬·平克的著作，书就随意放在一旁，还没有看。

福塞尔出生于厄斯特松德,家里在奥勒小本经营一间民宿和一个度假村。他从小在校成绩就很优异,是个前途看好的越野滑雪选手,高中还进入索莱夫特奥一所专收年轻的冬季运动好手的特别学校就读。收到入伍通知并经过考核后,他进了瑞典国防军翻译学校,学会了俄语,还成为瑞典军安局的军官。可想而知,他在军安局那几年是他最不为人知的一段人生经历。他曾外派瑞典驻俄使馆,但是二〇〇八年秋末遭俄国驱逐出境,不过他可能一直持续关注俄国情报局在瑞典的活动情况,这点从《卫报》获得的密报便可以窥知出一些端倪。

次年二月,他父亲去世。于是他辞职回去接管家业,并在很短的时间内发展出一番大事业。他在奥勒、赛伦、韦姆达伦与雅夫索,以及挪威的耶卢与利勒哈默尔都盖了旅馆,二〇一五年,又以将近两亿克朗的高价转售给某德国旅游集团,但仍保留了奥勒与阿比斯库一些较小的事业。

就在同一年,他加入社会民主党,虽没有实际的从政资历,却仍当选厄斯特松德市议会议员,并很快就成为政治明星,因为从政务实又毫无保留地支持当地的足球队,声望日增。他可以说是平步青云,不久就当了上国防部长,一度似乎为政府大大地拉拢了民心。

他除了政治事业外还有两大成就,因而被称为英雄与冒险家:一是在二〇〇二年夏天游泳渡过英吉利海峡,二是在六年后的二〇〇八年五月攀登珠穆朗玛峰。但没多久,形势起了变化。

他受到的攻击越来越猛烈,但比起接下来发生的事,根本不值一哂。六月股市崩盘后,关于他的假消息一波接着一波,当他挪威籍的妻子丽贝卡接受《当日新闻报》采访时,指控这些都是无耻的谎言,还说现在连他们的两个孩子都需要保镖保护,听了不难引起同情。社会氛围充满仇视与偏激,抨击言论不断地升温。

最近报纸照片里的福塞尔已不再是个活力无穷的人,他面容憔悴,前一个星期五好像还毫无预兆地请了一个礼拜的假,甚至有传闻说他精神崩溃了。无论从哪个角度看,布隆维斯特都替福塞尔感到难过。这或许是不该有的心态，因为现在他必须着手调查福塞尔与那名乞丐，甚至与军事历史学家马茨·萨宾之间有无关联。

到现在还认为福塞尔刚正不阿、充满热情，是明智的吗？那些抹黑的流言说他横渡海峡时，曾搭随行划艇的便船，也有人暗示说他根本不像自己所说，曾攻上珠穆朗玛峰顶。但这些指控，布隆维斯特找不到任何佐证，只知道那趟珠穆朗玛峰之行彻底失败，有如一出希腊悲剧，没有丝毫细节能说得清楚。

事件的主角并非福塞尔本人，他离这场风暴的中心眼还远得很，重点是一名非常富有的美国女子克拉拉·英格曼和她的向导维克多·葛兰金，在爬到八千三百米处时双双身亡。布隆维斯特没有再深入追究，而是专注于福塞尔的军官生涯。

他当过情报员的事本该是机密，却因为他被俄国驱逐出境而外泄，虽然网络上有人持续不断地中伤他，散播出许多荒诞不经的谣言，陆军总司令拉斯·格拉纳斯却仍好几次以"绝对可敬可佩"来形容福塞尔在莫斯科扮演的角色。

至于其他，可靠的事实少之又少，到最后布隆维斯特终于决定放弃，只关注福塞尔和丽贝卡，他们有两个儿子萨缪尔和乔纳森，分别是十一岁和九岁。他们一家人住在斯德哥尔摩郊外的斯德松，另外在不远处，山登岛东南岸的偏远之地也有一栋房子。他们现在就在那里吗？

布隆维斯特有福塞尔的私人电话。"有任何问题都可以打给我。"他曾用不那么一本正经的独特态度这么说道。但布隆维斯特觉得眼下没有理由去打扰他。现在应该把这些都抛到脑后，小睡一下，他实在累坏了。不过他才不会因为这样就去休息，他打了电话给包柏蓝斯基，再次聊起了莎兰德，顺便告诉他那个乞丐可能提起过马茨·萨宾，但随即又补上一句：

"我相信这没什么。"

波琳娜穿着白色浴袍走出浴室，看见莎兰德仍专心于笔记本电脑,便轻轻地将手搭在她肩上。莎兰德已不像平常那样,盯着莫斯科郊外那栋豪宅,而是在看一篇文章,波琳娜也一如往常跟不上她的速度。她从来没见过有人阅读速度这么快,屏幕上的句子闪得飞快,但她还是瞥见了一些片段如"……丹尼索瓦人基因体与某些南亚……",这立刻激起她的兴趣。在《Geo 视界》时,她写过一些文章探讨智人的起源,以及智人与尼安德特人和丹尼索瓦人之间的关系。

"我写过这类文章。"她说。

莎兰德没有搭腔,波琳娜的怒气油然而生。没错,莎兰德为她处理了一切,还保护她,但她时常有一种被拒于门外的孤独感。莎兰德的沉默与时时刻刻待在计算机前面,都让她难以忍受,尤其晚上本就已经够难熬了,见莎兰德如此,简直快把她逼疯了。每当入夜后,托马斯过去的恶行会搅得她怒火难平,一心想着复仇与惩罚,这种时候她真的很需要莎兰德。

可是莎兰德有自己的地狱要面对。有时候她身体紧绷到波琳娜不敢贴近,而且怎么可能有人睡得这么少?每当波琳娜醒来,莎兰德要不是睁着眼睛躺在旁边,倾听走廊上的声响,就是坐在桌前看监视器与卫星画面。波琳娜觉得自己再也受不了被排除在外,尤其两个人是这么亲密地生活在一起,她好想大喊:是谁想对你不利?你到底想做什么?

"你在做什么?"她说。

这话还是没得到响应,但莎兰德至少转头看了她一眼,有点像是对她伸手了。她眼中有一种新的、较柔和的神采。

"你在做什么?"她又问一遍。

"想找出一个男人的身份。"莎兰德说。

"一个男人?"

"一个夏尔巴人,大概五十来岁,已经死了,很可能是来自尼泊尔东北的坤布谷地,虽然也可能来自印度的锡金或大吉岭,但种种迹象主要还是指向尼泊尔,还有南崎巴札附近的地区。他的家族最初来自中国的西藏东部,他小时候的饮食好像缺乏油脂。"这番话出自莎兰德口中已算是长篇大论，波琳娜顿时面露喜色，往她身边的椅子坐下。

"还有什么？"

"我有他的 DNA 和一份验尸报告。从他身体的损伤看来，我很确定他是高山登山队的挑夫或向导。他肯定是个中好手。"

"为什么这么说？"

"他的红肌纤维特别多，扛重物的时候可能不用消耗太多热量。不过主要原因还是他体内调节血红蛋白的基因。他在低氧的环境中，想必具有很大的力气和耐力。我猜他有过一些可怕的经历，他有严重的冻伤和肌肉撕裂的状况，手和脚也都有几只断指。"

"你有他的 Y 染色体资料吗？"

"我有他完整的基因组。"

"那么你是不是应该向 YFull 查询一下？"

YFull 是一家俄国公司，波琳娜大约在一年前才写过关于他们的文章。这家公司由一群数学家、生物学家与基因工程师共同经营，搜集了世界各地的 Y 染色体 DNA。提供者有一半是登记参与学术研究的受试者，一半则是自愿提供 DNA 样本，希望得知更多关于自己出身来历的信息。

"我本来想找'家族树'和'祖先'数据库，不过你说 YFull 是吗？"

"我想他们是最顶尖的。经营这家公司的人都跟你一样，一群彻头彻尾的怪人。"

"好吧，"莎兰德说，"但我觉得会很困难。"

"为什么？"

"我猜这个人所属的族群应该不太会送自己的 DNA 去做分析。"

"科学报告里会不会有他亲属的数据？我碰巧知道，科学家针对夏尔巴人为什么能在高山上健步如飞，做了不少研究。"波琳娜对于自己能确实参与其中，十分自豪。

"没错。"莎兰德说，心思已经有点飘走了。

"他们人数很少，不是吗？"

"全世界只有两万多一点的夏尔巴人。"

"所以呢？"她可能希望两个人能一起试试看。

但是莎兰德却在计算机上打开另一个链接：斯德哥尔摩的地图。

"这件事为什么对你这么重要？"

"不重要。"

莎兰德眼神变得阴沉，波琳娜略感不自在地站起来，默默地更衣，随后便离开房间与饭店，朝布拉格城堡走去。

第十三章
八月二十五日

丽贝卡·福塞尔（当时还叫丽贝卡·勒夫）爱上的是福塞尔的精力与开朗。她是维克多·葛兰金那支珠峰登山队的随队医生，不仅一直对自己的任务抱有疑虑，对于外界冲着他们而来的批评也并不是无动于衷。那些年，珠穆朗玛峰的商业化成了热门议题。

据说有客户在山顶给自己买了个位子，就像其他人买保时捷跑车一样。一般认为他们不仅玷污了纯洁的登山理想，也增添了其他登山者的风险。丽贝卡担心他们队上有太多人根本经验不足，尤其是福塞尔，因为他从未爬过海拔五千米以上的高山。

然而当他们抵达基地营时，其他人开始出现咳嗽与头痛症状，并怀疑自己能否走完全程，福塞尔是最不需要她操心的一个。他几乎可以说是在冰碛石间蹦跳着前进，和每个人都能称兄道弟，连当地人也不例外，也许是因为他对待他们的态度非常自然，也总是懂得尊重。他会一视同仁地和他们开玩笑，讲述自己有趣的经历。

他很随心所欲，在别人眼中是个真性情的人。但丽贝卡不确定是否百分之百如此。依她之见，他是个刻意以正面态度看待世界的知识分子，而这点只是让他更吸引人罢了。她经常一心只想与他远走高飞，彻底享受人生。

克拉拉与葛兰金死后，他的确经历了一次重大危机，不知为何，这出悲剧对他的影响比对其他所有人都更深。他陷入严重的忧郁状态，过了好一段时间才恢复原本快乐又活力充沛的状态。事后，他带她去了巴黎和巴塞罗那，隔一年的四月，就在他父亲去世后不久，他们在厄斯特松德结婚，她头也不回地告别了位于挪威卑尔根的家乡。

她喜欢厄斯特松德和奥勒以及那边的许多滑雪活动，也深爱福塞尔。他的事业蓬勃发展，深受民众喜爱，甚至赚了大钱，快速地成为内阁成员，她对这些一点也不惊讶。他是个奇才。一方面好像到处跑来跑去，一刻也停不下来，另一方面又能深思熟虑，也许正因为如此，她很少生他的气。他从来不歇口气，坚定认为只要卷起袖子，再努力几分，任何问题都能迎刃而解。但缺点是他也把儿子们逼得太紧了。

"你们还可以做得更好。"他每次都这么说。虽然他总会替她打气，却几乎无暇认真看待她的担忧。

他会亲亲她说："你做得到的，小丽，你可以的。"他变得越来越忙，尤其是当上部长以后，常常工作到半夜三更，但还是照常一大早就起床跑五公里，做他所谓的"海陆特训"——就是他的徒手健身运动。这种步调实在可怕，但她心想，他就喜欢这样，而他似乎并不在意风向变了，原本备受推崇的他如今竟成了受尽抨击的对象。

比较痛苦的人倒是她。她睡前最后一件事与醒来第一件事，就是无法自制地上网搜索他的名字，然后看见最不留情的留言与指责，有时候当她心情跌到谷底，就会觉得这一切都是她的错，会为自己的犹太血统自责。就连雅利安血统纯正的福塞尔，也难逃那些反犹太的恶意攻评，不过长期以来，他都满不在乎，始终保持乐观。

"这会让我们更坚强，小丽，事情很快就会有所转变的。"

可是到头来，那些谎言想必还是影响了他。他倒是没有任何抱怨，也没有发过一句牢骚。他这个人常常雷厉风行，上星期五忽然请了一个礼拜的假，完全没有预兆或解释，想必让底下的人头痛不已。所以他们现在才会在山登岛水岸边的房子，两个儿子则送到他母亲那儿去了。他们出门当然有贴身保镖随行，也就是说她必须要和他们谈天、要照顾他们，福塞尔则径自躲进顶楼的书房。昨天她听见他打电话时大声怒吼，今天早上甚至没有运动，默默吃完早餐便又躲回楼上去了。分明出了大事，她感觉得出来。

屋外风势逐渐增强，她在厨房用甜菜根配菲达干酪加松子做色拉。午餐时间到了，她却怎么也提不起勇气去叫他。

最后还是上楼了，尽管知道这么做不妥，却仍未敲门就进房，正好瞧见他匆匆忙忙收起一叠纸。要不是他动作太可疑，她根本不会注意到，但现在她清楚看见那是一份精神科的医疗病历。这就奇怪了，会不会是在对某个同事做身家调查？她尽可能露出若无其事的笑容。

"什么事？"他问道。

"吃午饭了。"

"我不饿。"

拜托，你什么时候不饿过了？她真想大喊。

"出了什么事？告诉我。"她说。

"没什么。"

"别这样，我看得出来有事。"

她可以感觉到怒气在体内不断冲击。

"我说了，没事。"

"你生病了吗？"她问。

"什么意思？"

"我看到你在看病历，所以当然会关心了。"她厉声回呛，这步走错了。

她马上就察觉到了。他直视着她，眼中满是焦虑，令她害怕。她喃喃地向他道歉，走出房间时，发现自己两条腿几乎站不直。

这是怎么回事？她暗想，我们以前是那么快乐。

莎兰德知道卡米拉现在人在斯德哥尔摩海滨大道的一间公寓里，也知道卡米拉的黑客波达诺夫和前俄罗斯情报员兼帮派分子葛里诺夫陪在她身边，因而意识到自己必须采取行动。但该怎么做呢？结果她又继续调查布隆维斯特让她查的那个夏尔巴人。也许是一种逃避心态吧。她透过 BAM 浏览器发现 DNA 片段里有六十七个独特的标记，便一一细看，最后确认出一个单倍体群，甚至还是遗传自父系。

这个单倍群称为 DM174，也非常罕见，这是好是坏还不一定，她将它输入 YFull（波琳娜推荐的莫斯科 DNA 定序公司）的搜索引擎，然后等待结果。

"什么烂网站，也太慢了吧。"

她并没有抱太大希望，也不知道自己为何要多此一举，现在应该把这件事给忘了，专心对付卡米拉。就在这时候，结果出来了，她吹了一声口哨。总共有二百一十二条信息，分布于一百五十六个姓氏，比她预期的多得多。她闭上眼睛深吸一口气，接着浏览所有的数据，对于片段中不寻常的变异进行更加深入的追查。有一个人名不断跳出来，感觉错得离谱，却一再地出现：罗伯特·卡森，住在科罗拉多州丹佛市。

他的长相的确有点像亚洲人。但除此之外，可说是如假包换的美国人，他是马拉松选手、高山滑雪选手，也是丹佛大学的地质学者，现年四十二岁，有三个小孩，是积极参与政治的民主党员，自从大儿子经历过西雅图的一场学校枪击案后，便激烈地反对全美步枪协会。

罗伯特·卡森也是热衷于系谱学的业余专家。两年前，他将自己的大 Y 染色体送检分析，结果显示他的 EPAS1 的突变和那名乞丐一样。

"我有超级基因。"他在系谱网站上贴文写道，还附上一张自己在落基山一条溪流旁的照片，照片里的他穿着吊带裤、戴着科罗拉多冰上曲棍球队雪崩队的帽子，兴致勃勃地大秀二头肌。

据他讲述，他的祖父达瓦·多哲原本住在中国的西藏南部，离珠穆朗玛峰不远处，但在一九五〇年代离开，与亲人定居于尼泊尔坤布谷地的汤坡崎佛寺附近。网络上有一张照片，是他祖父在坤德村的医院开幕时，与埃德蒙·希拉瑞爵士的合照。他一共有六个小孩，其中一个叫洛桑。"是个血气方刚、长相俊俏的人，而且信不信由你，他还是滚石迷。"罗伯特写道，"我始终无缘见到他，但妈妈跟我说他是登山队中最厉害的人，而且远比其他人更英俊而迷人（但话说回来，妈妈并不怎么客观，我也是）。"

洛桑·多哲似乎是在一九七六年九月加入一支英国登山队，由珠穆朗玛峰西坡攻顶。队员当中有一个美国女子名叫克里斯汀·卡森，是鸟类学家，计划利用登顶过程研究鸟类生态，"有大量的雀鸟。"她如此写道。克里斯汀当年四十岁，未婚、无子，是密歇根大学的教授。一行人抵达基地营之后，她出现了严重的呕吐与头痛现象，于是决定回到南崎巴札接受治疗。九月九日她接获消息，登山队的六名队员，包括洛桑·多哲在内，在即将登顶前丧命。

回到家后，她发现自己怀了洛桑·多哲的孩子，但情况有些棘手。洛桑才十九岁，而且和坤布谷的一个女孩订有婚约。不过一九七七年四月，克里斯汀还是在密歇根州的安娜堡生下了罗伯特。虽然难以断言（在基因选择方面，总会有一点随机的成分），但罗伯特和乞丐很可能是八等亲或十等亲。他们可能在十九世纪期间有共同的先人，关系并不那么亲近，但莎兰德猜想布隆维斯特会有办法将这些空白填满的，尤其是卡森本身似乎对这类问题极感兴趣，也看似是个健谈又个性爽朗的人。莎兰德找到了他前一年在坤布谷与父亲家人相会的照片。

她给布隆维斯特写道：

〈你在查的那个人是夏尔巴人。很可能在尼泊尔的登山队中当挑夫或向导，例如洛子峰、珠穆朗玛峰或干城章嘉峰。他有个亲戚住在丹佛。在此附上所有相关信息。你不打算再看看你那篇关于网军工厂的文章吗？〉

她删掉了最后一句。他要怎么做他的工作，关她屁事。然后按下发送键，便出去找波琳娜了。

包柏蓝斯基和茉迪警官沿着梅拉斯特兰北路溜达。边走路边开会，这是他新想出的点子之一。"这样好像比较容易思考。"他解释道。其实也是为了减肥健身。

最近他只要稍微一使力就会气喘吁吁，要跟上茉迪的脚步实在不轻松。他们所有能谈的话题都谈过了，现在已经进入促使布隆维斯特打电话找他的那个案子。茉迪讲述她到霍恩斯路访查电器店的经过，他听完重重地叹了口气。为什么每个人都对福塞尔成见这么深？好像社会上的所有弊病都想怪到他头上。包柏蓝斯基暗自祈求，千万别是因为福塞尔的犹太裔妻子。

"原来如此。"他说。

"唉，听起来真的很疯狂。"

"你还想得到其他动机吗？"

"嫉妒吧，也许。"

"那个可怜的人有什么好嫉妒的？"

"就算是最底层的人，也会互相嫉妒。我和一个罗马尼亚的女人谈过，她叫米瑞拉。"茉迪说，"她告诉我那个人赚的钱比那一带的任何乞丐都来得多。他有一种会让人愿意慷慨解囊的特质，我知道这会让已经在那附近乞讨一段时间的人心生怨恨。"

"但听起来不像是会引来杀机的事。"

"也许吧。不过那个人手头好像有不少钱，他经常光顾比西斯广场南侧的热狗摊和霍恩斯路上的麦当劳，当然还有罗森伦德街上的酒类专卖店，他会去那里买伏特加和啤酒。好像还有几次被人看见一大早沿着沃玛伊克斯库尔街往索德毛姆的方向走去，那是他买私酒的地方。"

"他买到了吗？"

包柏蓝斯基若有所思。

"我猜得出来你在想什么，"茉迪说，"我们得去找卖那玩意的人谈谈。"

"说得没错。"他说着深吸一口气，以便顺利爬上陡斜的手工艺街，同时思绪再次转向福塞尔与他的妻子丽贝卡，他在犹太小区中心见过她，是个迷人的女人。

她长得相当高，肯定超过一米八，四肢纤细，步态轻盈优雅，一双深邃大眼睛闪烁着温暖与活力。他可以理解为什么这对夫妻如此招人嫉妒。

散发出如此无穷活力的人当然会引人妒恨，因为相较之下，其他人会自觉渺小和薄弱。

第十四章

八月二十五日

布隆维斯特看完莎兰德的短信后,从桌前起身,望向远方的水面。现在是下午五点,海上的风越刮越大,更远处的海湾内,有一艘游艇在风暴中疾驰而过。夏尔巴人,他心想着,夏尔巴人。这其中肯定有些什么吧?

他并不是真的认为和国防部长有关联,只是……福塞尔曾在二〇〇八年爬过珠穆朗玛峰,这是不容忽视的事实。布隆维斯特决定要追根究底。那起事故的相关资料不少,而且他已经可以断言,这主要是因为克拉拉·英格曼。

染了一头金发、嘴唇和胸部都整过形的克拉拉是魅力的化身,是上天赐予八卦专栏作家的礼物。她丈夫是恶名昭彰的商业巨子史丹·英格曼,在纽约、莫斯科和圣彼得堡都有饭店和其他产业。克拉拉并非社交名媛,她原本是一个匈牙利模特儿,年轻时来到美国,在拉斯维加斯一场比基尼选美竞赛中夺冠,也因此认识了担任评审的史丹——这是八卦小报最爱的细节。

但是二〇〇八年时的她已三十六岁,和丈夫有一个十二岁的女儿朱丽叶。她在纽约圣何塞州立大学拿到了公共关系学位,似乎想证明靠自己的力量也能有所成就。如今,悲剧发生已过十年,实在难以得知她在基地营到底引起了多大的愤慨。她的博客遭到谴责,她也的确在博客上面放了几张她穿着最新时装、风格荒谬可笑的照片,不过事后来看,关于她的那些报道显然是带着傲慢与性别歧视的。记者们把她说得像个胸大无脑的女人,并认为她是与登山格格不入、侮辱当地人的最佳范例。她象征了富裕西方的粗鄙,与山景的开阔和纯洁形成强烈对比。

福塞尔和友人斯万特·林德伯格(现在是他的政务秘书)也和克

拉拉同属一支登山队。他们三人都付了七万五千美元请向导带领登顶，此举无疑是雪上加霜。据说珠穆朗玛峰已成为富人争相出没之地，纯粹只是一种自我膨胀。这支队伍的领队兼向导公司的老板是俄国人维克多·葛兰金，除了他之外，还有三名向导、一名基地营经理、一名医生和十四个夏尔巴人——以及十名顾客。要让他们能够登顶就需要这么多人。

乞丐会不会是那些夏尔巴人之一？布隆维斯特马上想到这点，在更深入探究事故的始末之前，他先试着找出更多关于那些夏尔巴人的信息。他们当中会不会有人来到了瑞典，或是与福塞尔有特殊关系？搜寻多数人都毫无所获，只有一个年轻人强布·奇里似乎有点关联。

三年后，他和福塞尔在夏蒙尼再度碰面，还一起喝啤酒。发生事故后，他们极有可能变得势不两立，但在网络上的照片里，他们俩都竖起大拇指，显得开心得不得了。就布隆维斯特找到的数据显示，同队的夏尔巴人都很喜欢福塞尔。目前广为散布的假消息当中，有许多人匿名指控福塞尔在山上拖延、耽误队伍的行程，才导致克拉拉身亡。但根据许多目击证人陈述，事实恰恰相反：是克拉拉自己推迟了登山速度，而且意外发生时，福塞尔和林德伯格已经超越其他人，自行爬上山去。

不，布隆维斯特不相信，又或者他只是不愿相信。进行新闻调查研究时，他总会小心提防（这是他的工作态度），以免落入一厢情愿的陷阱，而在这个案子里，他实在难以想象那个网军乐于诋毁谩骂的人，竟会涉嫌毒害斯德哥尔摩一个穷苦潦倒的可怜人。可是……唉，搞什么啊？

他又看了一遍莎兰德发的消息，接着再看她附的文件，是关于一个住在科罗拉多、疑似与那个乞丐有亲属关系的人，罗伯特·卡森。虽然他的观点可能是受到调查结果的影响，但卡森给他的第一印象就是个性开朗、充满活力的人，和福塞尔本人倒是有些相似，于是也没有多想，就拨了莎兰德提供的电话号码。

"我是罗伯特。"一个声音回答道。

布隆维斯特自我介绍后，不太确定该如何解释这通电话的目的，便先恭维一番。

"我在网络上看到你说你有超级基因。"

卡森笑着说："很厉害吧？"

"可不是。希望我没有打扰你。"

"没有，我在看一份无聊的报告，所以宁可聊聊我的DNA。你是替科学刊物撰稿的？"

"这倒不是。我是在调查一桩可疑的命案。"

"哦，很遗憾。"

"死者是个游民，年纪在五十四到五十六岁之间，手脚都有几根断指。就在一个多礼拜前，他被发现陈尸在斯德哥尔摩。他和你有同样的EPAS1变异基因，你们很可能是八等亲或十等亲。"

"真是令人遗憾，不过你能找到我这里来，实在不可思议。他叫什么名字？"

"问题就在这里。我们不知道，现在唯一确定的是你和他有亲戚关系。"

"那么我能做什么呢？"

"老实说我也不知道。不过我同事认为那人可能是登山队里面优秀的挑夫，而且遭遇过重大意外，所以身体才会伤残。你们家族当中有没有哪个夏尔巴人符合这样的特征？"

"天哪，就整个大家族来看，可能会有很多。我们应该可以说是非常特殊的族群。"

"你有没有什么比较明确的事实？"

"给我一点时间想想，应该多少会想到点什么。我画了一个很完整的家谱，还包括个人的生平数据。你能不能寄一些比较详细的资料给我？"

布隆维斯特略一思索后说道："如果你能承诺保密，我可以给你验尸报告和DNA分析结果。"

"我保证。"

"我马上寄过去。希望你能尽快看看，感激不尽。"

卡森沉默了片刻。

"你知道吗？"他接着说，"这可以说是我的荣幸。我很高兴有一个亲人在瑞典，只可惜他的遭遇这么不幸。"

"看起来似乎真是这样。我有一个朋友遇见过他。"

"发生了什么事？"

"他非常激动，嘴里嘟囔着约翰尼斯·福塞尔如何如何，他是我们现任的国防部长，二〇〇八年五月参加过一支珠峰的登山队。"

"你说二〇〇八年五月？"

"是的。"

"那不正是克拉拉·英格曼死的时间吗？"

"正是。"

"这可有意思了。"

"怎么说？"

"那支登山队里的确有我一个亲戚，事实上他有点像传奇人物。不过他在三年前，也可能是四年前就去世了。"

"那么就不可能出现在瑞典了。"

"对。"

"我可以把我所知道的当时在山上的夏尔巴人名单给你，也许能给你一点提示。"

"这样应该会有帮助。"

"我并不是真的认为这件事和珠峰有关联。"布隆维斯特对卡森说，却更像是说给自己听，"这个人和国防部长隔了有十万八千里。"

"你是希望我用开放的心来处理？"

"大概是吧。看了你的生平故事让我很感动。"

"谢谢。"卡森说，"把数据传过来，我会再跟你联络。"

布隆维斯特挂电话后思索了片刻，然后写信向莎兰德道谢，顺便告诉她关于福塞尔与珠穆朗玛峰、与马茨·萨宾等等的事情。让她有个全盘了解倒也无妨。

晚上十点，莎兰德看到了电子邮件，但没有读内容。她还挂念着其他事情，而且当时正在吵架。

"你能不能不要再盯着那台该死的计算机了？"波琳娜厉声大喊。

莎兰德便不再盯着该死的计算机，转而抬头看波琳娜。她就站在桌子旁边，长长的鬈发披散开来，那双会说话的凤眼充满泪水与愤怒。

"托马斯会杀了我。"

"但你不是说可以去慕尼黑找你爸妈吗？"

"他会跟着我去，而且只要用一根小指，很快就能把他们压得死死的。他们最爱他了，别问我为什么。至少他们是这么觉得。"

莎兰德点点头，试着厘清思绪。是不是最好再等等？不，她很确定，不行，不能再退缩了，当然也不能带波琳娜同去斯德哥尔摩。她必须立刻动身，而且是独自前去。她不能再继续这样保持被动，陷在过去的记忆里，现在必须更主动地追击，否则会有其他人受苦，尤其是有葛里诺夫这样的人在。

"要不要我去跟他们谈谈？"她说。

"跟我爸妈？"

"对。"

"想都别想。"

"为什么？"

"因为你是个社会怪物啊，莉丝，你不知道吗？"波琳娜冲着她大吼，随后抓起手提包大步走了出去，还用力甩门。

莎兰德心里斟酌着要不要追上去，身子却仍一动不动地留在计算机旁。她决定试着入侵海滨大道那间公寓附近的监视器，因为卡米拉显然还待在那里。可是进行得十分缓慢，又有太多其他事让她分心，不只是波琳娜的大发雷霆，还有杂七杂八的事，包括布隆维斯特的邮件，不过就目前的情况而言，这似乎是最不重要的了。他信上这么写：

〈不知道你是怎么做到的,哇哦!向你致敬。或许应该说一声,乞丐一直不停地提到国防部长福塞尔。"我带走他,我留下曼沙宾",他说了类似这样的话,或者是"马茨·萨宾"?不清楚。但福塞尔的确在二〇〇八年五月去爬了珠穆朗玛峰,有一阵子好像也挨了不少骂。我附上一份名单,是当时在山峰南侧的夏尔巴人,说不定你也能从中看出些端倪。我找罗伯特·卡森谈过了,他会尽力帮我。

保重,也非常感谢。M〉

"是这样吗?"她喃喃地说,"是这样吗?"她关闭信箱,继续弄她的监视器。但她的手指有自己的意志,不到半小时,已经搜寻了福塞尔与珠穆朗玛峰,并找到关于一个名叫克拉拉·英格曼的女人的无数报道,她开始沉迷其中。

这个英格曼有点像卡米拉,莎兰德暗想,可以说是她的低俗版,有同样令人倾倒的魅力,也认为自己成为瞩目焦点是理所当然。莎兰德当然不会在她身上浪费时间,还有其他更重要的事要做呢,然而她仍继续阅读,只是有点一心多用。她寄了一个关于监视器的讯息给瘟疫,又打了电话给波琳娜,对方没接,却同时也一点一滴拼凑出较完整的全貌,特别是有关福塞尔登山的部分。

他与友人林德伯格在二〇〇八年五月十三日下午一点登顶,天空依然晴朗,他们在那里待了一会儿,欣赏风景、拍拍照,并向基地营回报。不料没多久,当他们下山往南峰走的途中,来到人称"希拉里台阶"的狭窄岩壁通道,发生了问题,时间也开始一分一秒流逝。

到了三点半——这时候他们才走到八千四百米高处,一个所谓"阳台"的休息处——他们开始担心在氧气耗尽之前恐怕到不了第四营,能见度也变差了,虽然福塞尔不知道附近发生了什么事,却怀疑出了什么大事。

他事后叙述道,他从无线电通讯器中听到嘈杂而绝望的声音,但那时候的他精疲力竭，搞不清楚实际的情况。他只是步伐蹒跚地穿过虚空，整个人几乎就快站不住了。

不久之后，山上刮起了风暴，有如鞭子胡乱挥动，将四下抽得一片混沌。寒冷至极，气温将近零下六十度，他们俩都要冻僵了，几乎分不清东南西北。他们谁也无法清楚叙述后来是怎么来到东南山脊的帐篷区，这也是可以理解的。

不过那一天有一段时间，所有的报道都没有提及，就是晚上七点到十一点之间。即便能作为依据的信息不多，莎兰德还是从这些叙述中发现了一些矛盾之处，尤其是关于福塞尔的身体状况，以及他实际上的状况到底有多差。

随着一次次的描述，他的危险程度好像变得越来越不那么严重。但他个人并不觉得这有多重要，毕竟当天下午在山上另一处发生了真正的悲剧，克拉拉·英格曼和向导维克多·葛兰金丢了性命。数不尽的专栏文章都在探讨这件事，这倒也不令人意外。那天山上有那么多人，为什么死的偏偏是这个名人？她，无数八卦与谤言缠身的她，为什么非死不可？

一度有传言说这全是因为嫉妒心、阶级仇恨与性别歧视。然而在最初的骚动平息后，便可清楚看出当时并未尽力对英格曼实施拯救，而且她从一开始就没救了——从她在雪地中忽然倒地的那一刻起。助理向导罗宾·哈米尔甚至这么说：

"为了救克拉拉，我们做的不是太少，而是太多。维克多和整支队伍实在太重视她了，我们其实是冒着许多人的生命危险在救她。"听起来不无可能，莎兰德心想。

英格曼是重要的名人，谁也不敢在还来得及的时候叫她下山。她自己费力地拖行，也拖慢了整个队伍的速度，就在下午快一点的时候，她在神志不清与绝望中拔下氧气罩，结果只是变得更虚弱。

她忽然瘫跪下来，往前扑倒在雪地上。众人惊慌起来，葛兰金喊着要大伙停下来——他那天显然也不像平常那样健壮。那个时候，他们费尽九牛二虎之力想带她下山，但不久之后天气变得恶劣，暴风雪猛烈地吹袭，许多队员（特别是丹麦人马兹·拉申和德国人夏洛特·李希特）的身体状况都变得危急，有好几个小时，大家都感觉似乎是在劫难逃了。

但队上的夏尔巴人，尤其是他们的"锡达"尼玛·里塔，在风雪中不断地努力，带领队员攀着绳索下山，同时让他们在下降时保持平稳。到了傍晚，所有人都获救了，除了克拉拉·英格曼和维克多·葛兰金。他不肯丢下克拉拉，有点像是船长死守着将沉的船。

接下来，针对这桩悲惨事故进行了几星期、甚至几个月的大规模调查，大多数问题如今似乎都已获得了解答。唯一有一点始终未能完整交代，那就是所有证人都说英格曼和葛兰金一起死在雪地里，但发现英格曼尸体的地点却在一公里外，据猜测应该是高山上强力的喷射气流所导致。

莎兰德想着这一点，想着其他无数的尸体，年复一年遗留在山坡上，谁也无法将他们抬下山来安葬。几个小时下来，她仔仔细细地研究各种说辞，到最后这整件事好像果真有什么地方兜不拢。她甚至看了马茨·萨宾的相关数据（布隆维斯特提起过他），然后不知不觉间看起了网络上的八卦留言。有一刻，突然冒出一个截然不同的想法，但她没能继续下去。

这时房门倏地打开，波琳娜醉醺醺地进来，破口大骂她是个大怪胎。莎兰德也针锋相对，骂到最后两个人投入彼此怀抱，疯狂做爱，在绝望与孤单的感觉中合为一体。

第十五章
八月二十六日

那天早上,布隆维斯特沿着岸边来回跑了整整十公里,回到小屋时正好电话响起,是爱莉卡。下一期的《千禧年》隔天要出刊了,她不是完全满意,但也不能说不满意。

"我们回归正常了。"她说,并问他现在在做什么。

他说他在呼吸新鲜空气,而且又开始跑步了,不过他也对国防部长与反对他的炒作声浪进行了一点调查。爱莉卡听了说有意思。

"为什么有意思?"

"苏菲也在写这个。"

"写了什么?"

"她写的是关于福塞尔的孩子受到攻击,警察不得不到犹太学校外面巡逻。"

"这条消息我看到了。"

"你知道吗……"

听到她欲言又止的口气总会令他心烦,因为她一有什么新点子,就会流露这种口气。

"如果你真的不想继续写关于股市崩盘的报道,也许可以从比较同情的角度,为福塞尔做个人物特写。我记得你们处得还不错。"

他的目光扫过水面。

"可以这么说吧。"

"那么你觉得如何?你也可以帮我们的读者稍微厘清一些真相。"

"这主意不错。"他说。

他在想的是那个夏尔巴人和那支珠峰登山队。

"我刚刚听说福塞尔自己又请了一个礼拜的假。他不是有栋房子就在你那附近吗?"

"在岛的另一边。"

"所以呢?"她说。

"我会考虑。"

"你以前不会想这么多,总是说做就做。"

"你要知道我也在放假。"他说。

"你从来不放假的,你是个太会自责的工作狂,根本不可能安心休假。"

"所以你的意思是连试都不必试咯?"

"不是。"她笑着说,他便也觉得应该跟着笑。她没有提议要来找他,让他松了口气。

他不想把和凯特琳的关系弄得太复杂,因此只对爱莉卡说祝她好运后便道再见。他一边望着风起浪涌,一边沉思,该怎么办呢?向她证明他还是可以安心放假的?还是继续工作?

他最后的结论是:去见见福塞尔是个好主意,但首先得再多看一点抹黑他的言论。暗自嘟哝了一会儿,又去冲了个长长的澡之后,他开始埋头工作。一开始很令人沮丧、作呕,感觉好像和调查网军工厂时一样,陷入了相同的困境。

但他渐渐全身心投入,费了一番力气追查所有言论的源头,并详细追查出这些言论是如何被散播与歪曲。当他再一次逐渐接近珠穆朗玛峰事件时,电话忽然响起来,吓了他一大跳。这回是丹佛的罗伯特·卡森打来的。

卡森的语气非常兴奋。

查理·尼尔松眉头深锁,坐在普瑞玛·马利亚康复中心(他称之为"脱水机")外面的长椅上。他不喜欢和警察说话,更不想让朋友看见。可是这个名叫"木笛"还是什么的女人让他害怕,他可不想自找麻烦。

"你可不可以饶了我?"他说,"我绝对不会卖乱掺东西的酒。"

"哦,你不会啊?所以你都会先自己尝尝看咯?"

"很好笑。"

"好笑？"茉迪说，"我可一点也不觉得好笑。"

"拜托，"他说，"谁都可能给他那瓶酒，不是吗？你知道大家都叫这个地方什么吗？"

"不，查理，我不知道。"

"百慕大三角洲。很多人会从'脱水机'去那边的酒类专卖店和啤酒吧，回来的路上就突然不见了。"

"你到底想说什么？"

"这附近有一大堆可疑的事情。会有一些稀奇古怪的家伙，来这里卖有问题的酒和奇怪的药丸。但我们是正经做生意的，每天晚上风雨无阻站在这里的人，可不能做那种危险的蠢事。我们要是不卖问心无愧的好货，隔天就会完蛋。"

"我一个字也不信。"茉迪说，"我很确定你没有这么讲道义。而且我看你现在在麻烦大了。有没有看见那边有几个穿制服的警察？"

查理的两眼一直在盯着他们，也可以感觉到他们在盯着他。

"你要是不把你知道的全说出来，我们马上就把你抓起来。你说你卖给那个人了。"茉迪说。

"我是卖给他了，可是我觉得他很恐怖，所以尽量离得远远的。"

"怎么个恐怖法？"

"他的眼睛很吓人，而且断了几根手指，脸上还有一堆黑斑块。他一直唠唠叨叨地说月亮。'露娜，露娜'说个没完，那是月亮的意思对吧？"

"据我所知是的。"

"至少有一次是这样。那次他从陶艺匠街一瘸一瘸地出现，一边捶胸，一边说露娜很孤单，在喊他，除了露娜还有一个叫曼沙比还是什么玩意的人，把我吓死了。他根本就是个神经病，虽然给的钱不对，我还是把东西给他了。他后来会用暴力，我一点也不惊讶。"

"什么暴力？"

该死该死该死，尼尔松暗咒。他答应过不说的，但现在已经太迟,只好顺着话说了。

"不是对我。"

"对谁?"

"赫基·亚威南。"

"他是谁?"

"我的一个客户,说起来还算有点品位。半夜的时候,赫基在北铁广场碰见那个家伙,我想肯定就是他。赫基形容说是个矮小的亚洲人,少了几根手指,穿着大得要命的羽绒外套。他一直说自己爬到云里面去过,因为赫基不相信,就被他一拳揍得七荤八素。赫基说那个家伙壮得像头牛。"

"哪里可以找到这个赫基·亚威南?"

"他来来去去的,所以很难说。"

女警官记下后点点头,又问了几个问题,然后就带着制服警察走了,尼尔松这才松了一口气。他就知道那个乞丐很不对劲,接着他连忙离开,得趁警察抓到亚威南以前先打电话去警告他。

布隆维斯特立刻听出卡森的声音变了,好像熬了一整夜或是感冒了。

"你们那里不算太早吧?"

"还好。"

"我们还是三更半夜,我的头好像快爆炸了。你记得我跟你说我有个亲戚二〇〇八年也在山上吗?你记得我说他死了吗?"

"当然记得。"

"没错,他是死了,至少大家认为他死了。我还是从头说起吧。我打了电话给坤布的叔叔,他的功能有点像是当地的讯息交流站,我们把你寄来的名单从头到尾看了一遍,里面只有这个人是我们的亲戚,我也就打算要放弃了。他要是死了就是死了,实在不可能出现在斯德哥尔摩再死一遍。但我叔叔说一直没找到他的尸体。我又更仔细地看了一下,发现年龄、身高都吻合。"

"他叫什么名字?"

"尼玛·里塔。"

"他是领队之一,对吧?"

"他是锡达,就是夏尔巴人的带头者,也是那天在山上最卖力的人。"

"我知道,我知道,我看过关于他的报道……他救了马兹·拉申和夏洛特某某人。"

"没错,要不是他,恐怕会有更大的灾难。可是他付出很大的代价。他就像划船的奴隶一样上下来回地跑,后来脸和胸部都被严重冻伤,还得切除几根手指和脚趾。"

"所以你真觉得是他?"

"一定就是,他手腕上有一个法轮刺青。"

"天哪。"布隆维斯特说。

"就是啊,一切都说得通了。尼玛·里塔和我是所谓的八等亲,所以假设真如你同事所说,他和我的Y染色体内都有那个特殊的突变,也是完全合理。"

"你能不能想出他有什么理由会跑到瑞典来?"

"想不出来。不过后续有一件事很有意思。"

"说来听听。我还没有时间详读所有的细节。"

"一开始,助理向导罗宾·哈米尔和马丁·诺利斯因为救援有功而受到赞赏,而且是英格曼和葛兰金死后,唯一受到称赞的两个人。"卡森说,"但随着更完整的报道一一出现,明显可以看出在事故中扮演关键角色的其实是尼玛·里塔和他的夏尔巴人团队。但我不知道这样对尼玛是不是真的有好处。"

"为什么?"

"因为那个时候他已经吃尽了苦头。他受到四度冻伤,痛苦得难以形容,医生又一直拖延着,不愿轻易截肢,因为他们知道攀爬是他重要的谋生技能。就坤布谷的居民来说,尼玛·里塔的收入很高——虽然以欧洲标准仍不算多——可是他花钱如流水。他喝酒喝得凶,根本没有积蓄。更糟的是他的名声败坏了，他躲不掉自己的心魔。"

"怎么说？"

"原来他收了英格曼的钱，要特别照顾克拉拉，他当然是没做到了，事后也被指控没有尽力营救她。这个我不信。尼玛·里塔从各方面来说，都是无比忠诚的人。但他和其他夏尔巴人一样，非常迷信，认为珠穆朗玛峰是有灵性的，会惩罚不敬的登山客，而克拉拉·英格曼……我猜你应该也读过有关于她的事迹？"

"我看了不少那时候的报道。"

"她惹恼了很多夏尔巴人。在基地营的时候，他们就抱怨说她可能会给大家带来霉运，她想必也惹怨了尼玛。事后他肯定受尽了痛苦的折磨。他好像会出现幻觉，一部分原因可能是神经系统发生病变。他因为在海拔八千米以上待得太久了，大脑受到损伤，性格越来越暴烈，行为举止也变得奇怪。他失去了不少朋友，谁都不想和他有牵扯，除了他的妻子露娜。"

"是露娜·里塔吧。她现在人在哪里？"

"重点来了。尼玛手术后都是露娜在照顾。她会烤面包、种马铃薯，有时候还会到中国西藏去买羊毛和盐回来，在尼泊尔卖。可是这样还是不够，所以她开始进登山队工作。她比尼玛年轻得多，身子又壮，很快就从厨房杂工变成随队登山的夏尔巴人。没想到在二〇一三年，她跟着荷兰登山队去爬卓奥友峰，世界第六高峰，摔落到高山缝隙里。整支队伍乱成一片，当时发生雪崩，又吹起暴风雪，队员必须尽快下山，于是就把露娜留在缝隙里等死。尼玛悲痛欲绝，认为这根本是种族歧视。他喊着说要是发生在欧洲大爷身上，他们一定会马上把人救出来。"

"偏偏她只是个可怜的本地妇女。"

"不知道是不是真的会有差别，我觉得不至于。大致上说来，我对登山界的人评价很高。可是尼玛铁了心，想组一支队伍上山去找妻子的尸体，好好安葬她。但完全没有人愿意加入，结果他就自己一个人出发，但他年纪实在太大，头脑似乎也不够清楚。"

"我的老天。"

"听我在坤布的那些亲戚说起来，那是他最伟大的成就，比他攀登珠穆朗玛峰无数次还要伟大。他到了山上看见缝隙里的露娜，已被永久冰封保存，便决定爬下去躺在她身边，好跟她一起重生。但就在这时候……山中女神小声地对他说，他应该下山去向世人讲述他妻子的故事。"

"听起来……"

"疯狂到极点了，没错。"卡森说，"虽然他的确走出去了，至少走到加德满都了，也说了这个故事，却没人听得懂他在说什么。他说话越来越前言不搭后语，有时候还会在博达佛塔的经幡底下哭泣。偶尔他也会去塔美购物区张贴大字报，用蹩脚的英文写，字迹更是潦草。说来说去都还是克拉拉·英格曼。"

"他说了什么？"

"别忘了，那个时候的他已经有严重的精神病，很可能把露娜、克拉拉和其他所有事情都搅在了一起。他整个人都毁了，后来因为辱骂一个英国游客被关了一天以后，亲戚就把他送到加德满都吉钟街的精神疗养院去。他在那里进进出出，直到二〇一七年九月底某一天，出去买啤酒和伏特加便没有再回去。他好像不太信任医生开的药，说只有酒精能让他脑子里的声音安静下来。我想疗养院的人应该不会允许这种行为，他们之所以答应让他出去，是因为知道他总会回来。不过这次他没回来，院方开始担心起来。他们知道他正在等一个人来，而且心情非常兴奋。"

"是什么人？"

"不知道，有可能是记者。因为英格曼和葛兰金去世满十周年，有人在准备写文章或拍纪录片。尼玛好像很开心，终于有人愿意听他说了。"

"可是你不知道他到底想吐什么苦水吗？"

"只知道几乎是难以理解的东西，全是一些鬼魂、幽灵之类的。"

"完全没提到我们的国防部长福塞尔？"

"不知道,我所知道的都只是传闻,疗养院恐怕不会在短期内公开记录。"

"他没回来,之后呢?"

"他们当然去找他了,他平常出没的地方全都找了,可是一点线索也没有,只有几起通报说在巴格马提河附近看见他的尸体,那里是火化死者的地方。可是始终没有一具尸体被确认是他,一年过后,调查终结。他们放弃了希望,最后家人在南崎巴札替他举办一场小小的追悼会,也许比较像是……该怎么说呢?为他祈祷吧。似乎是很美的一个仪式。最后那几年,他不是太受尊重,但那场仪式恢复了他的名誉。尼玛·里塔曾经十一次登上珠峰的峰顶,没有配备氧气筒。十一次啊!还有他爬上卓奥友峰,那真是……"

卡森继续说得兴高采烈,但布隆维斯特已经不太专心。他上网查询尼玛·里塔,尽管有许多相关文章,维基百科甚至还有英文版和德文版,却只找到两张照片。一张是二〇〇一年登上珠穆朗玛峰北峰后,与奥地利登山明星汉斯·莫瑟的合照。另一张时间较近,是他在坤布的潘波崎村一间石屋前的侧面照。这两张照片拍的角度有点太远了,远到任何人脸辨识软件都起不了作用。不过布隆维斯特心下毫无疑问,从眼睛和头发,还有脸颊上的斑块来看,认得出来就是他。

"你在听吗?"卡森问道。

"我只是有点震惊。"

"想也知道。你现在可有个谜团要解了。"

"说得一点也没错。不过老实说,罗伯特……你的确有超级基因。干得太漂亮了。"

"我的超级基因是在登山方面,不是侦探工作方面。"

"我觉得你应该也去验一验你的侦探基因。"

卡森疲惫地笑了一声。

"这件事能不能请你暂时保密?"布隆维斯特说,"如果在查到更多真相以前走漏风声,恐怕不太好。"

"我已经告诉我太太了。"

"那么就请不要告诉外人。"

"我答应你。"

通完话后，布隆维斯特将自己得知的消息写信告诉了尼曼法医与包柏蓝斯基，接着又继续看福塞尔的资料。当天上午稍晚的时候，他打电话给福塞尔，希望安排一次会面。

福塞尔点燃了炉火，人在楼下厨房里的丽贝卡闻到了气味，也听见他在来回踱步。她不喜欢他的脚步声，也受不了他的沉默与呆滞的眼神。只要能让他重展笑颜，要她做什么都可以。

事情不太对劲，她暗想道，太不对劲了。她刚打算上楼找他谈谈，正好看见他走下旋转梯。一开始她很高兴，因为他穿着运动服和耐克运动鞋，应该是他重新振作起来的迹象。可是他的姿态散发出的一种感觉令她害怕。她在楼梯半途中迎上他，轻抚他的脸颊。

"我爱你。"她说道。

他流露出的忧郁神色让她心中一寒，他的回答也丝毫没有抚慰作用：

"我也爱你。"

听起来像在告别，于是她吻了他。不料他挣脱开来，问警卫在哪里。她愣了一下才回答。他们有两个露台，警卫都坐在西侧面向海水的那一个。假如他要出门跑步，他们就得换衣服陪他去，平时他们都得铆足劲才能跟上他。有时候他会来回跑，免得累坏他们。

"在西面露台。"她说道，他却露出犹疑之色。

他似乎想说什么。只见他胸口上下起伏，肩膀紧绷得很不自然，脖颈前面更出现前所未见的红斑。

"怎么了？"她问道。

"我本来想给你写封信，但写不出来。"

"你干吗写信给我？我就在这里啊。"

"可是我……"

"可是你怎么样？"

她几乎就要崩溃,却暗自发誓在他彻底坦白之前,绝对要撑住。她拉起他的手,直视他的双眼,就在这时候竟发生她始料未及的事。

他用力挣开后说了声"对不起",拔腿就跑,而且不是朝警卫的方向,而是穿过面向森林的露台。一瞬间他已不见人影,她于是扯开喉咙大声呼喊。当警卫赶来时,她整个人心慌意乱。

"他丢下我跑了,他丢下我跑了。"

第十六章
八月二十六日

福塞尔奔跑的速度之快，让他两边太阳穴怦怦地鼓动着，脑海充满整个人生的喧嚣扰攘，但丝毫没有一点令人振奋之处，即使最幸福的时光也不例外。他试着去想丽贝卡和两个儿子，却只能想象到他们失望与羞愧的眼神，当他听见远处仿佛从另一个世界传来的鸟鸣时，内心全然想不明白。怎么有人还能唱歌？怎么有人还能活着？

他的整个生命黑暗而无望，可是他不知道自己该怎么做。如果是在城里，大可以在长途货运列车或地铁列车前跳轨自尽。但这里只有海，虽然可以感觉到它的召唤，他知道自己水性太好了，而且在绝望中，还是有一股难以抑制的求生欲望，他没有把握能克服。

于是他继续往前跑，不像平日跑步的方式，倒像是想逃离生命本身。他不明白怎么会走到这一步，他自以为能应付得了一切，自以为强壮得像头熊。然而他犯了错，以至于陷入自知难以承受的境地。起初，他真的想要反击、要对抗。但他被打败了，他们知道他被打败了，结果落到如今这步田地。四周的鸟儿振翅高飞，稍远处有一只獐鹿蹦跳着进了树林。尼玛，尼玛。竟然会是他。毫无道理可言。

他曾经爱过尼玛，用这个字眼当然不恰当，可是……他们之间有一种联系，一种同盟情谊。在基地营时，是尼玛第一个发现福塞尔半夜偷偷溜进丽贝卡的帐篷，他很不高兴。在那神圣的山坡上发生性爱，等于冒犯了他的珠穆朗玛峰女神。

"这让山神非常生气。"他这么说，到最后福塞尔忍不住跟他开起玩笑来。尽管每个人都警告他：那个人开不起玩笑！尼玛却不在意地笑了，丽贝卡和福塞尔两人都单身的这个事实，无疑帮了大忙。

葛兰金和克拉拉的问题比较大，因为他们俩都各有婚配。各方面的情况都很艰难，他想起了露娜，善良又勇敢的露娜，有些早上她会带着新鲜的面包、羊乳干酪和酥油上来，他也想起自己决定帮助他们，没错，那很可能就是一切的开端。福塞尔给他们钱，就像在偿还他还不知道自己欠下的债。

他继续跑着，无法自制地朝海水奔去。到了海边，他脱去鞋袜与慢跑背心，涉入水中。他开始游了起来，就像跑步一样疯狂而激烈。他注意到一些白色的浪尖，也发现这里的水温出乎意料的低。水流很急，但他没有放慢速度，还是继续奋力挺进。

他要继续游，忘掉一切。

警卫们已请求支持，丽贝卡不知道该如何是好，便上楼到丈夫的书房，希望能有助于了解情况。可是没找到什么线索，只发现火炉里有一些烧掉的纸。她失望地趴到书桌上，这时旁边忽然发出嗡嗡响声。她一时以为是自己做了什么。

原来是福塞尔的手机，屏幕上显示麦可·布隆维斯特的名字。她任由它继续响。现在她最不想交谈的对象就是记者。他们毒害了她和丈夫的生活，她真想扯开喉咙大喊：快回来呀，你这个大傻瓜，我们都爱你……她不知道接下来是怎么回事，想必是腿软了吧。

虽然从很小就没有祈祷过，她还是坐在地上祈祷，这时候电话又响了，她摇摇晃晃站起来。又是布隆维斯特。布隆维斯特，她试着回想一下，他肯定是站在他们这边的吧？也许他知道些什么。这不是不可能，于是她在一时冲动之下接起电话，听见自己声音中的绝望：

"这是约翰尼斯的手机，我是丽贝卡。"

布隆维斯特立刻听出情况不对，却不知道有多严重。夫妻俩吵架了？有可能是任何原因……

"我打来得不是时候吗？"他问道。

"对……应该说不是。"

他听得出来她焦虑过度。

"要不要我晚点再打过来？"

"他刚刚跑了。"她脱口喊道,"直接丢下警卫跑开了。是怎么回事?"

"你们在山登岛吗?"

"什么?是的……"她喃喃地说道。

"你知不知道他有什么烦恼?"

"我很怕他会做傻事。"她说。他则安慰了几句,说不会有事的。

随后他跑到码头边,上了自己的船。这艘船马力不大,山登岛又不算小,面积有五十四公顷。福塞尔的房子离得非常远,过去得花不少时间。风势强劲,船感觉又小又轻,水花不断喷溅在脸上。他到底知不知道自己在搞什么?他无法回答,但这就是他应付危机的方式:采取行动。他开足马力前进,不久便听到头上有直升机的轰鸣声。

可能和福塞尔有关,他再次想到他的妻子。她就好像对着所有人,也好像不对着任何人在大喊:到底是怎么回事?她声音中极度的焦虑打动了他。

他双眼紧盯着水面,眼下背风,稍微有点帮助。此刻他已逐渐接近岛的南端。有一艘快艇横冲直撞地朝他驶来,从他旁边经过后,他的小船不由得顺着浪头左摇右晃。他一边拼了命地稳住船头,以免倒转方向,一边大骂那几个毛躁的小子,但他还是继续扫视着海岸。四下里没有太多人,也没有人在水里游泳。他正考虑要上岸搜索森林,忽然注意到远远的海峡那头有一个小点,随着海波上下起伏。他朝那小点掉转船头,高喊道:

"喂!喂!"

风声盖过了所有杂音,世上只剩福塞尔一人。两只手臂的肌肉拉伤与抽搐令他疲惫不堪,而且越来越严重,但这反而让他觉得近乎解脱。他只是专注着不断往前进,直到终于可以放手往下沉,脱离生命。但没有那么简单。他不想活,却也不尽然真的想死。他只知道所有希望都破灭了,只剩下羞愧,还有排山倒海而来的愤怒,宛如一股内爆力量、一把往内刺的利剑,实在不堪负荷。他再也受不了了。

他想到两个儿子，萨缪尔和乔纳森，心里立刻明白他无法面对眼前的抉择：是死了让他们失望，还是活下来让他们看着他名誉扫地？因此他又继续游，仿佛大海能为他提供答案。他听见头顶上有直升机的声音，接着呛了一口水，原以为是被浪淹没，其实是他的力气逐渐消退。

他拼命把头抬出水面，并改换成蛙式。可是两条腿将他往下拖，转眼间，不知怎的他已经没入水中。他不禁惊慌起来，双手开始胡乱挥动。有一点是百分之百确定的：即便他想死，也不要是这种死法。他奋力往上划，大口换气，然后转向岸边，游了五米或十米后又开始下沉。

此时他真正感觉到恐惧了。他屏住气，但不到几秒钟又喝了好几口水，喉咙跟着紧缩。他完全不能呼吸。他的身体尽可能地在保护他，直到后来，对死亡的恐惧急速加剧，导致他换气过度，胸口与头部疼痛且惊惧欲裂。他一度失去意识，随后醒转过来，但人已经往水底沉，此时此刻在仅有的意识中，他想到了家人，他什么都想，也什么都没想。

海浪中的人头消失后又再次出现，布隆维斯特大喊："等等我，我马上就来。"但他的船速太慢，当他再定睛一看，只看见大海和一只海鸥俯冲而下，以及更远处的一艘蓝色帆船。他试着分辨最后看见那个人的位置。是在这边……还是那边？他只能祈求老天保佑，最后他关掉引擎，凝神注视着水中。水很混浊，他在文章中读到过，这是雨水、大量繁殖的藻类、化学物质与土壤颗粒等诸多因素结合造成的。他朝头上的直升机使劲挥手，但这有什么用呢？他脱掉鞋袜，在随风摆荡的船上站了一会儿，然后跳入水中。

水冷得可怕。他往深水处游去，四下张望，但什么也看不到。看来是无望了，片刻后他重新浮出水面换气，却发现船已经漂远，他无力阻止。他再次潜入水中，这次往反方向找，发现不远处有一副躯体，看起来毫无生气，像根柱子似的往下沉。他赶紧游过去，双手抱住那个人，岂料重得有如铅块，难以移动。布隆维斯特使尽全力踢水游动，慢慢地、一分一毫地带着那个人往上升。但他打错算盘了。

只要能把人弄出水面，一切就简单了，他是这么想的。可是他就像抱着一截树干，这人的状况不妙，出了水面后更加沉重，似乎毫无生命的迹象，而布隆维斯特也察觉到自己离海岸有多远，带着这具躯体绝对游不回去。但他不能放弃。许久以前，年轻的时候，他上过救生课。他不断改变姿势，设法以较轻松的方式把人抱紧。

然而身体的感觉只是越来越重，布隆维斯特使劲挣扎着，鼻子开始进水，肌肉也在抽筋。没办法了，他只能松手，否则他自己也会被拖入深海。他一下想要放弃，一下又觉得做不到，挣扎再挣扎，直到眼前一片漆黑。

第十七章

八月二十六日

时间不早了,包柏蓝斯基还在警察总局办公室浏览新闻网站。国防部长福塞尔险些溺毙,目前处于昏迷状态,正在卡罗林斯卡医院加护病房救治,据说情况危急。即便能恢复意识,恐怕大脑也已受损。除了这个,还听说他有心跳停止、渗透性肺积水、失温,以及心律不齐的现象。看起来病情不容乐观。

具权威性的媒体暗示他可能是自杀未遂,想必是知情者泄漏的消息。众所周知,福塞尔极谙水性,因此最合理的解释是他高估了自己的能力,游得太远,受困于冰冷海流。但实情不得而知。有人指称是一个驾着汽艇的人救了他,随后被海上救援协会救上船,再由直升机送往医院。

在这些报道底下,有一些文章赞美福塞尔是"坚强又积极进取的部长,他维护了基本的人性价值",写得像讣闻似的。文章中说他"挺身对抗褊狭心态与具毁灭性的民族主义",而且是个"无可救药的乐观主义者,总是在寻求中立立场"。文中还提到他受到"极不公平的抹黑",其源头可追溯到俄国的网军工厂。

"也差不多该有人出来说说公道话了。"包柏蓝斯基读着凯特琳·林达斯为《瑞典日报》写的专栏,一边点头一边喃喃自语。她认为"当社会兴起并流行一种将人妖魔化的风气",这是不可避免的结果。

接着他转向茉迪警官,她就坐在一旁破旧的扶手椅上,腿上摆着笔记本电脑。

"怎么样,桑妮雅,"他说,"我们的案子有什么进展吗?"

茉迪抬头看他,略显迷惘。

"其实说不上什么进展。还没找到赫基·亚威南,不过布隆维斯特提到的那间位于加德满都的精神病院,我和其中一个照顾过尼玛·里塔的医生谈过。"

"他怎么说?"

"那是个女医生,她说尼玛·里塔有很严重的精神病,会幻听到说话声和呼救声,因为对这些声音无能为力,这让他很沮丧。在医生的印象中,他常常活在过去的经历中。"

"什么样的经历,她说了吗?"

"他在山上的经历,他觉得自己能力不足的那个时候。医生说他们试着以药物与电疗法治疗他,可是很困难。"

"他有没有提到福塞尔,你问了吗?"

"医生听过这个名字,但仅此而已。他提到的多半是妻子和让他害怕的史丹·英格曼。我想这条线应该继续追,这个英格曼好像非常肆无忌惮。不过我还听到另一件有趣的事。"

"什么事?"

"二〇〇八年珠峰事故之后,记者都想采访尼玛·里塔,但这个热潮很快就消退了。后来大家都知道他生病了,头脑不清楚,多少也就把他淡忘了。可是就在事件即将满十周年的时候,《大西洋》月刊一个名叫莉莉安·亨德森的记者联系了他。莉莉安在写一本关于那起事件的书,就试着打电话到医院访问尼玛。"

"有什么发现吗?"

"据我所知没有。不过因为她要到尼泊尔进行实地调查,就和尼玛约了见面。只不过当她到达的时候,尼玛已经失踪了,到最后书也没出成,出版商担心被告。"

"被谁告?"

"英格曼。"

"他在怕什么?"

"我想这就是我们要查的事。"

"所以已经百分之百确定乞丐和这个尼玛·里塔是同一个人了吗?"包柏蓝斯基问。

"我认为是。有太多吻合之处,外表似乎也非常相似。"

"布隆维斯特是怎么查出来的?"

"我知道的部分也只有他写给你的内容。我试过要联络他,但好像没有人知道他在哪里,连爱莉卡·贝叶也不知道。她说她很担心,他们才刚刚谈到要对福塞尔做人物特写,自从事故的消息传出来后,她就拼命想联络他。"

"他在山登岛不是也有间房子吗?"

"对,在沙港。"

"会不会是军安局或国安局对他下手?这整件事好像神秘兮兮的。"

"是啊。我们已经通报了军方高层,但还没收到回音。也不知道布隆维斯特是否有所隐瞒,说不定他真的找到那个夏尔巴人和福塞尔之间的关联。"

"你不觉得这整件事很令人反感吗?"

"什么意思?"

"福塞尔忽然间就被所有人厌恶,深陷谎言之中,还被逼到走投无路。然后,说也奇怪,莫名其妙就冒出一个死去的夏尔巴人,而且直指福塞尔。我有个感觉,有人想陷害他。"

"听你这么一说,好像不太妙。"

"是不妙。"他说,"还是不知道那个乞丐怎么入境的吗?"

"移民局一再说完全没有他的记录。"

"怪事。"

"他应该会出现在我们的数据库里。"

"可能也被情报单位掩盖了。"他低声说。

"不意外。"

"我们也不能找福塞尔的妻子谈吗?"

茉迪摇摇头。

"很快就需要询问她了,我相信他们也明白,他们总不能阻止我们做分内的事。"他说。

"我有种不祥的预感,他们就是认为他们可以这么做。"

"他们也在怕什么吗?"

"很像是。"

"那我们也只好接受事实,能做多少就做多少了。真是一团糟。"包柏蓝斯基说着,忍不住又看了一下新闻网站。

福塞尔的状况依然危急。

托马斯·穆勒很晚才下班,回到哥本哈根厄斯特博街的开放式大公寓。他从冰箱拿出一罐啤酒,发现水槽又脏又乱,早餐的餐具没有放进洗碗机。他巡视了所有房间,全都没有整理。

这些清洁工就干脆不做事了,好像嫌他烦恼还不够多似的。工作上除了哀叹还是哀叹,秘书像个脑瘫一样,今天吼她吼到头痛,除此之外,最最烦人当然就是波琳娜了。他已经受够了。她怎么能这么对他!他为她做了那么多。他们邂逅的时候,她只不过是地方报社一个一文不名的小记者,是他给了她一切——除了没签婚前协议之外,这真是大错特错。该死的同性恋。

等她又累又倦地回来找他,他会假装对她好,然后再好好教训她。他绝对不会原谅她,尤其是她发了那条短信:

〈我走了,我认识了一个女人,恋爱了〉

就这样,气得他把手机摔得粉碎,外加一只水晶花瓶……算了,他不想再去想了。

他脱掉外套,拿着啤酒坐到沙发上,盘算着要不要打电话给情妇弗里德莉,但她也令他厌烦了。他打开电视,看到瑞典国防部长正面临生死关头的消息。他一点也不在乎。那个小丑是个政治不正确的白痴,这点无人不知,他也是个伪君子,是个骗子。他一边转台到彭博电视台看财经新闻,一边胡思乱想着,频道大概切换了至少十来次以后,门铃响了。妈的,都晚上十点了会是谁? 他原本打算不理它。

但忽然想到可能是波琳娜，便勉强起身，一把将门拉开。结果不是老婆。是一个穿着牛仔裤和兜帽上衣、看起来性情暴戾的黑发女孩，她站在走廊上，手里提着一个袋子，低头看着地上。

"我不需要什么东西。"他说。

"我是来清洁的。"她说。

"你去告诉你老板，说我叫她去死。"他说，"我可没空应付那些不好好做事的人。"

"不是清洁公司的错。"女子说。

"这是什么意思？"

"是我打电话叫他们不用来的。"

"你什么？"

"我取消了，我自己来做。"

"你听不懂啊？我已经不需要人打扫了。滚开。"他呸了一声，用力关门。

不料女子一脚将门卡住，随即跨进门内，这时候他才发现她不太对劲。她走路的姿势怪怪的，两只手臂和上半身都不动，头微微歪向一边，仿佛看着远处窗边的某一点。也许她是罪犯，或者精神有毛病。她的双眼冷冰冰的，毫无感情，好像有点出神，于是他极尽威严地说："你再不马上滚，我就报警。"

她没有应声，甚至像是没听见。只见她弯身从袋子里拿出绳子和一卷大力胶带，他一时哑口无言，接着才大喊："出去！"同时抓住她的手。

但不知怎的，反被她抓住手腕拖到餐桌旁。他既愤怒又害怕，奋力挣脱后企图打她或是抓她去撞墙，不料她冲了上来，使得他重心不稳往后倒，背贴着桌面。短短几秒钟，她便压制住他，眼神依然冰冷空洞，并立即快如闪电地将他绑起来。她用单调的语气说：

"现在我来替你熨烫衣服。"

然后用胶带封住他的嘴，两眼紧盯着他，犹如野兽盯着猎物。托马斯·穆勒这辈子从未如此害怕过。

布隆维斯特在冰冷水流中饱受折磨,喝了好多水,之后才和福塞尔一起被同一架直升机吊起载走。有一度他陷入了昏迷,但很快就恢复了意识,在经过医师巡房并接受军情单位三个回合的问讯后,到现在已是深夜,他这才拿回自己的所有物品,其中包括从小艇上取回的手机。小艇是一对年轻夫妻驾着帆船,从海湾拖回来的。他可以回家了,但医生建议他留院过夜观察。他还被告知有一位马特森检察官对他下了禁口令,他有必要打电话给律师妹妹安妮卡。

他很清楚禁止记者发声的法律基础十分薄弱,何况他实在痛恨那些情报单位人员的专横。不过他不予置评,反正本来就决定了,在追根究底之前一个字也不会写,因此他继续坐在床上整理思绪。结果也没能清静多久。

又有人敲门,接着出现的是一名身材高挑的女子,她留着暗金色头发,眼中布满血丝。不知为何,或许是因为正忙着看手机上的未接来电,竟过了半晌才认出她是丽贝卡·福塞尔。她的手在发抖,她说真的很希望在他出院前向他道谢。

"他好点了吗?"布隆维斯特问。

"谢天谢地,最糟的情况过去了。但还不知道大脑有没有受损伤,现在要判断还太早。"

他请她坐到旁边的椅子上。

"听说你也是死里逃生。"她说。

"这么说有点夸张了。"

"但不管怎么样……你知道你……为我们做了什么吗?你明白吗?那是莫大的恩情。"

"谢谢。"他说,"我很感动。"

"我们能为你做点什么吗?"她问道。

把你对尼玛·里塔的了解全告诉我,他暗想,把事实说出来。

"好好照顾你先生吧,让他快点好起来,替他找个轻松一点的工作。"他说。

"这段时间太可怕了。"

"我明白。"

"你知道吗……"

她面露困惑,右手紧张地摩挲着左臂。

"什么事?"

"我刚刚看了网络上关于约翰尼斯的消息,大家突然间又变友善了,当然不是全部,但很多人。几乎觉得很不真实。这让我更深刻体会到之前经历的是多大的噩梦。"

布隆维斯特倾身向前,拉起她的手。

"是我打电话告诉《当日新闻报》说他企图自杀,但其实我并不确定到底怎么回事。这样做是不是错了呢?"她问道。

"你应该有你的理由。"

"我想让他们知道情况已经有多糟。"

"合理。"

"军安局的人跟我说了一件非常奇怪的事。"她显得心烦意乱。

"他们说了什么?"他尽量保持语气平稳。

"说你查出尼玛·里塔死在斯德哥尔摩这里。"

"是啊,确实很奇怪。你们俩认识他吗?"

"不知道能不能说。他们一天到晚烦我,叫我不能说出去。"

"他们也盯上我了。"他说完又补上一句,"但我们非得这么听话吗?"

她幽幽地一笑。

"也许不用。"

"那么你们认识他吗?"

"在基地营确实和他相处过一阵子。我们很喜欢他,我想他也喜欢我们。他老是'大爷''大爷'地喊约翰尼斯,说他是个'大好人'。他有个很美丽的妻子。"

"露娜。"

"露娜。"她重复说了一遍,"她把我们都宠坏了,老是忙得团团转。后来我们帮他们在潘波崎村盖了一栋房子。"

"做得好。"

"这我就不敢说了。我们都对他的遭遇感到内疚。"

"他怎么会从加德满都失踪、被认定死亡,又在三年后出现在斯德哥尔摩,然后再死一次呢?你知道些什么吗?"

"这真叫人恶心。"她看着他,眼中满是悲苦。

"跟我说说。"他说。

"你该看看坤布那些小男孩。他们多崇拜他。他救了许多人,还付出了可怕的代价。"

"他的登山工作应该就此断送了吧。"

"他也从此名声扫地。"

"肯定不是每个人都这么想才对。"布隆维斯特说。

"很多人都这么想。"

"你指的是谁?"

"那些和克拉拉·英格曼亲近的人。"

"譬如她丈夫吗?"

"他当然也是。"

他听得出她口气变了。

"这样说有点奇怪。"

"也许吧。但你要知道……这件事不像大多数人想的那么单纯,而且牵涉到很多律师。一两年前,有一家美国出版社也被迫取消了出书计划。"

"我猜这是英格曼的律师团的杰作。"

"没错。英格曼是房地产大亨,表面上是企业家,骨子里却是帮派分子,黑手党成员,至少我是这么觉得。我还知道他最后对妻子有点不满。"

"为什么?"

"因为她爱上我们的向导维克多,想要离开史丹。她说她要离婚,要告诉媒体她丈夫是个多么唯我独尊的烂人。这些东西后来都被英格曼压下去了，不过在八卦网站上应该还能找到一些蛛丝马迹。"

"明白。"他说。

"全都写得很辛辣。"

"尼玛·里塔知道吗？"

"他们非常低调，但我相信他知道。当时是他在照顾克拉拉。"

"他也默不作声吗？"

"应该是。至少在他心智还算健全的时候是。可是他妻子死后，他好像越来越糊涂。就算他到处张扬这件事和其他事情，我也不惊讶。"

布隆维斯特注视着丽贝卡的眼睛和她蜷缩在椅子上的高大身躯，略带迟疑地说："在他人生最后那段日子，他也提到你先生了。"

丽贝卡感到怒气上扬，但小心地不显露出来，也知道自己这样不公平。布隆维斯特有其职责，还救了她丈夫的命。可是他这句话又让她想起最令她心痛的疑虑：关于珠穆朗玛峰和尼玛·里塔，约翰尼斯有事瞒着她。她内心始终不相信是那些抹黑的谣言击垮了他。

约翰尼斯是斗士、是战士，是个乐观过头的傻瓜，不管机会多渺茫，还是勇往直前。她仅有两次见到他被打败，就是现在，在山登岛上，以及在攀登珠穆朗玛峰之后。她已经自己理出头绪，确定其中必有关联。这想必才是她生气的原因，不是因为布隆维斯特，他只是传达人罢了。

"那个我不明白。"她说。

"一点也不吗？"

她先是沉默，随后才说："你应该去找斯万特谈谈。"而话一出口就后悔了。

"斯万特·林德伯格？"

"就是他。"

约翰尼斯任命林德伯格担任副部长那天，她和他大吵了一架。表面上,林德伯格和约翰尼斯好像极为相似,都同样具有活力与军人的热忱。但事实上两个人个性迥异。福塞尔会以正面态度看待一切人和事(直到事实证明他想错了),而林德伯格却总是充满心机与算计。

"林德伯格能告诉我什么呢?"布隆维斯特问。

一切对他有利的事,她暗想。

"在珠穆朗玛峰上面发生的事。"她说道,又不禁怀疑这么说是否背叛了约翰尼斯。但话说回来,约翰尼斯没把山上的事一五一十告诉她,也令她失望。她站起身来,和布隆维斯特拥抱一下,并再次向他道谢,便回加护病房去了。

第十八章
八月二十六至二十七日，夜里

第一个前往国家医院询问报案者托马斯·穆勒的是督察长乌尔莉克·詹森。他是在深夜十一点十分，因手臂与上胸部灼伤住院。詹森现年四十四岁，有几个年纪尚幼的小孩，多年来都是处理性侵案件。最近才被调到暴力犯罪小组，经常值夜班（目前对她家人而言，这是最好的模式），因此听过不少神志不清与酒醉后的证词，但这次听到的堪称史无前例。

"我能体谅你现在很痛苦，也会受到吗啡的影响。"她说，"不过我们能不能尽量不要偏离事实，专注讲述那些真实发生的事情？"

"我从来没有看见过那种眼睛。"他喃喃说道。

"这你说过了。但你有必要说得更明确一点。这个女人有什么特征吗？"

"她很年轻，个子矮，黑头发，说话像鬼一样。"

"鬼是怎么说话的？"

"一点感情也没有，或者应该说……她好像在想别的事，心思不知道飞到哪儿去了。"

"她说了什么？能不能请你原话重复，好让我们更清楚地知道到底发生了什么事？"

"她说她从来没自己烫过衣服，所以技术不太好，叫我一定要躺好别动。"

"还真是残忍。"

"她是疯了。"

"就这样吗？"

"她说她还会再来，除非我不……"

"除非你不怎么样？"

穆勒在病床上扭动身子,无助地看了她一眼。

"除非你不怎么样?"她又问一遍。

"除非我不再去骚扰我太太,不再去找她,而且还要跟她离婚。"

"你说你太太去旅行了?"

"是的,她……"他低声嘟哝着,听不清。

"你对她做过什么吗?"詹森问道。

"我什么也没做,是她……"

"怎么样?"

"离家出走。"

"你觉得她为什么会离家出走呢?"

"她是个臭……"

他差点说出不堪入耳的话,但还算他聪明,及时打住了。詹森看得出来,这其中缘由恐怕也不怎么理直气壮,但她暂且将它搁置。

"你还记得其他可能对查案有帮助的事吗?"她问。

"那女人说我'运气不好'。"

"你觉得她这么说是什么意思?"

"说她这整个夏天已经积了一肚子鸟气,所以多少有点疯了。"

"这样好像也没透露什么讯息,不是吗?"

"我怎么知道她在说什么屁话?"

"结果呢?"

"她撕掉我嘴上的胶带,把所有的话又重复一遍。"

"叫你离你太太远一点?"

"我会的,我再也不想见到她了。"

"好。"她说,"暂时先这样也好。所以今天晚上你也还没和你太太说过话?"

"告诉你吧,我连她在哪儿都不知道。不过拜托……"

"什么事?"

"你们一定要赶快做点什么。那个女人彻底疯了,她很危险,再来会出人命的。"

"我们会尽力的。"詹森说,"可是好像……"

"好像什么?"

"当时你们那附近的监视器好像都出故障了,所以线索非常少。"她说着说着,忽然对自己的工作感到万分厌倦。

时间刚过午夜,当莎兰德搭着出租车从阿兰达机场要进市区,正在浏览安妮卡介绍的一位离婚律师的数据时,收到布隆维斯特传来的加密短信。她太累、心情太低落,不想打开看,便两眼空洞无神地望着窗外。她这是怎么回事?

她喜欢波琳娜,甚至还可能以她自己的扭曲方式爱过她。结果自己是怎么表达的?把心碎的她赶回了慕尼黑的父母家,还攻击了她丈夫,好像以为报复他多少能弥补自己在爱情方面的不足。她下不了手杀那个作恶多端的妹妹,却有可能眼睛都不眨一下就在哥本哈根结束托马斯·穆勒的性命。

当她压坐在他身上,手里拿着熨斗时,脑中闪过札拉千科、毕尔曼律师、泰勒波利安医生……以及其他无数人面畜生的脸。那感觉仿佛宣泄的出口倏然开启,仿佛想要将一生当中的仇一次报完,最后竭尽全力克制,好不容易才让自己没有彻底失控。

她必须好好控制自己,否则还会继续像现在这样:该行动时犹豫不决,该冷静时又疯狂行事。

在特维尔大道发生的事,其中有一部分让她方寸大乱。她对过去有了新的认知。当时札拉在夜里来房间找卡米拉,不是只有她自己无力地躺在床上,还有母亲,她知道些什么呢?她是否也视而不见?这个念头不断在她脑中摆荡,使她害怕起自己来了——害怕自己的优柔寡断,害怕在无可避免的未来,在她一生中最重要的战役里,自己会变成无用的战士。

之前,她在瘟疫的协助下黑进了海滨大道公寓附近的监视器,因此知道硫黄湖俱乐部的人去找过卡米拉。她很明白,妹妹正极尽所能地在追查她的下落,而且一旦逮到机会,卡米拉不可能迟疑。所以,真该死，她得镇定才行啊。她必须要意志坚强，不能动摇。但现在得先找个去处。

她在斯德哥尔摩已经没有家，因此她略加思考，斟酌了几个选项。接着她最终还是很快地看了布隆维斯特发来的短信。内容是关于福塞尔和那个夏尔巴人，有意思的地方不止一两处。但她暂时没空处理。不过她一时冲动还是回了短信，连自己都大感意外。

〈进城了，可以马上碰面吗？找家饭店？〉

这不只是个不得体的提议，她内心暗想，甚至不只是感到孤单无望的反应，这也是……安全措施。应该不难想象吧？卡米拉和那群喽啰找不到她，自然会找上与她亲近的人。单单这个理由，就应该把小侦探关在饭店房间里。

但再一想，他也很可能正把自己关在什么地方。十分钟、十五分钟、二十分钟过去，仍然没收到回应，她冷笑一声闭上眼睛，觉得可以就这样长眠不醒，后来可能真的睡着了，所以当过了好一会儿，布隆维斯特回复的短信送达时，她宛如受攻击似的惊跳起来。

妹妹安妮卡带来了替换衣物，并开车送他回贝尔曼路的家。他本以为会立刻倒头就睡，没想到又打开计算机，搜寻起史丹·英格曼。他今年七十四岁，已再婚，因出售拉斯维加斯的三处饭店涉嫌行贿与恐吓，目前正在接受调查。虽然情况混沌不明，他的帝国却似乎摇摇欲坠——他当然声称绝无此事。据说他还向俄罗斯与沙特阿拉伯的生意伙伴求助。

关于尼玛·里塔，英格曼从未公开发表任何言论，却恶毒地攻讦雇用尼玛为锡达的已故向导葛兰金，并对葛兰金的公司"珠穆朗玛峰探险旅行社"提起诉讼。双方在莫斯科的法官面前达成和解，结果是该公司宣布倒闭。他对于尼玛·里塔所属的登山队感到愤怒，这点毋庸置疑。但这并未说明尼玛何以偏偏出现在斯德哥尔摩，布隆维斯特将这条调查线索暂且搁下,他实在太累了,无力深入探究英格曼的诸多房地产交易、绯闻与其他荒唐的越轨行径。接着他转而探查斯万特·林德伯格,福塞尔在珠峰上遭遇了些什么,他恐怕知道得最清楚。

林德伯格官拜中将,昔日曾是海岸巡防员,可能也当过情报员。与福塞尔从年轻时起就交情匪浅的他,也是登山好手。在攀登珠穆朗玛峰之前,他已爬过另外三座海拔八千米以上的高山:布洛阿特峰、加舒尔布鲁木峰与安娜普纳峰,很可能正因如此,当二〇〇八年五月十三日上午队伍速度放慢之后,葛兰金才会让他和福塞尔超越其他人,率先攻顶。不过布隆维斯特决定稍后再仔细探究山上实际发生的情况,也许明天吧。目前暂时先记下:在一波波反福塞尔的抹黑当中,林德伯格本身也是被攻击的目标之一。

有些消息来源指称,他才是国防部真正的权力核心。但他很少接受访问,关于他个人的报道,布隆维斯特所能找到最近期的就是三年前《跑步者世界》中一篇颇长的人物特写。他阅读了全文。后来他想起文中引述了林德伯格说的话:"当你百分之百完成时,其实另外还有百分之七十。"但看到的时候想必是打盹睡着了。

他在计算机前醒来,全身发抖,福塞尔沉入海浪底下的形象仍历历在目。他这才发觉自己不只是精疲力竭,也受到了惊吓。于是他拖着沉重身躯上床,以为头一沾枕就会睡着,不料思绪太过纷乱,最后拿起手机,发现莎兰德回复了。

〈进城了,可以马上碰面吗?找家饭店?〉

他累到不得不看上两遍,然后觉得……怎么样呢?尴尬、困窘?说不上来,只知道自己想当作没看见,但是骗不了莎兰德,她应该已经看见他已读了。怎么办?他无法硬下心来拒绝,但也肯定不想答应。他闭上双眼,试着理清头绪。所以说:她人在斯德哥尔摩,想要立刻见他,在饭店?她的意思会不会不只是想要立刻在饭店见他呢?

"天哪,莉丝。"他喃喃地叹道。

他起身下床,紧张地在屋内晃来晃去。她害得他状况更差了,某一刻,他越过窗口望向贝尔曼路,看到"主教牧徽"酒吧旁站了一个人,他立刻便认出来。是沙港那个扎马尾辫的男人,他不由得畏缩一下,好像肚子挨了一拳。现在再无疑问了,不是吗?

他被盯梢了。他的心怦怦地跳得厉害,口干舌燥,心想应该马上联系包柏蓝斯基或其他警察。但他只是回了短信给莎兰德:

〈我被跟踪了〉

她的答复是:

〈我的错。我会帮你甩掉他们〉

他很想放声大喊他太累了,不想甩掉谁,只想睡一觉,继续放他的大头假,把所有复杂而又让人烦恼的事情全部忘掉。但他回复:

〈OK〉

第十九章
八月二十七日

绮拉很想切断和硫黄湖俱乐部的关系，很想摆脱那群穿着可笑的铆钉皮背心、绑着头巾、身上有文身的低级土匪。但现在还需要再利用他们一次，因此给他们撒了白花花的钞票，还提醒他们这次行动事关荣誉，是为了纪念札拉千科。

这么做让她痛苦万分，她其实更想痛骂他们是下流胚、是无用的废物，想把他们一起赶进理发院去整理仪容。不过她还是保持了冷静，甚至于尊严，也再一次庆幸有葛里诺夫在身边。今天，他穿了白色亚麻西装和褐色皮鞋，坐在她对面的红色单人沙发上，读一篇关于瑞典语与低地德语间关系的文章，就好像这只是一趟研习之旅。但他有助于稳定她的心情，是她与过去的连接，而最重要的一点是他能威吓那些飞车党。

当他们不服她、不甘愿听令于女人时，葛里诺夫只需将老花眼镜拉低，用冰蓝的眼珠朝他们一瞪，他们就会乖乖听话。她猜想他们很清楚他的能耐，所以尽管他这么温吞吞的，她也不在意。

他会晚一点才登场，追踪姐姐的事由波达诺夫和帮派的其他成员负责，到目前为止毫无所获，一点蛛丝马迹也没有。他们就像在追踪幽灵，更糟的是，今晚又丢了一条线索。稍早的时候，她传令要硫黄湖的会长马可·桑斯壮来见她，因此现在他和俱乐部的另一个恶棍——好像是叫柯里尔，反正她一点也不在乎——走进了客厅。

"我不想听借口。"她说，"只要一五一十说出到底怎么回事就好。"

桑斯壮露出紧张的微笑，她很满意。他和其他成员一样身材壮硕、充满威胁性，但至少品位还不错，没有留胡子和长发，肚子也是正常大小。其实他的长相几乎称得上俊美，卡米拉可以想象自己的指甲深深嵌入他的胸膛,一如往日。

"你的要求根本做不到。"桑斯壮尽量带着权威性的口吻说,但仍忍不住觑了葛里诺夫一眼,后者却连头也没抬。对此她也很满意。

她说:"怎么做不到?我只是要你们别让他离开视线而已。"

"是啊,一天二十四小时。"桑斯壮说,"那需要资源,而且我们现在说的不是随便一个无名小卒。"

"怎——么——发——生——的?"她一个字一个字地说。

"那个王八蛋……"她记得名叫柯里尔的人开口说。

桑斯壮打断了他:

"让我来说。卡米拉……"

"绮拉。"

"对不起,绮拉。"他接着说道,"昨天下午,布隆维斯特匆匆忙忙就驾着快艇走了。我们没办法跟过去,而且没多久情况就变得让人不太舒服。岛上来了一大堆警察和军人,我们又不知道他跑哪儿去了,只好分头行动。尤马留在沙港,柯里尔前往贝尔曼路,守在那里。"

"布隆维斯特就出现在那里了。"

"当天很晚的时候,搭出租车来的。他一副累瘫了的样子,看起来完全就像是要回家睡觉,柯里尔能够紧盯住他,真的应该给他拍拍手。布隆维斯特把灯关了之后,却在半夜一点,拿着行李箱走出大楼,往马利亚广场的地铁站走去。他一次也没回头。到了月台以后,他坐下来,两手抱着头。"

"好像生病的样子。"柯里尔说。

"没错。"桑斯壮说,"这一切让我们没能提高警觉。上了地铁,他靠着窗子闭上眼睛,看起来累到不成人样。没想到……"

"怎么样?"

"到了旧城区,就在车门关上前一刻,他很快地站起来,冲出车厢,消失在月台上。人就跟丢了。"

绮拉没有出声,一开始没有。她和葛里诺夫交换了一个眼神,随后低头看着自己的手，一动不动地坐着。沉默与安静比爆发更能令人生畏，这是她最早学会的真理之一。尽管心里很想尖叫，她仍只是用冷冷的、不带感情的语气说：

"在沙港和布隆维斯特在一起的那个女人，确认她的身份了吗？"

"当然，她叫凯特琳·林达斯，住在新广场六号，是个有名的媒体贱人。"

"对他来说是重要的人吗？"

"这个嘛……"换柯里尔开口。

柯里尔绑着马尾辫，有一双湿湿的小眼睛，看起来不太像懂这些风花雪月的事，但又似乎跃跃欲试。

"照我看，他们在谈恋爱。他们一整天在花园里，都紧紧地黏在一起。"

"好，很好。"她说，"那我要你们也盯住她。"

"拜托，卡米拉……对不起，绮拉。你的要求未免太多了，等于是要监视三个地点。"桑斯壮说。

她又一次静坐不语，然后才向他们道谢。令她高兴的是葛里诺夫（尽管高大如他）还是起身送他们出去，并对他们说了几句话，起初看似客套话，可是一经充分的琢磨领会，就会把他们吓得魂飞魄散。

这种事他最拿手了，也的确有这种必要，她暗忖道。这一来她又再次失去主动权，不禁怒气冲冲地环顾四周。这间五十多平方米的公寓，是两年前通过挂名的公司与负责人买下的，家具装潢还零零星星，太没有人气。但既然没有更好的选择，也只好将就着点。她起身走向右手边角落的房间，没有敲门就直接进去，只见波达诺夫伏坐在计算机前，大汗淋漓。

"布隆维斯特的计算机弄得怎么样了？"

"看情况。"

"看什么情况？"

"我跟你说过，我进入他的服务器了。"

"可是没有进一步的消息？"

他在椅子上动了动身子,她立刻明白:他也没有好消息。

"昨天布隆维斯特搜索了国防部长福塞尔。这当然很有意思,不只因为福塞尔和葛里诺夫曾经交过手,也因为昨天这个部长企图……"

"福塞尔跟我一点关系都没有。"她厉声打断他,"我只对布隆维斯特收到和寄出的加密链接感兴趣。"

"我没能破解。"

"什么叫作你'没能'?你就得一直试啊。"

波达诺夫咬着嘴唇,低头看着桌子。

"我已经不在里面了。"

"你在说什么?"

"昨天晚上有人把我的木马病毒踢出来了。"

"怎么会发生这种事?我还以为你的木马天下无敌呢。"

"是啊,可是……"

他咬着指甲边缘的破皮。

"意思是说你碰上他妈的天才了?"她气呼呼地说。

"好像是。"他承认,绮拉简直气炸了,却忽然闪过一个完全不同的念头。结果她没有咋咋呼呼、大吵大闹,反而露出了微笑。

她蓦地想到莉丝就近在眼前了,近到她不敢奢望的程度。

布隆维斯特躺在伦特马卡街赫尔斯坦酒店房内的床上,莎兰德则坐在窗边的红色单人沙发上,心不在焉地看着他。他几乎睡了不到两个钟头,到这里来实在不是什么好主意。他们不能说是度过浪漫的一夜,也不像老友重逢,打从在门口见面的那一刻,整件事就开始变调。

起先她直勾勾地盯着他看,好像恨不得马上剥光他的衣服,尽管前往饭店的途中他一直想到凯特琳,但事到临头他恐怕也把持不住。然而她急欲占有的并不是他,而是他的计算机和手机。她一把抢过这两样东西,然后以奇怪的姿势弯身蹲伏在她打开放在地上的一些黑色屏蔽物后面。她静静地待在那里,身子动也不动,只有十指动得飞快。到最后他再也无法忍受,对着她生气大吼说他差点就淹死了,说他救了该死的部长,要是不让他睡觉,至少也跟他聊一聊,让他知道她想做什么。

"闭嘴。"她说。

"搞什么啊!"

他怒不可遏,真想一走了之,从此再也不见她。但最后他掉过头去,不再理会这一切,脱下衣服后,躺到双人床的一边,像个赌气的孩子沉沉睡去。天快亮的时候,她仿佛带着某种疯狂的诱惑企图,爬到他身边,在他耳边低声说:

"你的计算机中毒了,自以为聪明的笨蛋。"他接下来也就别想再睡了。

他很害怕,开始担心自己的消息来源,因此一再逼问她是怎么回事,她虽然不乐意,最后还是说了。他渐渐看清了整件事的疯狂程度,不过当然不是全部。她一如往常,总是要说不说的样子,不久她开始觉得眼皮沉重,头倒到枕头上便沉沉入睡,留他独自辗转反侧、哀叹连连,深知自己是不可能再睡了。但此刻他从睡梦中醒来,莎兰德已经坐回沙发上,穿着短裤和一件对她来说长得离谱的黑衬衫。她一直睡睡醒醒,布隆维斯特则是神情恍惚地看着她的腿部肌肉和黑眼圈。

"那边有早餐。"她说。

"好极了。"他去将托盘拿过来,一一放到床上。用窗边的咖啡机煮了咖啡以后,盘腿坐在床上,她也来到他对面坐下。他用一种既陌生又亲密的眼光看她,而且比以前都更清楚地感觉到自己好像了解她,又好像一点也不了解她。

"你为什么会迟疑?"他问道。

她不喜欢他的问题,不喜欢他脸上的表情,很想马上离开,或是把他压到床上让他闭嘴。她想到波琳娜和她丈夫,以及她手上的熨斗，还想到童年时期许多更恶劣的事。她丝毫不确定自己会回答，但紧接着还是说了：

"我想起了一些事。"

布隆维斯特目光炯炯地盯着她，她马上就后悔不该多嘴。

"你想起什么？"

"没什么。"

"说啊。"

"想起我的家人。"

"他们怎么了？"

别问了，她暗想，就别问了。

"我想起……"她开了头，仿佛情不自禁，也仿佛有一部分的她已下定决心要把话说出来。

"告诉我。"他说。

"妈妈知道卡米拉会偷家里的东西，还为了保护札拉跟警察说谎。她知道卡米拉对社会福利机构说我们的坏话，让家里的情况更像人间炼狱。"

"这些我都知道。"他说，"潘格兰告诉我的。"

"可是你也知道……"

"什么？"

是否应该到此为止？但她终究一吐为快：

"到最后妈妈受不了了，威胁要把卡米拉赶出去。"

"这我不知道。"

"这是事实。"

"但卡米拉还只是个孩子。"

"她十二岁了。"

"那也是……"

"也许妈妈只是太过生气，不是真心的。但我知道，她总是站在我这边，她不喜欢卡米拉。"

"每个家庭都可能有这种事，会有一个孩子比较受宠。"

"可是在我们家却造成严重后果,让我们视而不见。"

"对什么视而不见?"

"对当时的情况。"

"什么情况?"

够了,她心想,够了。

她想要大叫,想要逃开,但嘴里依然继续,宛如被一股已然失控的力量驱动着:

"我们以为卡米拉有札拉,以为这是一场二对二的战争,妈妈和我对抗札拉和卡米拉。但其实不是这样,卡米拉是孤军奋战。"

"你们都是在孤军奋战。"

"卡米拉更惨。"

"怎么说?"

她别过头去。

"有时候,札拉会在晚上到我们房间来。"她说,"那时候我还太小,搞不清楚状况,但我也没想太多。他是坏人,做什么事都随心所欲,谁也拿他没办法,当时我一心只想着一件事。"

"想要阻止他再对你母亲施暴。"

"我想杀死札拉,当然了,我知道卡米拉和他是一伙的,所以没有理由为她担心。"

"我明白。"

"但我显然应该问问自己,札拉为什么会改变。"

"他怎么改变了?"

"他越来越频繁地在家里过夜,这有点说不通。他习惯奢侈的生活,习惯凡事有人服侍,怎么会忽然间就对我们这间破屋满意了?肯定是棋局里有了新的棋子。在特维尔大道上,我终于恍然大悟,他是被卡米拉吸引了,和其他所有男人一样。"

"所以说他晚上是来找卡米拉的。"

"他老是叫她跟他到客厅去,听着他们的声音,我只觉得他们在计划怎么对付我和妈妈。但也许我还听到其他的声音,只是当时还无法理解。他们常常跑到车上去。"

"他侵犯了她。"

"他毁了她。"

"你不能因此自责。"他说。

她真想大声嘶吼。

"我只是在回答你的问题。我发觉我和妈妈一点都没有帮助过她，所以我才会迟疑，没动手。"

布隆维斯特默默坐在床上，试着去消化刚刚听到的这番话，接着伸手搭在她肩上。她将他的手推开，望向窗外。

"你知道我怎么想吗？"他问道。

她没有搭腔。

"我觉得你根本不是那种会直接开枪杀人的人。"

"胡说八道。"

"我不觉得你会这样，莉丝，从来不觉得。"

她从托盘上拿起一块可颂面包，与其说是对着他，更像自言自语地说：

"可是我应该要杀了她的，现在她冲着我们所有人来了。"

第二十章

八月二十七日

包柏蓝斯基随身带着一瓶格兰十二年威士忌。这瓶酒已在家里存放多年,这么做明显违反他的原则,但既然目击者要求他带威士忌,那么他就不打算小题大做。打从昨天开始,他就专心致志地追查尼玛·里塔的死因,因此为了联系到尼玛死前最后见到他的证人,他可以说是不遗余力。最后终于在哈宁格的克洛卡街上的一栋黄色大楼的小公寓里找到了他。

这里不是包柏蓝斯基所见过最糟的环境,但也称不上舒适,屋里散发着怪味,到处弃置着酒瓶、烟灰缸和吃剩的食物。不过证人本身倒是流露出一种波希米亚人的优雅,身穿一件还算得上干净的白衬衫,头戴法式贝雷帽。

"亚威南先生。"包柏蓝斯基招呼道。

"督察长。"

"这个可以吗?"

他举起酒瓶,对方报以微微一笑,随后两个人便坐到厨房的蓝色木凳上。

"八月十四日晚上,你遇见了现在已知他名叫尼玛·里塔的男人,对吗?"他问道。

"没错……是的……根本就是个疯子。那时候我觉得很不舒服,正在等一个常常去北铁广场卖酒的人,然后这个流浪汉就出现了,走路摇摇晃晃的,早知道我就不该多嘴。从一百米外就看得出来他不正常,可是我这个人爱说话,所以我就很有礼貌也很圆滑地问他还好吗?但他竟然开始对着我大吼大叫。"

"用什么语言?"

"英语和瑞典话。"

"这么说他会讲瑞典话咯？"

"也不算会讲，但知道几个单字。我一个字也听不懂。他嚷嚷着说曾经爬到云上面去，和神打仗，还跟死人说话。"

"你觉得他是不是在说珠穆朗玛峰？"

"有可能，我没听得那么仔细。说真的，我都快难过死了，没心情听他胡扯。"

"所以你完全不记得他说了什么？"

"他救过很多人。他说：'我救过很多人的命。'然后又让我看他的手，他少了几根手指。"

"他有没有提到国防部长福塞尔？"

亚威南诧异地看着他，又往杯子里倒了些酒，然后用颤抖的手端起来，一饮而尽。

"你这么说还真有意思。"

"为什么？"

"因为现在想想，他还真的提到过福塞尔。不过这并不奇怪，每个人都会提到他。"

"他确切地说过些什么吗？"

"说他认识福塞尔吧，还说认识各种重要人士。他搞得我头昏脑涨，到最后我受不了了，就冒出一句很蠢的话。"

"什么样的话？"

"这个嘛……我绝对没有歧视，但可能也不该这么说。我说他像个该死的亚洲人之类的，他就忽然发了狂地揍我。因为太突然了，我根本来不及反应，老实说真被他打了个半死。你能想象吗？"

"我明白那样不太应该。"

"我血流个不停，"亚威南又接着说，情绪依然焦躁，"这里有个伤口，到现在还没好。你看。"

他指着嘴唇，那里的确有个伤疤。不过他全身上下都是伤口和瘀青，所以包柏蓝斯基并未特别放在心上。

"后来呢？"

"他忽然就跑掉了,算他幸运,不过也许不应该说幸运,因为他隔天就死掉了。总之我当时是这么觉得,因为他在瓦萨街碰见一个卖酒的人。"

包柏蓝斯基将身子探过餐桌桌面。

"卖酒的人?"

"有一个人在饭店旁边的人行道把他拦下,你知道我说的是哪一家吧。至少他看起来好像拿了一瓶东西给他,只不过离得挺远的,说不定是我看错了。"

"你对那个人有什么印象?"

"那个卖家?"

"对。"

"印象不太深,只记得他瘦瘦高高的,头发颜色很深,穿着黑色外套和牛仔裤,还戴了帽子。但我没看到脸。"

"他看起来也像喝醉酒吗?"

"走路的样子不像。"

"什么意思?"

"他脚步太轻盈了,而且走得很快。"

"像个平时会运动的人吗?"

"有可能。"

包柏蓝斯基默默观察亚威南片刻,感觉他是个一落千丈却仍极力维持一定门面的人,斗志还在。

"你有没有看到他往哪里去?"

"往中央车站的方向。我本来想跟上去,但根本不可能追得上。"

"那么会不会他其实不是在卖酒?说不定他只是想拿一瓶东西给尼玛·里塔。"

"你的意思是说……"

"我没有什么意思。只是尼玛被人下了药,而以他的生活状态看来,药很可能是被下到酒里面,所以我才会对这个人感兴趣。"

亚威南又喝了一口威士忌,说道:"这么说的话,还有一件事我应该提一下。他的确说过以前有人想给他下毒。"

"他有没有说怎么下法?"

"这部分我也几乎听不懂。他叫嚷着说自己做了多少了不起的事,认识多少上等人。不管怎么样,我总觉得他待过精神病院,而且拒绝吃药。他说:'他们想给我下毒,可是我跑掉了,我从山上爬到湖边。'反正我觉得他是这么说的,他为了躲医生跑掉了。"

"从山上,到湖边?"

"好像是。"

"你觉得他待的医院是在瑞典还是国外?"包柏蓝斯基问。

"应该是在瑞典。因为他往后面指,好像就在附近似的。但话说回来,他老是不停地指来指去,就好像天堂啦,和他打仗的那些神啦,也都在这里似的,就在附近某个转角。"

"明白了。"包柏蓝斯基已经急着想要尽快离开。

从饭店房间的桌子上,莎兰德看见硫黄湖俱乐部的人正要离开海滨大道的房子,其中也包括他们的会长桑斯壮。她得想想下一步该怎么做。

她关上计算机,发现布隆维斯特已穿好衣服坐在床上看手机。她真的不想谈论自己的人生,也不想听布隆维斯特说她内心其实有多善良,不管他说什么她都不想听。

"你在干吗?"

"什么?"

"你在干吗?"

"在准备关于那个夏尔巴人的报道。"他说。

"有什么进展吗?"

"我在查这个英格曼。"

"好家伙,对吧?"

"那可不!完全是你的菜。"

"还有马茨·萨宾。"她说。

"对，他也是。"

"你对他有什么看法？"

"我还没走到那一步。"

"我想你就不用管他了。"她说。

他心存狐疑，抬起头来。

"为什么这么说？"

"因为我猜呢，这件事有很多不同的关联，你碰巧撞上一个就兴奋得不得了。但是我认为这没什么。"

"为什么？"

莎兰德一边想着卡米拉和硫黄湖俱乐部的人，一边走到窗边，透过窗帘缝隙看着底下的伦特马卡街。也许她终究还是得施加点压力。

"为什么呢？"他又问一次。

"你很快就找到了这个名字，对不对？当时甚至都还不确定他到底说了什么。"

"没错。"

"你最好回去看看殖民时期的历史。"

"为什么？"

"整个珠峰事件不就是那个时期遗留下来的一大产物吗？有白人登山客，还有负责搬运装备、不同肤色的人。"

"唔，也许是吧。"

"我认为你应该把焦点放在那上面，仔细想想尼玛·里塔会怎么表达。"

"你能不能直接明说啊？一次也好？"

布隆维斯特坐在床上等着她回答，却发觉她心思又飘走了，就像那天早上她坐在单人沙发上的时候一样。他心想不如自己去找答案，便开始收拾行李。他打算先离开，晚一点再来和她碰头，因此将笔记本电脑收进袋子后，起身去拥抱她，叫她要保重。但即使走近到她身旁，她也没反应。

"醒醒，莉丝。"他说道，自觉有点傻。直到这时候她的眼睛才开始聚焦，盯着他的袋子看。

它好像向她传达了什么讯息。

"你不能回家。"她说。

"那么我会到其他地方。"

"我是说真的。"她说，"你不能回家，也不能去找任何亲近的人。他们在盯着你。"

"我可以照顾自己。"

"你没办法。手机给我。"

"别这样，你又来了。"

"给我。"

他认为手机已经被她玩够了，准备要收进口袋，她却不顾他的抗议一把夺了过去，立刻埋头摆弄起程序代码。他只好由着她去。她对待他的计算机也向来都是为所欲为。但几分钟过后，他试探地问了一句：

"你在做什么？"

她抬起头来，脸上隐约透着笑意。

"这个我喜欢。"

"你喜欢什么？"

"这几个字。"

"哪几个字？"

"'你在做什么'，你可以用同样的语气再说一遍吗？"

"你在说什么啊？"

"说就对了。"

她伸出手机。

"什么？"

"你在做什么？"

"你在做什么？"他说。

"很好，好极了。"

她又玩弄了一下之后，才将手机还给他。

"你做了什么？"

"以后我就可以看到你在哪里，听到你周围的动静了。"

"什么？这么说我一点隐私也没有了？"

"你要保有什么隐私都没问题，不必要的话我不会偷听，除非你说了那几个字。"

"那我可以继续说你坏话咯？"

"什么？"

"这是玩笑话，莉丝。"

"哦。"

他微微一笑。

或许她也笑了。他收起手机，重新看着她说："谢谢你。"

"现在要低调一点。"她说。

"我会的。幸好没什么人认得我。"

"什么？"

她还是没听出来这是句玩笑话，随后他真的抱了抱她。

他走出饭店，试着融入城市的人群中，不是太成功。才走到泰涅尔街，就有一个年轻人要求与他自拍合照，接着他继续走到斯维亚路。他本该尽量避免引人注目，却去坐在市立图书馆不远处的一张长椅上，再一次搜寻尼玛·里塔。最后读到二〇〇八年八月《户外探索》杂志里的一篇长文。

这是尼玛·里塔所给过的最详细的叙述，但引述的内容并没什么特别，至少乍看之下是如此。对于有关克拉拉的问题，做了本分或是哀伤的回答，这些布隆维斯特都看过了。但忽然间有个东西让他坐挺起来，一开始他也不明所以。那是一条简单又伤心欲绝的讯息：

"我真的很努力想照顾她。我努力了。可是曼萨希倒了下去，然后暴风雪来了，山神发怒了，我们救不了她。我对曼萨希非常、非常抱歉。"

曼萨希。

当然了，曼萨希也可称为门萨希，是萨希的女性称谓，是殖民时期的印度人对白人的称呼。他怎么就没想到呢？在调查过程中，他读到过夏尔巴人经常以这个代名词称呼西方登山客。

我带走福塞尔，我留下了曼萨希。

他肯定是这么说的，因此指的应该是克拉拉·英格曼。但这是什么意思呢？难道尼玛抛下她，救了福塞尔？这与他读到的事件发生的顺序不符。

克拉拉与福塞尔分别在山上不同的地方，福塞尔遭遇困境时，克拉拉很可能已经身亡。可是……会不会是发生了其他需要下封口令的事？有可能，但这也可能是无稽之谈。无论如何，他的精神确实为之大振，心想放假一事就算了吧，现在的他更加坚决地要彻底查明此事的真相。他立即发了一条短信给莎兰德：

〈你为什么老是聪明得要命呢？〉

第二十一章
八月二十七日

　　波琳娜人在慕尼黑的博根豪森区,此时穿着睡衣,坐在青少年时期的房间的床上,正在一边打电话,一边喝着热巧克力。母亲一直忙进忙出,好像她又回到十岁的时候,总的来说,这样的人生还不算最糟。

　　这是她想要的,重新当个孩子,不必负什么责任。她希望能尽情地痛哭一场。而且一直以来她都错了,托马斯是什么样的人,父母亲其实心知肚明。当她说出他如何对待她,他们眼中没有一丝怀疑。但现在她把自己锁在卧室内,说她暂时想一个人静一静。

　　"你是说这个女人是谁,你完全没概念。"詹森督察长在电话上说,听起来,波琳娜说的话她一个字也不信。

　　波琳娜不但马上就知道拿熨斗的女人是谁,也察觉到其中有某种不可告人的逻辑,想到自己多少认可了这种事发生,她感到十分惶恐。回家的路上,她无数次在心里说:"我不能再见他,真的不能。我宁可死。"

　　"没有。"她说,"听起来不像我认识的人。"

　　"你先生说你认识了一个女人,还爱上她。"詹森说。

　　"我这么写只是为了气他。"

　　"可是他觉得那个入侵者和你之间有某种感情联系。甚至于她传达的讯息好像也都和你有关。她逼你先生发誓绝对不再去骚扰你。"

　　"那就奇怪了。"

　　"真有那么奇怪吗?邻居们说你离家前几天,手上缠着绷带,听你说是不小心被熨斗烫伤。"

　　"是的。"

　　"不是每个人都相信你,波琳娜。他们听到你家里传出尖叫声,除了尖叫声还有吵架的声音。"

她略一沉吟才回答道:"是这样吗?"

"所以会不会是托马斯弄伤你的?"

"也许是。"

"那么你应该明白,我们怀疑这可能是报复行为,是某个和你亲近的人做的。"

"我不知道。"

"你不知道?"

同样的话就这么来来回回地重复,最后詹森忽然变了口气说:"顺便告诉你一声……"

"什么事?"

"我想你不需要再担心他了。"

"什么意思?"

"你先生好像非常怕那个女人,我想他会离你远远的。"

波琳娜迟疑了一下之后说:"就这样吗?"

"暂时是。"

"那么我也许应该说谢谢。"

"谢谁?"

"不知道。"她接着又说希望托马斯早日痊愈——因为好像要这么说才对。

她当然是言不由衷,当她挂断电话,坐在床上试着厘清这些讯息时,手机突然响了。是一个专打离婚官司的律师,名叫斯蒂芬妮·埃尔德曼。波琳娜在报纸上看到过她的新闻,埃尔德曼想当她的诉讼代理人,并说她不必担心费用的问题,已经有人付清了。

茉迪警官在警察总局的走廊上遇见包柏蓝斯基时,摇了摇头。他猜应该是在郡议会也没找到尼玛·里塔的数据记录。不过至少获得查询的许可,从事前阻挠不断的情形看来,单凭这点就是小小的胜利。到目前为止,他们与军情单位的联系都只是单向沟通,这让他越来越

感到急躁。他意味深长地看了茉迪一眼,说道:

"可能找到一个嫌疑人了。"

"真的?"

"不过没有名字,也几乎没有相貌的描述。"

"你说这叫嫌疑人?"

"好吧,姑且称之为线索。"

他告诉她,八月十五号星期六凌晨一点到两点之间,亚威南从北铁广场上看见一个男人好像给了尼玛·里塔一瓶私酒。

茉迪一边记下来,一边和他走进办公室,与他相对而坐。起初两个人都沉默不语,包柏蓝斯基在椅子上动动身子,试图厘清在自己潜意识里萌生的想法。

"所以没有迹象显示他进入过我们的医疗系统?"他问道。

"到目前没有。"她说,"但我还没放弃。他有可能用了不同的名字,对吧?我们已经向法院申请,希望能根据他的外貌特征进行更广泛的搜查。"

"知不知道最早是什么时候有人看见他在市区走动的?"

"说到民众对时间的概念,处理起来总是很棘手,不过看样子他出现在这一带顶多只有两个礼拜。"

"他会不会是从另一个区,或是另一个城镇来的?"

"我不这么想,这是我的直觉。"

包柏蓝斯基往后靠着椅背,望向窗外的柏尔街,就在那一瞬间,他终于知道自己在找什么。

"南翼。"他说。

"什么?"

"离这里最近的精神疗养机构'南翼'。我想他可能在那里待过。"

"为什么这么说?"

"很吻合啊。那里恰恰是藏人的好地方,南翼甚至不用向郡议会报备,那是个独立机构,而且我从以前就知道,军方和这间疗养院之间有合作关系。你记不记得安德森,那个来自刚果、疯狂攻击市民的联合国军人？他就是那里的病患。"

"我确实记得他。"茉迪说,"不过听起来可能性有点渺茫。"

"我还没说完。"

"那么请继续吧,督察长。"

"根据亚威南的证词,尼玛说他从山上爬下来,到了湖边,这也符合不是吗?南翼的地理位置相当特殊,就位于悬崖边上,俯临欧斯塔湾。再说,它离马利亚广场也不远。"

"有道理。"茉迪说。

"这可能纯属臆测。"

"我马上去查,以防万一。"

"好极了,不过……"

"怎么了?"

"这样还是无法说明尼玛·里塔怎么会出现在瑞典,而且还闯过护照查验的重重关卡,却没有留下记录。"

"的确。"茉迪说,"但我们可以从这里下手。"

"如果能找丽贝卡·福塞尔谈谈,也许会是个不错的开端,不过好像也不能这么做。"

"对了。"她若有所思地看着他。

"怎么了?"

"在斯德哥尔摩应该还有另一个女人认识尼玛·里塔和克拉拉·英格曼。"

"是谁?"

茉迪告诉了他。

凯特琳走在约特路上,又打了一次电话给布隆维斯特,但令人气恼的是他还是没接,尽管有时明明是忙线中。管他呢,她还有更重要的事要想。她刚刚录完她的播客,内容是和文化部长艾丽西亚·弗兰克尔以及新闻系教授尤根·弗里格斯塔一起讨论媒体上反福塞尔的风潮,但她并未因此感到轻松一些。她觉得心力交瘁,每次录完节目都有这种感觉。

每次总会有一些反驳或质问让她放不下,而现在她担心的是自己会不会表现得太强硬?或者会不会像她批评的媒体一样有所偏袒?她会不会对别人吹毛求疵,其实自己也做不到?不过她向来不害怕自我批判,她很清楚地意识到针对福塞尔的歇斯底里现象让她生气。原因也许在于她,而不在于福塞尔。

这种恨意与谎言会如何毁掉一个人,她太清楚了,虽然她从未想过轻生,但偶尔的确会有失控的时候,就像青春期的她那样割腕自戕。那一天,自从黎明时分醒来开始准备节目,她就觉得心情低落,好像晦暗的过去企图卷土重来,但她不去多想。约特路上人潮汹涌,前面人行道上有一群托儿所的小朋友拿着气球钻来钻去,她转进邦德街,慢慢走到新广场,这才感觉呼吸顺畅了些。

新广场被视为索德毛姆区最高级的地段之一,虽然对某些人而言,这三个字近乎龌龊,但它是媒体精英圈的代名词。这里让她有安全感,好像既是家,也是避难所。老实说,买这间房子对她来说过于勉强,但她的节目非常受欢迎,是全瑞典收听人数最多的播客节目,因此她相当放心,反正如果有必要,随时都能将房子转卖出去,搬到郊区。这一切有可能在一夕之间化为乌有,这点她从未怀疑过。

她加快了脚步。后面是不是有脚步声?不会的,是她多心了,这荒谬的恐惧感由来已久。不过她还是想尽快回到家,想把外面的世界抛到脑后,径自沉浸在一出浪漫的喜剧中,或是任何不属于她生活的情境中。

布隆维斯特坐在东毛姆区的一处阳台上,正在和茉迪提到的女子谈话。他先前去了皇家图书馆,在那儿阅读了一整天,现在已经渐渐看清了事件的来龙去脉,至少已看出哪里有漏洞,以及还有什么需要查明的。

于是他不请自来,现身在伊琳位于少女街的住处。她现年三十九岁,仪态优雅、五官分明、身材极瘦,待人略显冷淡。她现在冠夫姓费尔克，但在二〇〇八年还姓曼戈尔，而且堪称健身界的名人，在《瑞典晚报》还开了个读者问答专栏。当年她参与了美国人葛雷格·多尔森带领的珠峰登山队。

多尔森的队伍计划攻顶的日期和葛兰金他们是同一天，也就是五月十三日。在适应准备期间，两支登山队的队员一起生活在基地营，伊琳也逐渐与同样来自瑞典的福塞尔及林德伯格变得熟稔，甚至和克拉拉·英格曼交上朋友。

"谢谢你答应见我。"布隆维斯特说。

"这倒没什么，只是你应该想象得到，我对这件事已经十分厌倦了，恐怕谈了都不下两百次。"

"听起来应该赚了不少。"

"你如果还记得，当时也有经济危机，所以根本没那么好赚。"

"真是遗憾。不过请跟我说说克拉拉·英格曼。我知道她和葛兰金是恋人关系，所以关于这点不用避讳。"

"你会说出我的名字吗？"

"你如果不愿意具名，我会尊重。我只需要了解当时的情况。"

"好。他们的确在搞外遇，但是他们很低调，就连在基地营也没几个人知道。"

"可是你知道？"

"因为克拉拉告诉我了。"

"克拉拉会加入葛兰金的登山队，是不是有点奇怪？以她的财力和人脉，为什么不挑一个比较有名的美国领队，比方说多尔森？"

"葛兰金的名气也不小，不过他和史丹·英格曼之间也有某种关系。他们好像互相认识。"

"而葛兰金竟然追求他的妻子？"

"是啊，史丹肯定无法忍受。"

"我看到报道上写，你觉得克拉拉一开始在基地营并不快乐？"

"我没有，"她说，"我一开始觉得她就是个眼睛长在头顶上的烂女人，但后来才慢慢发现她有多伤心，也才明白对她来说，那趟圣母峰探险之旅完全是为了追求自由。她希望能借此鼓起勇气提出离婚。有一天晚上，我们在她的帐篷里喝酒，她跟我说她已经找了律师。"

"查尔斯·麦斯特顿，对吗？"

"也许是，我不记得名字了。而且她还联络了一个出版商。她说她想写的不只是爬山，还有史丹和那些妓女、成人片女星乱搞关系的事，以及他所有的犯罪门路。"

"可想而知，英格曼会觉得受到威胁了吧。"

"我实在难以想象。虽然克拉拉有一个律师，他会有二十个，而且我知道克拉拉很害怕。'他会杀了我。'她这么说。"

"可是后来事情有变。"

"我们的英雄开始追求她。"

"葛兰金。"

"没错。"

"他是怎么做的？"

"我不知道。不过你很容易就会对葛兰金着迷。他不管面对什么困难，都能镇定自如，只要看看他，我们都会觉得，葛兰金会解决的。他外表粗壮，像熊一样，加上那灿烂的笑容，能让我们的忧虑全消。我记得我当时很羡慕那一队的人，真希望他也当我们队长。"

"克拉拉就爱上他了。"

"完全无法自拔。"

"你觉得是为什么？"

"我事后在想，会不会和史丹有关？我想克拉拉应该是觉得如果有了葛兰金，就能打败她丈夫。他看起来就像即使身陷枪林弹雨，也能面带微笑。"

"可是情况起了变化。"

"对，就连葛兰金也开始显得紧张，让我们所有人都不知所措。你知道吗？那有点像飞机飞到一半，空乘员忽然露出忧虑的表情，你真的会开始觉得要坠机了。"

"你觉得出了什么事？"

"不知道。也许他开始为自己小小的出轨行为担心,知道史丹不好惹,后果可能不堪设想,而且老实说……"

"什么?"

"他的确需要担心。我当时还年轻,觉得这段恋情很酷,好像自己得知了全世界最大的秘密。可是事后一想,才发觉这样太不负责任了。我考虑的倒不是史丹或葛兰金的太太,而是登山队员。葛兰金应该要照顾所有人,不能只考虑某一人。他把全部精力都放在克拉拉身上,置其他人于不顾,我想这是整件事失败的原因之一。他就是不顾一切,想把她带上山顶。"

"他应该送她下山才对。"

"一点也没错,但他怎么也做不到。不只因为她有超高的宣传价值,他也因为媒体的胡乱报道而为克拉拉感到不平,他想向世人证明她做得到。"

"有一些报道暗示,葛兰金从第四营往上爬的时候,情况不太对。"

"我也听说了。可能只是因为要团结队员而精疲力竭了吧。"

"他和尼玛·里塔处得怎么样?"

"葛兰金非常尊敬他。"

"那么克拉拉和尼玛的关系呢?"

"那不一样……有点特别。他们不是同一个世界的人。"

"克拉拉对他不好吗?"

"你要知道尼玛非常迷信。"

"克拉拉会取笑他?"

"可能有一点,但我不认为他会介意。他就是做好自己的工作。导致他们关系恶化的,是另一件完全不相干的事。"

"什么事?"

"他有个妻子。"

"露娜。"

"对,她叫露娜。露娜是他的一切,我真的觉得你爱跟他说什么就说什么，把他当粪土、当空气，他都无所谓，但只要一说他老婆的不是，他就会暴跳如雷。有一天早上，露娜到基地营来，用一个装饰得漂漂亮亮的篮子提了新鲜面包和干酪，还有杧果、荔枝和其他一堆东西。她到各个帐篷去发送东西，大家都喜形于色地向她道谢。但是当她经过克拉拉的帐篷，好像不小心绊到冰爪，或是手提袋，或是克拉拉在山上根本不需要的某样东西。结果篮子里的东西飞散一地，露娜的手也被碎石擦伤。其实这事也没什么大不了，偏偏克拉拉就坐在旁边，而且不但没去扶她，还大骂一声'你会不会看路'，把事情给闹大了。基本上她就像个目中无人的笨蛋，看得出来尼玛几乎要气炸了。我很怕他会脾气失控，但就在出事以前，福塞尔出现了，他扶起露娜也捡起了面包和水果。"

"这么说福塞尔对他们很友善？"

"他对谁都很友善。你见过他吗？我是说在每个人都开始讨厌他以前。"

"他被任命为国防部长的时候，我访问过他。"

"那么你肯定不能理解现在的情形。那个时候大家都很喜欢他，他就像一阵旋风，不停往前冲，随时摆出竖起大拇指的招牌动作，脸上也始终带着笑容。不过你说的也许没错，他和尼玛的关系可能很特殊。他常常说'容我向这个山中传奇致敬'之类的话，还会大声地喊：'你娶这个老婆太棒了！多美的女人啊。'尼玛听了当然开心。"

"那么尼玛有没有以任何方式回报？"

"什么意思？"

布隆维斯特不知该怎么说才好，也不想做毫无根据的指控。

"在山上的时候，尼玛可不可能牺牲克拉拉，去帮助福塞尔？"

伊琳困惑地看他一眼。

"这怎么可能？"她说，"尼玛和葛兰金与克拉拉在一起，不是吗？而且林德伯格和福塞尔自己走在前面攻顶去了。"

"我知道。但后来呢？后来发生了什么事？到处都说克拉拉没得救，但真是这样吗？"他才说完，便发生出人意料的事。

伊琳大发雷霆。

"她就是没得救。"她说,"我真受够这些了。一群根本从来没爬过那种高山的白痴,还自以为什么都懂。我可以告诉你……"她激动得就快说不出话来,"那上面是什么样子,你有一点点概念吗?你几乎无法思考,寒冷严酷到了极点,运气好的话,大概也只有足够的力气照顾自己,一步一步地走。在海拔八千三百米的山上,如果有人动也不动地躺在雪地里,脸已经冻僵——当时的克拉拉就是这样——谁也没办法把这个人弄下山,就算是尼玛·里塔也一样。我们下山的时候亲眼看见他们了,这你知道,对不对?她和葛兰金抱在一起,倒在雪地里。"

"我确实知道。"

"我们什么也做不了,根本不可能有谁能帮她。她已经死了。"

"我只是想再确认一次实际情况。"他说。

"狗屁,我才不信。你是想影射什么吧?你跟其他人一样,故意和福塞尔过不去。"

我没有,他想大喊,我没有!但只是深吸了一口气。

"我道歉,"他说,"我只是觉得……"

"你觉得怎样?"

"这件事里头有些地方不太合理。"

"譬如说?"

"譬如说克拉拉后来没有和葛兰金躺在一起。我知道那是来年才发现的,这期间什么事都可能发生,例如雪崩和暴风雪之类的。可是……"

"可是什么?"

"看了林德伯格的陈述,我也不太买账。我总觉得他有所保留。"

伊琳已经冷静下来,看着外面的庭院。

"我想我同意你的说法。"她说。

"为什么?"

"因为林德伯格在基地营是个大谜团。"

第二十二章
八月二十七日

凯特琳·林达斯在新广场家中，抱着猫，蜷缩在沙发上看手机。她试着联络布隆维斯特已太多次，觉得既生气又难为情。她让自己暴露无遗，却只收到一条不知所云的短信：

〈我想乞丐对你说的是"曼萨希"，就像"曼萨希"克拉拉·英格曼。你还记得些什么吗？就算一个字也好〉

曼萨希，她暗自琢磨，并搜寻了一下："殖民时期印度对白人女性的尊称，通常的发音是门萨希。"这的确可能是他说的字眼，但谁在乎啊？克拉拉·英格曼又是谁呀？

她一点兴趣也没有，再说她也根本不想理会布隆维斯特。他大可以加一句简短的礼貌问候，像是："嗨，还好吗？"之类的。可是没有，当然更别提"我想你"了，她自己就曾一时脆弱，莫名其妙写了这样的话。他去死好了。

她走进厨房想找点东西吃，却发现根本不饿，于是重重甩上冰箱门，从餐桌上的玻璃碗里拿了一颗苹果，结果还是没吃，也许是因为就在此刻，她内心某个隐蔽的角落忽然灵光一现。克拉拉·英格曼？听起来确实耳熟，甚至有种吸引人的感觉，她立刻上网搜索了一下，接着她全想起来了。

之前她在《浮华世界》上看过完整的报道，但现在只能找到克拉拉的一些图片，是她在珠穆朗玛峰某个基地营拍的一系列照片，另外还有和她一起丧命的向导维克多·葛兰金的照片。克拉拉的美带着些许低俗，不过她也显得忧伤，或者应该说是装出快乐的模样，好像必须不停地微笑来躲避忧郁，而葛兰金看起来……呃，怎么说呢？

据另一篇报道说,他是个工程师兼专业登山者,曾任探险旅游公司顾问,可是她觉得他更像军人,特种部队的,尤其当她看见他在珠峰拍的另一张照片,旁边站的是……"约翰尼斯·福塞尔!"她忍不住惊呼,甚至忘了生布隆维斯特的气,立刻回消息:

〈你发现了什么?〉

稍早前,伊琳·费尔克还义愤填膺、怒火中烧,现在则显得犹豫、若有所思,仿佛在一眨眼间游走于两个极端。

"唉,天哪,关于林德伯格我能说什么呢?那种自信实在不可思议,真的是疯了。他几乎可以说服别人去做任何事情,我们在营地的所有人甚至开始喝起他那可怕的蓝莓汤。他应该去当推销员。不过我怀疑在珠穆朗玛峰,事情并没有照他的期望发展。"

"怎么说?"

"林德伯格也看出了葛兰金和克拉拉之间有暧昧关系,他好像有点困扰,我也说不上来,就是有这种感觉。也许他是嫉妒,谁知道呢,而且我觉得葛兰金也发现了。我甚至觉得这正是他越来越紧张的原因之一。"

"为什么会影响到他呢?"

"我刚才说了,他确实有些动摇。他本来是营地的磐石,却变得越来越害怕,有时候我还纳闷他是不是有点怕林德伯格。"

"你认为这是为什么?"

"要我猜的话,他应该是怕林德伯格向史丹·英格曼告状。"

"有什么迹象显示他们之间有联系吗?"

"也许没有,可是……林德伯格有种阴险的感觉,而且我的感受越来越强烈,偶尔他提到英格曼,就好像认识他一样。他喊他'史丹'的口气,听起来有点……像熟人。不过也可能是我想太多。那种事情现在很难记得清楚。我只知道到后来,连林德伯格也不再那么趾高气扬。他可以说变得非常小心翼翼。"

"你是说他也为某件事而紧张？"

"我们都一样。"

"在那种情况下，这是当然的。"布隆维斯特说，"但你刚才说林德伯格是基地营的一大谜团。"

"一点也没错。大部分时间他都是自信满满，但也可能变得犹豫猜疑。有时奢侈慷慨，但也会小气吝啬。一下子把你捧上天，一下子又把你惹恼。"

"他和福塞尔的关系如何？"

"也差不多是这样吧。他心里有一半是喜欢福塞尔的。"

"但另一半……"

"……一直在仔细观察他，想要稍微控制他。"

"为什么这么说？"

"我也不知道，大概是受到媒体上抹黑福塞尔的那些谣言影响的吧。"

"什么样的影响？"

"一切都太不公平了，有时候我不禁怀疑，福塞尔是不是在为林德伯格背黑锅？但这么说实在太过轻率。"

布隆维斯特小心地轻笑一声。

"也许吧。但很高兴你能帮助我思考，就像我所说的，你不需要担心我的报道。我也喜欢揣测，但在我的文章里面，除了忠于真相，我别无选择。"

"可惜。"

"哈，也许是吧。我想这和登山有点像。下一个岩盘的位置，不能光用猜测，必须要确切知道，否则麻烦就大了。"

"没错。"

他瞅了手机一眼，发现凯特琳回复了。她用另一个问题来回答，正好可以借此机会结束谈话。他亲切地与伊琳道别后，拿着行李箱走上街头，却不知该往哪儿去。

傍晚时分，菲德丽卡回到位于特隆松的家，发现有一位名叫法尔札·曼苏的精神科医生发来一封很长的电子邮件，他是南翼精神疗养院封闭式精神科的资深医师。她和警方都送了详细的报告给他，并询问尼玛·里塔是否曾是该院病患。

菲德丽卡对此并未抱太大期望。她心想，尽管那个夏尔巴人的血液中检测出了抗精神病药物，显示他应该接受过治疗，但他的状态实在太差，不可能待过医院。因此她急于想看看曼苏医师写了些什么——不只是为了案情的调查。

曼苏医师在电话里的语气轻柔，令人愉悦，她也喜欢在网络上看到的他，炯炯有神的双眼、温暖体贴的笑容，还有他在"脸书"上提到自己喜欢玩滑翔翼。然而他寄给她和包柏蓝斯基督察长的信却是慷慨陈词，怒气冲天，很明显，是试图在为医院对夏尔巴人的治疗辩护。

我们感到震惊而难过，请容我立即表明，该事件刚好发生在一年当中最不凑巧的时间，也就是七月间我和院长克里斯特·亚姆都不在的那个星期。很可惜这个案例最后落得两头空。

什么事件？什么案例？哪两头？她都想知道，几乎不敢相信那个性情温和的滑翔翼爱好者竟会如此失控。但在浏览过这封又长又啰唆的信后，她推断尼玛·里塔的确曾是南翼的病患，但用的是另一个名字，而且在那一年的七月二十七日晚上潜逃离开。一开始，这件事未经通报，原因不少，其中多半和负责人不在有关。不过这名病患经历过非常特殊的保密程序，院方可能出于畏惧或愧疚而予以隐瞒。

法尔札·曼苏写道：

两位想必知悉，我和克里斯特是在今年三月才接管南翼的。当时我们发现一些不当情况，其中包括有几名病患被锁起来，施以强制治疗，而在我们看来，这些手段并无益处。有一名男性患者是在二〇一七年十月入院，名叫尼哈·拉瓦。他没有身份证明文件，但根据病历，他年纪五十四岁，患有妄想型思觉失调以及难以评估的神经损伤。他似乎来自尼泊尔的高山地区。

菲德丽卡看了看女儿，她们一如往常，坐在沙发上玩手机。她接着读曼苏医师的信：

  该病患没有接受过牙科治疗，也没有看过心脏科医生，这本该是优先处理的事，但医院却给他下重药，有时甚至将他捆绑起来。这个做法完全不合理。我们得到一些讯息——可惜我不能随意透露——显示他容易受到威胁言语的刺激。也许我们并未完全意识到事情的严重性，当然无法推卸责任。但请两位务必理解，对我和克里斯特来说，病患的权益是最重要的。我们想对他展现一点人性关怀，试着建立一些信任。该名病患精神十分混乱，始终不太知道自己身在何处。同时，他内心有极大的愤怒，因为没有人想听他的故事，因此我们大大减少他的用药，开始展开治疗。但这似乎也不太成功。
  他的妄想太过严重，不管他有多么想表达，却还是卡在对我们所有的医护同仁抱持太过强烈的怀疑。但我们至少纠正了一些误会，例如我们开始叫他尼玛，这点对他很重要。我们称呼他为尼玛锡达。
  我们看得出来，他对已故的妻子露娜非常执着。到了晚上，他会一边在医院的走廊上走，一边呼唤她的名字。他说他听到她在呼救。此外他也会忽然不明所以地激动起来，谈起一位女士——或是曼萨希，我和克里斯特都认为他是用另一种方式称呼妻子，因为叙述当中有许多极为雷同之处。但如今看了你们的报告，我们怀疑这并非如我们所想是一个创伤，而是两个。
  你们或许会认为我们能力不足，未能更清楚理解他的病情，但我们从一开始就困难重重，我想应该还是可以说有一点进展。

到了六月底,他取回了他不断要求的羽绒外套,似乎让他多了一点安全感。的确,他时常讨酒喝,很可能是因为服用的镇定药物的剂量减少了,但有几天晚上他似乎已不再出现幻听,夜惊症状也改善了。

我还记得我和克里斯特各自去度假时,都相当有信心,觉得我们的方向正确,不管是对他还是对医院整体而言。

这我相信,菲德丽卡暗想,但最后还是导致了尼玛·里塔死亡,很显然,医院的管理层低估了他逃跑的决心。允许他到阳台去是合理的,可是竟然放他一个人去,没有工作人员陪同,这想必违反规定。

七月二十七日下午,他失踪了。证据是当他从屋顶和阳台高耸的栏杆之间的狭窄缝隙钻过去时,裤子钩破了,留下了一小块布。因此我们只能假设他爬下了后面的陡峭悬崖,消失在欧斯塔湾。在那之后,他肯定是在马利亚广场附近找到了安身之处。

而最令人难以置信的是,一直到八月四日克里斯特·亚姆放假回来上班,才接到通报,但仍然没有报警,因为一如曼苏医师所写,"医院记录写得清清楚楚,只要该病患有任何新进展或发生事故,都必须通报数据载明的联络人"。全是一堆没营养的废话,她暗自嘀咕,分明就是机密。无论如何,事情明摆在眼前,他们隐瞒了某些重要的讯息。接着她在针对南翼精神疗养院做了进一步的搜索并和督察长包柏兰斯基长谈之后,再次依照惯例,打电话给布隆维斯特。

布隆维斯特尚未回答凯特琳的问题。他正在格雷夫街的"都铎徽章"酒吧一边喝健力士,一边试着拟定行动计划。应该要联系斯万特·林德伯格。他越来越深信,林德伯格是整个意外事件的关键人物。但他有个预感,在联系他之前还需要做更多的准备。福塞尔本人会是最佳的消息来源,但布隆维斯特不知道他目前的情况如何,而且不管怎样他都不能联系福塞尔或丽贝卡,甚或是他的发言人尼古拉斯·凯勒。思考了半天,他决定休息一下,想想要上哪儿去落脚。他得找一个可以工作、睡觉、又不会危及主人的地方,然后便能继续下一步的行动了。就在这时,电话响起。

是菲德丽卡,说她有个有趣的发现。他请她先挂断,随即发短信让她安装 Signal 手机软件,以便进行安全的私密通话。

〈没办法。不懂。痛恨手机软件。这会把我搞疯〉她如此回答。

〈家里没有一天到晚玩手机的青少年吗?〉

〈怎么可能没有?〉

〈请他们帮忙一下。叫他们帮忙让妈妈变成卧底侦探〉

〈哈!我试试看〉她写道。

停顿了片刻,他喝着啤酒,眼睛直视着街道,看见两个女人推着婴儿车经过。他胡思乱想了一阵之后,收到一则用新语言写的短信。

〈麦可·布隆维斯特?本尊?〉

他决定展现自己的手机技能,便拍了一张竖起大拇指的自拍照传过去。

〈酷〉

〈其实也没那么酷〉

〈我妈要当侦探?〉

〈没错〉

他回答之后,对方回复了一个笑脸。或许他也不算太差嘛,他暗想,这次要小心,别又传成红心,否则可能会跃上《快递报》爆炸性新闻版面。于是他开始向这个名叫阿曼达的女孩说明该怎么做,十五分钟后,菲德丽卡用手机软件打来语音电话,他便走到街上与她通话。

"我在女儿心目中的地位大大提高了。"她说。

"那么我今天至少做了一件有用的事。你想跟我说什么?"

菲德丽卡给自己倒了一杯白酒后,向布隆维斯特道出了她的发现。

"所以还没有人说出他当初是怎么或者说为什么跑到那里去的?"

"这整件事有一种高级机密的味道。大概是军事机密。"

"难道和国家安全有关?"

"我不知道。"

"说不定那是为了保护特定的几个人,而不是国家。"

"有可能。"菲德丽卡说。

"这不是有点奇怪吗?"

"当然,"她慢慢地回答,"而且也是一桩大丑闻。他好像被关在那里的一个小房间,关了好几年,甚至没看过牙医,而根据我的判断,他也没见过其他任何人。不知道你对那个地方了不了解?"

"我很久以前读过古斯塔夫·斯塔夫休的声明。"他说。

"说得很漂亮,对吧?病入膏肓的人能得到最好的照顾,社会的尊严在于它如何照顾最弱势的人。"

"他对自己的主张态度非常坚定,不是吗?"

"但时代不同了,他对于对话与治疗的信念太天真,至少对于症状如此严重的患者而言太过天真,再说精神医学普遍也已转往不同方向,倾向于大量用药与采取强制措施。那间医院尽管地理位置山明水秀,像豪宅别墅一样,却渐渐成了无可救药的患者的收容所,尤其是受战争所创的难民,因此越来越难招募到工作人员。医院名声很差。"

"我猜也是。"

"政府本来想大刀阔斧把医院给关了,将病患转进郡议会医疗保障体系,但是被古斯塔夫·斯塔夫休基金会的继承经营者挡了下来,因为他们说服了声名卓著的亚姆教授来接管。他开始更新医疗设备、重整组织,就是这样他和同事才会注意到尼玛,或者应该说尼哈·拉瓦,这是他病历上的名字。"

"至少名字的首字母缩写没变。"

"是啊,不过有个可疑之处。他有一个特别的联络人,院方不肯透露他的身份,他应该是第一个可以直接取得所有关于尼玛的资料的人。我也不太清楚,只是感觉他是个大人物,是个让医院同仁敬畏的重要人士。"

"譬如说林德伯格副部长。"

"或是国防部长福塞尔。"

"希望渺茫。"

"什么意思？"

"问题太多了。"

"多到难以计数。"

"你有没有问到，医院试图治疗尼玛的时候，他有没有提起过福塞尔？"

"没有，这点我也不清楚。但包柏蓝斯基想的或许没错，他认为尼玛是在霍恩斯路那家电器行的电视里看到福塞尔以后，才开始对他念念不忘。他说不定也是在那里拿到你的电话号码。"

"这我得查一查。"

"祝你好运。"她说。

"谢谢，我是需要一点运气。"

"我能不能问你一件不相干的事？"她说。

"当然。"

"你介绍给我的那位 DNA 研究员，她是谁？"

"就是个认识的人。"他说。

"她架子可真大。"

"她这么做倒不是没理由的。"他说。

接着他们互道了再见、晚安后，菲德丽卡一人独坐，望着外面的湖水，以及远处只见模糊形影的天鹅。

第二十三章

八月二十七日

莎兰德收到布隆维斯特发来的加密短信,因为正在忙其他事情,便没有理会。这一天下来,她不仅配备了新武器(一把贝瑞塔八七型猎豹手枪,和她在莫斯科的那把一样)与IMSI捕捉器,还从菲斯卡街的车库取回了川崎忍者摩托车。

她已换下套装,改穿兜帽上衣、牛仔裤和运动鞋,现在正在诺尔毛姆广场离海滨大道不远的诺比斯酒店的房间里,紧盯一排监视器,试着重新激起今年夏天那股复仇的热望。过往不断干扰着她,她却无暇回顾往事。

她必须集中精神,尤其是葛里诺夫也来了。他是个冷酷无情的人。其实她对他的了解,无非就是暗网上传得沸沸扬扬的那些谣言。

听说他有一项无与伦比的素质:他可以融入任何地方,但不是因为他适应力有多好或者具有演戏天分。相反,他总是独来独往,似乎也因此而博得了信任。

据传,他能流利地说多国语言,而且很能接受新事物,非常博学。他的身高仪态,加上立体的五官,每到一处总会吸引所有人目光,这点也对他非常有利。在他看来,无论是残暴冷酷还是温柔慈爱,都同样易如反掌。

他可以毫不犹豫地凌虐曾经的莫逆之交。当情报员与卧底的日子早已过去,如今他只自称是生意人或翻译员,勉强称得上是帮派分子的婉转代名词。但虽然他与"明星帮"犯罪集团渊源极深,却经常与卡米拉合作,对她帮助极大。光是他的名号就是一大本钱。

莎兰德唯一真正担心的,是葛里诺夫的人脉。他背后的资源迟早会将她包围,因此她不能再踌躇不前。此时站在面向诺尔毛姆广场的饭店窗边,她已决心着手展开准备了一整天的工作:向他们施压。尽可能逼他们犯错。但她先瞄了一下布隆维斯特发的讯息：

〈很担心你。我知道你讨厌我这么说，但我认为你应该寻求警方保护。包柏蓝斯基金会处理，我和他谈过了。另外，尼玛·里塔曾以假名住进南翼精神疗养院，我有个感觉，这个决定与军方有关〉

她没有回复。一转眼就把这条消息抛在脑后了。她将武器放进灰色肩袋内，然后拉盖起兜帽，戴上太阳眼镜，离开房间，搭电梯下楼之后，迈开大步走向广场。

看起来很快就要乌云密布。户外到处都是人，露天餐厅与商店生意兴隆。她右转走到斯莫兰街，接着到毕耶亚尔路，随后钻进东毛姆广场地铁站，搭地铁前往索德毛姆。

布隆维斯特再次来电时，丽贝卡正在卡罗林斯卡医院，坐在丈夫的病榻旁。她正要接听，福塞尔却忽然动了一下，像是做了噩梦，于是她轻轻抚摸着他的头发，任由手机去响。房间外坐了三名军人，通过房门的玻璃窗看着她。

受到监视让她十分不自在，此时想要悉心照顾丈夫的她受此干扰，深感愤恨。他们怎么能这样对待我们？甚至还对福塞尔的母亲进行了搜身。实在太过分了，而最恶劣的则是军安局的头头科拉斯·贝尔，当然还有自称多么同情他们、多么难过的斯万特·林德伯格。

他眼中含泪，带着巧克力和鲜花前来探访，并拥抱丽贝卡，表示遗憾。可是她没有上当。他冒汗冒得太厉害，眼神也闪烁不定。而且至少问了两次，福塞尔在山登岛上有没有说些什么需要让他知道的？她只想大叫："你们瞒了我什么？"但她没说什么，只是谢谢他的鼓励，然后说她现在无法招呼访客，请他离开。他只好不情愿地离去，也幸好如此，因为没多久福塞尔就清醒过来，向她说对不起。他的道歉似乎是真心诚意的，他们约略谈了一下儿子和他目前的状况，可是当她问道:"为什么,约翰尼斯,为什么呢?"他却没有回答。

也许是他不够坚强,也许他只是想逃离一切。现在他又睡着了,或者只是打瞌睡,但神情非常放松,她于是拉起他的手。就在此时,布隆维斯特发来一条短信,先是为打扰她道歉,但又说需要和她谈谈,而且是要透过加密电话或私下当面谈。可是她没办法,现在不行,她绝望地看着正在喃喃梦呓的丈夫。

福塞尔又回到了珠穆朗玛峰。在他心里,他正在狂风暴雪中蹒跚前行,凛寒难耐,几乎已无法思考。他只是一步一步沉重地往前走,还能听到冰爪在脚下吱嘎作响,以及天空与旷野的雷鸣。他不知道自己还能撑多久。

他经常只能感觉到自己氧气罩里粗重的呼吸声,以及身旁林德伯格模糊的身影,有时候则连这个也意识不到。

他的四周不时被黑暗环绕,可能是因为他闭着眼睛走路的缘故,万一遇上断崖,他也就一脚踩空,直接坠落了,连一声呐喊或一点防备都没有。接下来,仿佛连喷射气流也随之缓和,他落入黑暗无声的虚空中,但不久前他还想起父亲站在滑雪道旁,大声为他加油:你还有更多潜力的,儿子,你还有更多潜力。长久以来,当恐惧攫住了他,他便紧紧抓住这几句话。只要挖得够深,总还能再多挖到一点点潜力,但已经没有了。

现在什么也不剩了,他低头看着靴子旁飞旋的白雪,心想自己倒下的一刻终究要来临了,就在这个时候,他听见叫喊声,是随风传来的哀号,起初听起来不似人声,而像是高山本身的绝望呼喊。

此时福塞尔说了句话,相当清晰,但丽贝卡不知道他是在说梦话还是在对她说。

"你听到了吗?"

她只听到已在耳边响一整天的声音:外面高速公路的轰隆声、医疗设备的嗡鸣声、走廊上的脚步与交谈声,但她没回答,只为他抹去了额上的一滴汗，将他的刘海理平。这个动作使得他张开眼睛，她突然涌上一波希望与渴盼。告诉我，她暗想，跟我说发生了什么事。

他望着她的眼神充满畏惧，令她心惊。

"你在做梦吗？"她问道。

"又是那些叫喊声。"

"叫喊声？"

"在珠穆朗玛峰上面。"

过去，他们常常会讨论山上发生的事件。但她不记得有什么叫喊声，也不打算深究。从他的眼神看得出来，他的思路并不完全清楚。

"我不太知道你在说什么。"她说。

"我以为是风雪的声音，你不记得了吗？那风声听起来就像人声。"

"不，亲爱的，我不记得。我根本没跟你上山。我一直待在基地营，你知道的。"

"但我肯定告诉过你。"

她摇摇头想，转移话题，不只是因为他显得心神恍惚。她的心不由自主地往下沉，仿佛可以感觉到那些叫喊声有致命的一面。

"你是不是应该休息一下？"她说。

"后来又以为是野狗。"

"什么？"

"海拔八千米山上的野狗，有可能吗？"

"我们可以晚一点再聊珠峰。"她说，"可是约翰尼斯，你得先让我弄明白。你怎么会就那样跑开了？"

"什么时候？"

"刚才啊，在山登岛。你往外游到海湾去了。"

他的神情告诉她，他慢慢想起来了，她也立刻明显看出情况并未因此好转。想着珠穆朗玛峰的野狗，似乎让他更自在。

"谁救我上来的？艾瑞克吗？"

"不是警卫。"

"那是谁?"

她很好奇他会怎么想。

"是麦可·布隆维斯特。"

"那个记者?"

"就是他。"

"真奇怪。"他说,确实非常奇怪,可是看他的反应却不是这么回事。他的口气淡漠,神情黯然,低头看着自己双手时,眼神冷得令她害怕。她等着他提出反问,但果真提问了,声音中却并无好奇。

"怎么会这样?"

"他刚好在我最歇斯底里的时候打电话来,说他准备写一篇稿子。"

"关于什么?"

"你一定不敢相信。"她这么说,心里却觉得他恐怕会相信得很。

莎兰德在辛肯斯达姆站下车后,沿着环城大道走到布兰契尔卡路,回忆再次涌上心头。可能是因为回到小时候住的街区,也可能是因为在准备新的行动,心又活了过来。

她抬头望着天空,天色已变得阴霾,很可能快下雨了,就和在莫斯科一样。空气很闷,宛如暴风雨来临前夕,不远处的人行道上有一名年轻男子弯着腰,好像身子不舒服。到处都看得见喝醉的人,也许在举办什么派对,也许今天是发薪日,或是国定假日。

她左转走上台阶,从塔瓦斯街走向布隆维斯特家,渐渐恢复了绝对而彻底的专注力,不放过周遭的每个细节与人影。可是……和她预期的不同。难道是她想错了?没有任何可疑之处,只有更多醉酒的人。不,等一下,十字路口那边……

只是一个背影,一个穿着灯芯绒外套的男人宽阔的背影。他手上拿着一本书,而罪犯通常不会穿灯芯绒外套也不会看书。他身材高大,略显肥胖,不知为何,他让她感到不安,也许是姿态或是仰头的方式。她低调地从他身边经过,只快速地瞄了他一眼,马上就知道自己想得没错。外套和书都只是蹩脚的伪装，笨拙地企图假扮成索德毛姆的文青，她也察觉到自己不仅知道他是什么身份，甚至知道他是谁。

他叫康尼·安德森，不久以前，他还在到处游荡、帮人跑腿。他不是硫黄湖俱乐部里的重要人物，这一点也不奇怪。他被分派了一桩烂差事，站在这里等一个很可能不会出现的人。尽管如此，莎兰德知道他也不是那么无辜。他身高将近两米，是个暴力的讨债人，她低着头继续往前走，好像没看见他一样。

她随后转了弯，扫视街道另一边，稍远处有两个年约二十、喝醉酒的年轻人在游荡，他们前面有一个六十多岁的妇人慢吞吞地走着，情况不妙。但莎兰德已没有时间再等。一旦安德森注意到她，就麻烦了，因此她镇定地往前直行。

然后往右一个急转，直接冲向他，他抬头的同时伸手抓枪，但没能再进一步动作。她用膝盖往他的鼠蹊部一顶，趁他弯下身子，又赏了他两记头槌。他顿时失去重心，这时她听见那个妇人大喊："喂，你在做什么？"

莎兰德顾不得理她，现在可没空安抚老太太，她也相当确定她不敢靠近。再说，老太太大可以去报警，反正警察绝不可能及时赶到，总之不会在莎兰德扑向安德森、将他撞倒在地的此时赶到。说时迟那时快，她已经压坐在他身上，摘掉自己的太阳眼镜，并从肩袋掏出手枪，用枪口抵住他的喉结。他满脸惊恐看着她。

"我要杀了你。"她说。

他看起来已经不那么冷酷，嘴里不知嘟哝着些什么，她则是继续用冷冰冰的声音说：

"我要杀了你，还有你们那个烂俱乐部里所有的人，如果你们敢动麦可·布隆维斯特一根头发的话。你们要找的人是我，就冲着我来，别找别人。听到了没？"

"听到了。"他说。

"或者应该说……去告诉桑斯壮，不管你们有没有动布隆维斯特，反正我会把你们一网打尽,只剩下你们那些吓破胆的情人和老婆。"

安德森没有反应,她便将枪口抵得更紧。

"所以怎么样?"

"我会告诉他。"安德森结结巴巴地说。

"好极了。顺便告诉你……现在有个女人在盯着我们,所以我不会把你的枪丢掉或是做其他蠢事。我只会踢你的头,如果你胆敢伸手拿枪,我就会开枪射你。因为你知道就像这样……"

她用左手迅速搜他的身,从牛仔裤里掏出一个手机,是人脸辨识的新型苹果手机。

"……我还是能把我的口信送出去。就算你不小心死了也没关系。"

她将抵在他下巴底下的枪往上一顶。

"好了,康尼,现在露出你灿烂的微笑吧。"

她将手机放到他面前靠着人脸辨识开了锁,迅雷不及掩耳地又用头撞他一下,并拍了照。接着她重新戴上太阳眼镜,一边朝斯鲁森与旧城区方向渐行渐远,一边浏览安德森的联络人名单。有一些是让她意想不到的人:一个知名演员、两名政治人物,还有一个可能有毒瘾的缉毒组警员。不过这些人她不在乎。

她挑出硫黄湖俱乐部其他成员的名字,送出他们的伙伴安德森一脸惊惶不安的照片。在复制了他的手机以后,她写道:

〈你们这位小兄弟有事情要跟你们说〉

随后就把他的手机扔进了骑士湾。

第二十四章
八月二十七日

福塞尔一心只想躲进自己的壳里,躲进自己的梦与回忆的庇护所。但听到尼玛·里塔的名字这么清清楚楚地被说出来,加上妻子声音中压抑的怒气,他瞬间回到了现实。

"他怎么会这么突然地出现在瑞典?我还以为他死了。"

"有谁来看过我?"他问道。

他看得出,自己转移话题的意图惹恼了妻子。

"我已经告诉过你了。"她说。

"我忘了。"

"儿子们当然来过,还有你妈妈。现在她在帮忙照顾孩子。"

"他们还好吧?"

"我能说什么,约翰尼斯?你期望我说什么?"

"对不起。"

"谢谢。"她说完后努力让自己平静下来,努力地想变回原来那个坚强的小丽。但只成功了一半。福塞尔看向走廊上的军人,逃跑、回避、威胁、抉择与风险,有如一只只急躁不安的鸟儿在他心里蹿飞。

"我现在不能谈尼玛。"他说。

"随便你。"

她不得不勉强挤出充满爱意的笑容,并再次抚顺他的头发。他耸耸肩,避开她的抚摸。

"那你要谈什么?"

"不知道。"

"你至少做到了一件事。"她说。

"什么事?"

"你看看四周围,看看那么多花。这还只是一小部分。那些厌恨都变成爱了。"

"难以置信。"

她拿出手机。

"你自己上网看。"

他随手一挥,将手机推开。

"我敢说他们一直在忙着写讣闻。"

"不,是好话,真的。"

"军安局有人来吗?"他问。

"斯万特来了,还有科拉斯、史坦·席格勒,以及另外几个人,所以答案应该是一千个有。为什么问这个?"

他为什么问这个?

答案他心知肚明,他们当然来过,他看见丽贝卡眼中的狐疑,也想起深水中抓住他头发的那只手。蓦然间,一股意想不到的力量袭来:他想说出来,却知道不可能。

他们的谈话必然受到了监听,他细细地思考,再一次斟酌利弊得失。他回想起自己沉入海中时,拼命想活下来的意志。

"你有纸笔吗?"他说。

"什么?有,应该找得到。"

她在手提包里翻找了一阵,拿出一支圆珠笔和一小本黄色便利贴,递给他。他写下的是:

我们必须离开这里。

丽贝卡看完,透过门上的玻璃瞅了守卫一眼,眼神带着惧意。幸好他们似乎觉得无聊,正专心地在看手机,于是她用紧张潦草的字迹回答:

现在?

他答复:

现在。帮我拔掉机器管线,留下你的手机和包包,我们假装要到楼下的商店。

假装?

我们要离开。

你疯啦？

我想把全部的事都告诉你，但在这里不行。

告诉我什么？

一切。

他们写得很快，两个人轮流用同一支笔。这时福塞尔有些迟疑，再次用那哀伤慌乱的神情看她，但其中也透着一丝许久未见的斗志，让她感觉到不只是害怕而已。

她无意与他一起逃离医院，更别说是在警卫与军人包围下、在一片疑神疑鬼的氛围中离开医院。但假如他愿意开口，那就太好了，何况活动一下对他也有好处。他的脉搏偏快，但稳定，体力也恢复了，他们肯定能偷偷溜开，找个不会被听见的角落私下密谈。

她同时也知道，如果只是帮他拔掉点滴和仪器管线后偷跑，一点用也没有，因此她又写道：

我叫医护人员过来，跟他们解释一下。

她按了铃，他则写道：

我们找一个不会被打扰的地方。

够了，她暗想，真的够了。随即又动手写：

在逃避什么？

军安局的人。

斯万特吗？

他点头，至少她觉得他点头了。她好想大喊：我就知道！接着再写字时手开始颤抖，心怦怦地狂跳，口干舌燥。

他做了什么？

他既未回答也未点头，只是望向窗外的公路，她就当作"是"了。她写道：

你要检举他。

他用悲怜的眼神看她，像是在说：你不懂。

不然找媒体。麦可·布隆维斯特刚刚来电。他站在你这边。

"我这边。"他做了个苦脸,喃喃地说。接着拿起笔,草草地在纸上写了两三行难以辨识的字。她瞪着看了一会儿。

看不懂。

她写道,尽管她实际上应该是看得懂的。于是他只好解释:

不知道我有没有站对立场。

这话重新牵动一股自我保护的冲动,就好像福塞尔以此拉开了与她的距离,他们俩不再是明显的夫妻,不再是"我们"的关系,而是从此不一定相属的两个人。她心想,自己要逃离的会不会应该是他?

她瞥了房外的警卫一眼,试着拟订计划。但就在此时,听见走廊上响起脚步声,留着红胡子的医生随后进来,问他们有什么事。她说(她只能想到这个)福塞尔感觉好一点了,情况也恢复得不错,可以出去走走。

"我们想到楼下商店买报纸和书。"她说话的声音听起来不像她自己,却意外地带着些许权威感。

晚上七点半,包柏蓝斯基早就该回家了,却还待在办公室,眼睛盯着一张年轻的脸庞,那张脸上充满某种愤怒的理想主义。他可以理解,有些人看了可能会生气,但他倒颇喜欢这种态度,或许自己在那个年纪也是如此,也觉得老一辈的人对待人生不够认真。他对这名年轻女子露出亲切笑容。

她则报以僵硬的微笑,他怀疑幽默感恐怕不是她的强项,但她的热忱肯定对这个世界有所帮助。她二十五岁,名叫爱尔莎·桑柏,剪了个波波头发型,戴着圆框眼镜,目前是圣约兰医院的实习医生。

"谢谢你愿意抽空。"

"不客气。"她回答。

是茉迪找到了这名女子。她得知夏尔巴人曾在南站的公车站张贴大字报,便指派同事去找会固定在那里乘车的乘客做访问,几乎一个也不漏。

"我明白你记得的可能不多,但只要想起任何一点,对我们都有莫大帮助。"他说。

"他写的东西很难看得懂。每一行几乎都挤在一起,看起来基本上就像思觉失调的妄想症状。"

"种种迹象显示的确如此,"他说,"但请你尽量再想想,感激不尽。"

"字里行间感觉充满了愧疚。"

亲爱的孩子啊,请不必试着为我诠释,他暗想。

"他写了什么?"

"说他爬上一座山,他写的是'再一次'。但是他看不见,因为有暴风雪,他冻僵了,很痛苦。他觉得没希望了。但是他听到叫喊声在引导他。"

"什么样的叫喊声?"

"死者的叫喊声吧,我想。"

"这是什么意思?"

"很难理解,但他写说他身边老是有幽灵在,好像是两个幽灵,一好一坏,有点……"

她咯咯一笑,包柏蓝斯基很高兴爱尔莎突然变得像个小孩。

"你知道吗?有点像《丁丁历险记》里的哈达克船长,每当他很想喝酒的时候,肩膀上就会盘旋着一个恶魔和一个天使。"

"没错,"他说,"那是很棒的隐喻。"

"感觉不像隐喻。我觉得对他来说是真实的。"

"我只是想说听起来很熟悉。当我受到引诱的时候,耳边也会有好和坏的声音在跟我说悄悄话。"

他一脸尴尬。

"坏的幽灵说了什么?"他问道。

"说他应该把那个女人留在上面。"

"那个女人?"

"对,他好像是这么写的。是个女的,一个夫人,一个曼什么的被留在山上。但他还写到关于什么彩虹的山谷,彩虹谷,说那里有死人伸手乞食。一切真的都很奇怪。然后他清楚地写到约翰尼斯·福塞尔出现了,非常怪异。老实说,我只看到这里而已。我的车来了,有个人和司机起了争执,我的心思就转到其他地方去了。总之,当时我就已经猜到这个人是妄想型思觉失调患者,他写到他脑子里不断听到那些叫喊声。"

"恐怕不一定是思觉失调患者才会这样吧?"

"什么意思?"

他现在是想说什么呢?

"我是说……"他说道,"我也有同样感受。有些事你永远摆脱不掉,它们会年复一年啃噬着你,让你内心不得安宁。"

"对,这倒是真的。"此时的她多了几分犹疑。

"你能不能稍微等一下?我很快地查个东西。"

爱尔莎点点头,包柏蓝斯基立刻打开计算机,输入三个字搜寻起来。接着将屏幕转向她。

"你看到这个了吗?"

"好可怕。"她说。

"对吧?这是珠穆朗玛峰上的彩虹谷。以前我对这个世界一无所知,但最近几天我读了不少相关资料,所以你一提我就知道了。彩虹谷当然只算是俗称,不过经常被提起,原因不难想见。你瞧瞧。"

他指着屏幕,又觉得自己是不是过于残忍了。但他希望她能明白这件事的严重性。一张张照片全是死在海拔八千米山上雪地里的登山客,尽管许多人已经躺在那里好些年,甚至可能数十年,看起来却仍是一副身强体健的模样。他们被冰封在时光里,身上的衣服五彩缤纷,红、绿、黄、蓝,四周散置着氧气筒、帐篷残骸或是经幡,色彩同样绚丽。看起来确实有如彩虹地景,一个见证了人类疯狂行径的可怕景象。

"其实,"他说道,"那个写大字报的人曾经是珠穆朗玛峰山上的挑夫兼领队。"

"他真的是?"

"他是夏尔巴人,或许不应该用这样的称呼。彩虹谷是西方人发明的,是个嘲讽悲惨命运的愚蠢字眼。但它好像已经根深蒂固,也和他信仰中的鬼神混在一起。到目前为止,有四千多人爬过珠穆朗玛峰,有三百三十人死在山上。要把所有的尸体都运下来是不可能的,如果这个人已经爬上去十一次,而老觉得有死人在跟他说话,我真的可以理解。"

"可是……"她没能把话说完。

"还有,"他打断了她,"山上的生活很可怕,充满了危险。譬如你有可能得到HACE,就是高海拔脑水肿。"

"我知道,大脑会肿胀。"

"的确如此,"他说,"这个你比我清楚。大脑的确会肿大,理性的思考与谈话就成了问题。你可能会犯下大错,会时不时产生幻觉,与现实脱节。有很多理智健全的人,像是你或我——当然了,肯定是身体比我强健也比我不鲁莽的人——到了那上面都会看见幽灵,或是感觉到神秘的存在。这个人,他爬山时从来不戴氧气罩,这十分耗损精力,不管是精神上或肉体上。在他试图描述的这场意外事故中,他几乎是拼了命地上下奔波,救了许多人的性命。他想必是耗尽了精力,精疲力竭到无法想象的程度,难怪会像哈达克船长一样,看见天使和魔鬼,这一点也不令人意外。"

"对不起,我不是故意对他不敬。"爱尔莎感到歉疚地说。

"你没有,我相信你说得没错。"包柏蓝斯基说,"那个人病得很厉害,完全是思觉失调症患者。但他可能还是有重要的话想说,所以我最后再问你一次:你还记得其他什么吗?"

"真的没有了,抱歉。"

"他还写了什么关于福塞尔的事吗?"

"唔,也许有。"

"什么?"

"你说那个人救了人,对吧?他好像写到福塞尔不想被救。"

"那会是什么意思?"

"我不知道,我是刚刚才想到,但也不是非常确定。那时候车子来了,而隔天大字报就不见了。"

女子离开后,包柏蓝斯基仍留在办公室,有一种像要解梦的奇怪感觉。他良久注视着克拉拉遗体的照片,那是一年后一支美国登山队的人拍的,当时她已经被高速气流吹离了位于更高处的葛兰金。克拉拉仰躺在地,冻结的两只手臂呈现哀求的姿势,好像还伸手想拉葛兰金似的,也像个想要母亲抱的小孩,他心里这么想。

在那上面出了什么事呢?八成也就是已被描述过上百次的情形吧。但没有人能确定。总是不断有新的情节冒出来。例如,现在看起来夏尔巴人似乎与军方有所关联,所以南翼的医生才会被下禁口令。今天整个下午直到晚上,包柏蓝斯基都试图联系军安局的科拉斯·贝尔,希望能查明这一点。

贝尔答应次日上午会给警方一份完整的说辞,但同时又表示他自己也有一些未解的疑问。包柏蓝斯基不喜欢他的话里的意思。他最讨厌牵扯上情报单位,不是因为担心特权或身份问题,一点都不是,而是因为他知道这对警方查案有负面影响。他决心要重新掌握优势。

他关闭了呈现克拉拉照片的屏幕画面,再一次试着打电话给林德伯格,但林德伯格还是没接。包柏蓝斯基于是起身,决定出去走一走,看能不能让脑袋清醒一些。

林德伯格踏进了医院大门。当天他已经来过医院,丽贝卡似乎并不欢迎他,所以实在没有理由再来。但既然知道福塞尔醒了,总得跟他谈一谈,说点……事情……他也不太确定该说什么,只知道无论如何都得让对方把嘴巴闭紧。他关掉了手机,以免平添混乱。

布隆维斯特一直在找他,连包柏蓝斯基督察长也已经打过三次电话,但他完全不想和他们说话。他必须保持头脑清醒。

他的公文包内有一叠机密文件。不是特别重要,至少比起其他事情并不那么重要,但可以让他有借口和福塞尔私下谈谈,而且绝不能被人看见,任何人都不行。他必须一如既往保持坚强,一切都会顺利解决的,他这么告诉自己。

那是什么味道?也许是氨水或消毒水,医院的味道?他环视大厅,唯恐有狗仔队守在这里,唯恐布隆维斯特得知他最深的秘密而突然现身。然而四周只看见病患与他们的家属,以及穿白衣的医务人员。有一张担架床从旁推过,上面躺着一个面如死灰、看似奄奄一息的男人。林德伯格对此几乎视而不见。

他低头看着地板,与外界保持隔绝状态,但眼角的余光仍瞄到了什么,一转身看见一名女性的背影,身材高挑,也十分苗条,穿着灰色外套,站在药房旁边的自动取款机前。

那不是丽贝卡吗?肯定就是她。他认得她的姿态,她往前倾身的模样。是不是应该上前寒暄几句?不,不要,他心想。刚好可以趁这个机会赶紧和福塞尔私下聊聊,不用再牵扯什么机密不机密的无聊借口,于是他往电梯走去。但总觉得她好像不是一个人,便又很快地回头看了一眼,她已不见人影。

是他看错了吗?也许是,就在跨进电梯的前一刻,他忽然留意到自动取款机旁边有一根大柱子。她该不会在躲他吧?这样会不会太夸张了?他不由得感到不安,便起步走向柱子,起先有些犹豫,随后加快了速度。那后面真的有东西,看起来像是丽贝卡的灰色外套。

他想着该对她说什么,甚至感到生气——多蠢的举动,竟然想躲起来——忽然被绊了一跤,跌倒了,还没意识到发生什么事,就感觉旁边有动静,并听到跑开的脚步声。他咒骂一声,立刻爬起来追了上去。

第三部
侍奉二主
八月二十七日至九月九日

　　特务、双重间谍、密探：有时候他们的任务从一开始就是渗透敌营，制造烟幕。而政治立场受到策反，或是遭到威胁、利诱之类的情形屡见不鲜。

　　在某些案例中，他们最终效忠的对象并不是显而易见的，有时候连他们也不清楚自己的立场。

第二十五章
八月二十七日

凯特琳仍然什么也没吃,只喝了一点茶,光顾着阅读关于福塞尔与珠峰登山队的资料,并不时回想与那个乞丐在马利亚广场相遇的情形,仿佛这是个待解的谜题。而他的爆发似乎一次比一次更绝望。

她也记得其他事情,那是痛苦的记忆。她小时候的印度与尼泊尔之旅,情况越来越差,最后不得不离开加德满都前往坤布。他们并没有跑太远,因为爸爸的戒断症状变得太严重。他们的确在那里认识了一些当地人,在心里将布隆维斯特的短信默想几次之后,她开始怀疑自己在坤布认识那个乞丐的概率是否也和在怪胎街一样高。尽管布隆维斯特没有回答前一个问题,她还是又发了一个过去:

〈那个乞丐是夏尔巴人吗?〉

这回他立刻答复:

〈不该跟你说的☺你太具有竞争力了〉

〈说真的,你上一条短信说得很明白〉她写道。

〈我是笨蛋〉

〈而我是敌人〉

〈没错,你应该专心在你的专栏里对我火力全开〉

〈我正在磨刀霍霍〉

〈很想你〉他写道。

够了,她暗想,别说了。接着,终于,勉强地露出微笑。但她不会去,绝对不会。于是她走进厨房,开始清洁,还把爱美萝·哈里斯的音乐开到震天响,吓得猫都跑进了浴室去。当她再回到客厅拿起手机时,发现布隆维斯特又发来了短信。

〈我们见面吧〉

别想,她暗忖,别想。

〈哪里？〉她写道。

〈我们用 Signal 讨论〉

于是他们进入 Signal。

〈利德玛酒店如何？〉他提议。

〈OK〉

她这么回复。不是"嘿，太棒了，好地方！"之类的答案，只有"OK"二字。

然后她换了衣服，去请邻居帮忙照顾猫，便开始打包。

卡米拉站在阳台上，感觉到雨水落在肩膀与双手上，但她还是喜欢待在外面。正在海滨大道沿路与远处海湾船只上面展开的生活，按理说本该是属于她的，如今却只是让她想起自己被剥夺了多少。不能再继续这样下去，她寻思道，必须做个了断。

她闭上双眼，头往后一仰，雨水滴在她的额头与唇上，当她试图逃进梦里时，思绪却不断被拉回到伦达路，不断想起安奈妲吼着叫她滚开，莉丝则是闷不吭声，好像想用她的沉默、她的阴沉怒气杀死所有人。

这时有一只手放到她肩上。葛里诺夫来到阳台上，加入她，她回头看着他，看着他的慈祥的笑容与俊美的脸庞。他将她拉近。

"丫头，"他说，"你还好吗？"

"很好。"

"我不信。"

她看向下方的堤道。

"放心吧，一切都会顺利解决的。"他说。

她凝视他的眼眸。

"发生什么事了吗？"

"有客人来了。"

"谁？"

"你那些迷人的土匪。"

她点点头回到屋内，看见桑斯壮和另一个穿着牛仔裤和廉价褐色外套的可怜虫。那家伙鼻青脸肿，好像被人痛打了一顿。他至少有两米高，臃肿得叫人恶心，原来他的名字叫康尼。

"康尼有事情要告诉我们。"桑斯壮说。

"那就说啊。"

"我本来在监视布隆维斯特的家。"安德森说。

"事情显然很顺利咯？"

"他被攻击了。"桑斯壮说。

她看着他裂开的嘴唇。

"真的？"

"莎兰德干的。"

她用俄语说：

"伊凡，这个康尼比你高吧？"

"肯定也比我重。"葛里诺夫说，"穿着不太体面一点。"

她接着用瑞典话说：

"我姐姐才一米五二，还瘦得皮包骨，结果你……被她打成这副鬼样子。"

"我是被偷袭的。"

"她拿走他的手机，"桑斯壮说，"给俱乐部的每个人都发了短信。"

"说什么？"

"叫我们好好听康尼说。"

"我在听，康尼。"卡米拉说。

"莎兰德说我们要是不停止跟踪麦可·布隆维斯特，她就会找上我们所有人。"

"她还说了别的。"桑斯壮说。

"别的是？"

"说她不管怎样还是会来找我们，把我们的事业全部毁掉。"

"好极了。"她说道，好不容易才按捺住情绪。

"还有就是……"桑斯壮说,"她偷走的手机里面有很多敏感的东西,我们其实挺担心的。"

"你们是应该担心,"她说,"不过不是担心莎兰德,对吧,伊凡?"

卡米拉外表一副嘲讽耍狠的模样,内心却在分崩离析。最后她叫葛里诺夫接着和他们谈话,她自己则走进房里,任由过往像肮脏的黑水一样冲刷着自己。

丽贝卡不敢相信自己竟会这么做。她听到福塞尔悄声地说:"不能让他看到我。"便凭着一股莫名的冲动绊倒了林德伯格。接着两个人快速通过双向推门,奔向雨中排着队的出租车。

福塞尔选了一辆看起来不属于任何车行的车。

"开车。"他喝道。司机是个黑皮肤、鬈发、眼神无精打采的年轻人,听到之后转过头来,看到这个男人还穿着睡衣,也并未露出惊讶神色。

"去哪里?"他问道。

福塞尔没有出声。

"过索尔纳高架桥进市区去。"丽贝卡说道,心想可以先进城后再说。但她也注意到司机似乎并未认出他们,倒是出乎意料地松了口气。福塞尔会挑这辆车可能就是抱着这个希望——希望司机的生活离瑞典的领导阶层遥不可及,以至于不会认得这个全瑞典最受痛恨的人。但这也只能保他们一时平安,当车子驶过索尔纳墓园,她开始暗暗评估此举可能带来什么后果。

她说服自己不必太大惊小怪。她丈夫正面临生死攸关的危机,她是医生,当然可以断定他需要离开嘈杂的医院,需要安静休养。只不过得在事情闹大之前让院方知道就是了。

"你一定得告诉我这是怎么回事,这么疯狂的事我应付不来。"她低声说。

"我们在法国大使馆见过一个国际关系专业的教授,你记得吗?"

他问道。

"雅内·科瓦斯基?"

他点点头,而她则不解地看着他。科瓦斯基不属于他们生活的一部分。要不是最近读过他写的一篇关于言论自由限度的文章,她也不会记得他的名字。

"对,"他回答道,"他住在达拉街,欧登广场附近。我们可以去那里过夜。"

"这是为什么?我们和他又不熟。"

"我熟。"听他这么说,她也觉得不高兴。

她还记得在大使馆招待会上,他们像陌生人一样打招呼,客套地交谈。那只是假装的吗?只是在演戏?

"只要你答应我说出一切,你说去哪里过夜都可以。"她轻声地说。

他注视着她。

"我会的,然后要怎么做由你决定。"他说。

"决定什么?"

"看你还要不要我。"

她没有回答,只是直直看着索尔纳桥前方说:"达拉街,我们去达拉街。"心里则思考着限度,甚至是有关言论自由的限度,不过最重要的还是爱的限度。

她要怎么样才会离开他?

他得做了什么事才会让她不再爱他?真的有这样的事吗?

凯特琳沿着约特路出发,并渐渐觉得或许人生终究还是值得活这么一回。可是我的天哪,这雨。天空好像破了洞似的,她带着行李匆匆地疾行。她当然是打包了太多东西,仿佛要出门好几个礼拜一样。不过话说回来,她也不知道他们会在饭店待多久,只知道布隆维斯特不能回家,偏偏又有一堆工作要做。其实她也是。

此时是晚上九点半,她这才发觉自己有多饿,从早餐过后就几乎没吃东西。她走过维多利亚戏院和约塔雄狮剧场，虽然心情确实变好了，不安的感觉却始终挥之不去。她望向梅波加广场另一头。

有一群年轻人在雨中排队买票，可能是要听什么音乐会吧。她正准备快步走进地铁站，却猛地悚然一惊，回过头左右张望。没有什么不寻常之处，没有来自过去的阴影，什么都没有。她提着行李箱仓促走下楼梯，通过验票口，来到月台，尽可能安慰自己说没事。

一直到在中央车站地铁站下车，冒着雨急匆匆沿着港口街经过了国王花园来到布拉西岛区后，她才又开始担心起来，不由得走得更快了。她几乎是跑着冲进饭店大厅，喘得上气不接下气，爬上旋转楼梯来到接待柜台。一名年纪顶多二十岁的年轻女子露出微笑欢迎她，她才刚回了一句"你好"，就听到身后有脚步声，让她整个人心慌意乱。麦可是用什么名字订房的？她知道第一个字是波……波曼、波洛丁、波罗登……波隆贝？

"我们订了房间，名字是……"她犹豫了起来。非看一下手机不可，但会显得怪异，也肯定显得悲惨，她如此想道。看了之后确定是波曼，便轻声说出，但声音太小，接待人员没听清楚，她只好更大声地再说一遍。这时候她想起背后楼梯的脚步声，便转头去看。

不过并没有人。倒是有一个穿牛仔夹克的长发男子刚好走出饭店，她一边登记入住，一边满腹狐疑。那个人只上来一下子吗？未免太奇怪了。可能是饭店看起来太昂贵。她决定不再多想。

至少是尽量不去想。她拿了房卡搭电梯上楼，打开房门后，细细打量铺着淡蓝色床单的双人床，一时间不知该做什么。她决定先泡个澡，并从小冰箱里拿了一小瓶红酒，又向客房服务点了一份汉堡配薯条。可是都没用，无论是餐点、酒，还是泡澡，都无法让她的脉搏速度放慢，此刻她开始纳闷布隆维斯特怎么这么慢。

雅内·科瓦斯基其实不住在达拉街，但确实可以从这里过去，先经过一个内院，从维斯特洛斯街出来，再悄悄进入另一个临街入口，搭电梯上六楼。他住的公寓十分宽敞，不会不舒适，只是很凌乱，单身汉的家,一个老派的知识分子,不缺钱也不缺品位,但已经懒得维持住处的整洁与秩序。

屋内所有的东西都显得太多,太多的碗钵、小摆饰和绘画,太多的书和档案夹,到处散置。科瓦斯基本人也没刮胡子,蓬头垢面,尤其又少了在大使馆穿的那套西装,十足一个波希米亚人。他大约七十五岁上下,身上穿的那件克什米尔薄毛衣被蛀虫蛀了几个洞。

"亲爱的朋友,我一直很担心你们。"他说着给了福塞尔一个拥抱,接着亲吻丽贝卡的双颊。

他们俩无疑十分熟稔。科瓦斯基已事先备妥灯芯绒长裤、衬衫和V领套头毛衣,福塞尔换好衣服后,走进厨房,和科瓦斯基低声交谈了二十分钟,接着两个人端着茶、一盘英式三明治和一瓶白酒出现,一脸严肃地看着她。

"亲爱的丽贝卡,"科瓦斯基说,"你先生要我毫不隐瞒地说出一切,我答应了,只是有点勉强。我不得不承认,对这种事我并不十分在行。不过我会尽可能地开诚布公,但假如无法兑现承诺,也要先在此请你体谅。"

她不喜欢他的口气,听起来既带着歉意,也显得自大。也许是因为紧张吧。倒茶的时候,他的手的确在抖。

"一开始应该先告诉你我真正做了什么。"他说,"你们俩会认识可得感谢我。"

她诧异地看着他。

"什么意思?"

"是我派约翰尼斯去珠穆朗玛峰的。我知道听起来很可怕,但约翰尼斯十分乐意,甚至坚持要去。他是个能自在享受荒野生活的人,对吧?"

"你真把我搞糊涂了。"她说。

"我因工作认识约翰尼斯,进而成为朋友。没多久我就发现他的能力出众。"

"哪一方面?"

"各方面啊,丽贝卡。他有时候或许性子太急躁、太迫切了些,但他的的确确是最优秀的军官。"

"这么说你也是军人?"

"我本来是……"他似乎有点犹豫,"……波兰人,小时候就入了英国籍。我父母亲寻求政治庇护,英国十分善待他们,可能因为这样我才觉得自己有义务进入外交部。"

"军情六处?"

"我想,若非绝对必要,我们就不提了。总之我退休后在这里定居,不只是因为喜爱这个国家,还因为有一两个纠纷多少与我们当时从事的工作有关。你要知道,亲爱的,当时即使没有珠峰事件,我和约翰尼斯也有一个相当危险的共同利害关系。"

"是什么?"

"和叛逃者与双面间谍有关,不管是实际上的还是正在计划中的,另外恐怕还得再加上假想的,因此我们决定结合双方的智谋。我这边得到消息,说瑞典国安局内一个小单位抓获了一个重要人物,而这个人死后名声大噪,原因就和你最近接触过的某人有关。"

"你完全像在打哑谜。"

"我刚才不是说了吗?说这种事对我而言并不容易。我说的是麦可·布隆维斯特,他爆出了所谓的札拉千科事件。关于那个事件的报道已经太多了,可能只差最重要的一点,也是当时悄悄传进我们耳朵里的一件事。"

"什么事?"

"这个嘛……该怎么说呢?我有必要先铺陈一下背景。瑞典秘密警察有一个部门专门负责保护亚历山大·札拉千科,就是那个叛逃的俄国情报员。这个国安部门无所不用其极,因为他们认为札拉千科可以提供独家情报。"

"对了,"她惊呼道,"他有个女儿叫莉丝·莎兰德,对吧?她吃了不少苦头。"

"没错。札拉千科几乎毫不受控,只要提供秘密情报,就能为所欲为，比方说虐待家人、建立犯罪帝国。这是为了更大的利益不得不做的牺牲。"

"国家安全。"

"我倒不会用这么冠冕堂皇的字眼。应该说是一种独一无二的感觉，自以为拥有别人都不知道的情报资讯，让国安局里的几位先生兴奋得不得了。但据我的团队猜测，他们很可能连那个也没有得到。"

"这是什么意思？"

"我们获报说札拉千科直到死去的那天，都还是双面间谍。"

"不会吧？"她说。

"这正是我们的感觉。但一开始我们只是怀疑，接着便试着设法证实。过了一段时间，我们打听到一个人，他是个中校，表面上以平民身份担任旅游业顾问，实际上却是卧底，而且发现了一桩重大的贪渎案。"

"关于哪方面？"

"有些情报人员和明星帮犯罪集团扯上关系。他对于上级竟然允许这样的合作关系继续，似乎相当愤怒，据说还辞职以示抗议，同时也是为了从事他最热爱的活动，高海拔登山。"

"你现在说的是维克多·葛兰金吗？"丽贝卡问。

"我说的正是已故的葛兰金。一个很有意思的人，你不觉得吗？"

"那当然了，不过……"

"你是他的随队医生。老实说，我们感到很惊讶。"

"我也很惊讶。"她若有所思地说，"不过我当时对冒险也有一种疯狂的渴望。我是在奥斯陆一场会议上听说葛兰金的。"

"我们知道。"

"那么请继续说。"

"葛兰金给人非常踏实的感觉，对吧？个性率直又单纯。但其实他聪明又复杂得不可思议，是个非常重感情的人。他被夹在爱国心、荣誉与正义感之间，左右为难。二〇〇八年二月，我们开始确信，他不仅知道札拉千科的双面间谍手法与他和黑手党之间的合作，也很清楚自己身陷险境。他非常需要受保护、交新朋友。所以我才会想到派约翰尼斯去攀登珠穆朗玛峰。我们认为那种程度的冒险能培养出友情与亲密感。"

"不会吧,"她又再度惊叹,然后转向福塞尔说,"所以你是去招纳他投奔西方?"

"这当然是理想情节。"科瓦斯基说。

"那斯万特·林德伯格呢?"

"林德伯格是这整件事的变数。"科瓦斯基说,"但我们当时并不知道。那时候,约翰尼斯要求让他加入,看似非常合理。当然了,我们毋宁是希望他选择我们的人。但是林德伯格在军安局与约翰尼斯密切合作过,而最重要的,他是个经验丰富的登山者。表面上看来,他是最完美的搭档。还好当时没有让他全盘了解,现在想来真的非常庆幸。他始终不知道我的名字,甚至不知道这项行动的主谋与其说是瑞典,倒不如说是英国。"

"真不敢相信。"她说道,如今真相渐渐水落石出,"原来这整个登山活动是一项特务行动?"

"恐怕远远不止如此呀,亲爱的丽贝卡。毕竟约翰尼斯认识了你。但没错……他是在执行任务,而且我们非常密切地在观察着。"

"真是疯了。我竟然一点都不知道。"

"很遗憾让你在这样的情况下得知。"

"那么事情进行得如何?"她说道,"我是说……在整个出差错以前。"

福塞尔耸耸肩,这回又是科瓦斯基回答。

"对此我和约翰尼斯的想法不尽相同。依我之见,他做得非常好。他与葛兰金成功地建立了互信基础,刚开始看起来很乐观。但情况的确越来越紧张,我们不得不向葛兰金大大地施压。我们利用了登山前的一个关键阶段。所以呢,约翰尼斯说得也许没错,要冒的险实在太大。但最主要是……"

"我们没有掌握某项重大信息。"福塞尔说。

"对，很不幸。"科瓦斯基说，"但我们怎么会知道？当时在西方根本没有人想得到，连美国中情局也不例外。"

"你们在说什么啊？"她问道。

"史丹·英格曼。"

"他怎么了？"

"自从他二十世纪九十年代在莫斯科盖饭店开始，就和明星帮有联系。葛兰金知道这件事，我们却不知道。"

"他怎么会知道？"

"这是他还在情报局工作时查出的事情之一，不过诚如我刚才所说，玩双面手法是他工作的一部分，所以他假装和史丹十分友好，私底下却觉得他很卑劣。"

"还偷了他老婆。"

"我想这段情史比较像是额外收获。"

"或者应该说是导火线。"福塞尔说。

"你们能不能说明白一点？"丽贝卡说。

"我想约翰尼斯是想说，促使葛兰金采取行动的原因，是这段外遇恋情和克拉拉告诉他的话。"科瓦斯基说。

"意思是？"

"如果他无法对在俄国情报局的同侪造成压力，至少能打击一个极度腐败的美国人。"

第二十六章
八月二十七日

有时候葛里诺夫会问她:"现在他对你有什么意义?你对他有什么想法?"多数时候她都没有回答,但有一次则说:"我记得当时觉得自己好像中选了。"事实也的确如此。

父亲的谎言一度是她生命中最美好的事物,很长一段时间里,她都深信自己掌握着权力,深信是自己让他言听计从,而不是反过来的情形。但那只是个幻象,无可避免会被剥夺,取而代之的则是一个无底深渊。然而……那种特殊感觉的记忆存留了下来,有时候她会原谅札拉,就像原谅一头野兽一样。而唯一始终不变的是她对莉丝和安奈妲的恨意,此时躺在海滨大道屋内的床上,她便用这股恨意将自己包裹起来,就像青少年时期的她被迫彻底改造自己,创造出一个新的、不受任何约束的卡米拉。

雨水哗哗地下在海滨大道上,警笛声尖鸣,她仍可听到脚步声接近,有节奏的、自信的脚步声。是葛里诺夫,于是她起身开门。他对她微微一笑。她知道他们俩心中都有同样的恨,也同样觉得自己与众不同。

"可能终于有一点令人振奋的消息了。"他说。

她没有搭腔。

"这消息本身没什么大不了,"他说,"但有可能是个开端。他们看到在沙港和布隆维斯特在一起的那个女人,刚刚住进了利德玛酒店。"

"所以呢?"

"嗯,她住在这座城里不是吗?那何必去住饭店?除非是去见某个人,而那个人不想在她家或是在自己家被看见。"

"比方说布隆维斯特?"

"说对了。"

"你认为我们应该怎么做?"

葛里诺夫用手梳了一下头发。

"那个地点不太好,有很多露天咖啡座和酒吧,晚上太多人走动。不过桑斯壮……"

"他在闹别扭吗?"

"不,不,恰恰相反,他完全听从我的命令。他说他能派一辆车在街角待命,甚至可以是救护车,他底下的喽啰倒是聪明,懂得去偷救护车,而我……"

"而你怎么样,伊凡?"

"我可能也得插一脚。如果波达诺夫可以信得过,我和布隆维斯特似乎有共同关心的目标。"

"什么意思?"

"我们都对瑞典国防部长和他以前的一些行为感兴趣。"

卡米拉感觉到精神重新振作了起来,说道:"好,马上行动。"

丽贝卡还没能好好消化这些讯息,她也没有给自己充裕的时间去理解。看得出来,接下来还有更大的冲击。

"我们现在明白了,英格曼是故意让妻子加入葛兰金的登山队,因为他相信葛兰金是自己人。"科瓦斯基接续说道,"可是葛兰金一直在调查的那个犯罪集团,在当时已经十分愤怒了。我认为以约翰尼斯建立信任关系的能力,已经让他进展到愿意开口的地步,约翰尼斯可以说是播了种。我想克拉拉只是延续约翰尼斯的工作而已。"

"什么意思?"

"克拉拉让葛兰金说出了心里话。我想他们是互相鼓动。克拉拉说出自己丈夫关起门来是多么卑鄙下流的人,葛兰金则道出史丹在明星帮里的作为。"

"爱情让他们愿意分享。"她说。

"也许是这样。至少这是约翰尼斯的推测,只不过到最后已经不重要了。重要的是事情泄漏了，一路传到曼哈顿去，尽管他们已尽可能小心。"

"有人泄密吗？"

"就是你那个不幸的夏尔巴人。"

"我不信。"

"只怕非信不可。"

"尼玛绝不会背叛他们吧？"

"我想他并不认为这是背叛。"科瓦斯基说，"他拿了额外酬劳要照顾克拉拉，并回报她在基地营的情形。他很可能只是觉得在做分内的事。"

"他知道多少？"

"我们也不确定，但已足以让他后来身陷险境。这个我稍后会说。我们确知的是英格曼不知从哪里听到外遇的消息，光是这样就激起了他的怒火和猜疑，加上又有其他人提供更多消息，所以到最后，史丹就彻底明白，自己所面临的风险不单涉及婚姻，还有他的事业前途，甚至可能断送他自由的生活。"

"另外还有谁泄密？"

"你一定猜得到。"科瓦斯基说，"不过你问到尼玛·里塔，说他怎么可能说出去。别忘了，他又担心又气愤，就和当时许多夏尔巴人一样。"

"和他的宗教信仰有关吗？"她问道。

"对，还有他的妻子露娜。克拉拉对她很不友善，不是吗？尼玛对她毫无忠诚感，自有他的理由。"

"这样说对他不公平，雅内。"福塞尔说，"尼玛没跟任何人过不去。他和葛兰金一样，两边为难。大家叫他做这个、做那个，最后他把一切都扛在肩上，结果被正反两边的指令弄到崩溃。他的担子太重了，而感到良心不安的人偏偏又是他。"

"抱歉，约翰尼斯，我可以说只是远观而已。现在改由你来说明这整件事可能比较好。"科瓦斯基说。

"我不确定我想说。"福塞尔似乎不太高兴。

"你答应我的。"丽贝卡说。

"我是答应过。可是如果要把事情怪到尼玛头上,我会非常不舒服。他承受的痛苦已经太多了。"

"你看吧,丽贝卡,约翰尼斯是个好人,要是有人数落他什么,绝对别相信。他永远会为弱者挺身而出。"科瓦斯基说。

"所以说你和尼玛的关系真有这么好?"她问道。

她听得出自己的口气有多忧虑。

"到了紧要关头,可能还嫌太好了。"他说。

"你这是什么意思?"

"听我解释。"福塞尔说,接着却沉默不语。

"那就告诉我们啊。"

"我会的,"他说,"其实大部分你都知道了。也许我得先说明一点,在出发要攻顶的时候,我和葛兰金的关系已经恶化了,我很确定是因为史丹·英格曼的缘故。我想葛兰金是担心,我们之间的关联会间接泄漏,那么他肯定命不久矣,所以我尽量不去和他接触。我可不想给任何人带来麻烦。我们只能是安全的避风港,而你也知道,小丽,我们所有人都在五月十三日午夜刚过的时候,从第四营出发,情况看起来好得不能再好。"

"可是后来速度变慢了。"

"对,克拉拉开始体力不支,马兹·拉申也是,葛兰金的状态可能也不是一百分。可是当时我对这些并不太在意。我发现斯万特很急躁,不断催促我,希望我们俩自行去攻顶。他说要不然会错失机会,最后葛兰金答应了。说不定他反而庆幸能摆脱我。我们就此出发,所以队友们遭遇什么大灾难,我们并不知情。我们只是一步一步往上爬,早早就登上山顶。可是从希拉瑞台阶下山时,我开始出现问题。那时候天空还很晴朗,风也不太大,氧气和饮品都很充足,但是时间一分一秒过去,而且……"

"而且你忽然听见一个隆隆声,一声巨响。"

"我们听见晴朗的蓝天打起雷来,然后暴风雪从北边袭来,像海啸一样。瞬间失去了能见度,气温骤降,我们冷得受不了,踉踉跄跄往前走。有几次我跪了下去,斯万特往往会过来伸手扶我站起来。但是我们前进的速度越来越慢,时间飞逝。很快就到了傍晚,接着入夜,我们很担心天色变暗,我记得我又倒下了一次,心想这下完了。但就在这时候我看见……前面有蓝蓝红红的东西,形体模糊,我暗暗祈祷那是第四营的帐篷,或至少是能帮我们一把的其他登山客。我燃起了希望,站起来一看才发现那不是好东西,而且恰恰相反。那是两个人躺在雪地里,靠得很近,其中一个身形比较小。"

"你从来没跟我说过。"

"是啊,小丽,我没说过,而这正是噩梦的开始。到现在我仍然觉得难以启齿。我已经精疲力竭,真的走不动了,只想躺下来等死,所以当时有一种感觉,好像看着自己的命运。但我本身的恐惧比眼前的景象更真实,我压根没想到他们会是我认识的人,只以为他们是倒在山上、数以百计的死者之一。我站起身来,扯下氧气罩,说我们得快点下山,离开这里,说完就开始起步走,或至少是跨出了一步。不过我忍不住有一种奇怪的感觉。"

"什么意思?"

"也可以说是千头万绪。我们从通讯器中听到队友们遇上紧急情况的消息,可能是心里记挂着,其次想必是认出了衣服和其他细节,但最主要是那个较小的躯体有点诡异。我记得我还弯腰去看那张脸,但不太看得清。兜帽盖住了帽子和额头,太阳眼镜也还戴着,脸颊、鼻子和嘴都覆着冰,整张脸埋在一层白雪底下。但我知道。"

"是克拉拉,对吗?"

"是克拉拉和葛兰金。克拉拉半侧着身,手抱着葛兰金的腰,我心里毫无疑问,只能这样丢下他们了。可是那种怪诞的感觉老是挥之不去。克拉拉看起来已经全身僵透,但我觉得好像看到了些什么,并不是完全毫无生气,于是我把她从葛兰金身边推开,试着拨开她脸上的雪。但没办法,已经冻僵了,太硬,我的手没力气,所以最后我拿出冰斧来。看起来一定很荒谬。我脱掉她的太阳眼镜，往她脸上凿。冰屑纷飞，斯万特喊着叫我住手，赶快下山。但我还是疯狂地凿着，也尽可能小心翼翼，只是我的手指已经冻伤，无法控制力道。我弄伤了她，在她嘴唇和下巴划出一道口子，她的脸抽动了一下，却并无生命迹象，我以为是我劈砍的动作牵动的。然而，我还是把我的氧气罩放到她脸上，固定压了很长一段时间，尽管我自己也是呼吸困难，一点也不抱希望。没想到她忽然吸了一口气，从管子和面罩看得出来，我连忙站起来喊斯万特，但他只是摇头。他当然是对的，克拉拉有没有呼吸都不重要，她已经到了鬼门关前，而我们身在海拔八千米高处。没有希望。她没得救。我们绝不可能带她下山，我们自己也是命在旦夕。"

"可是你大声求救了。"

"我们一直在大喊，次数多到根本已经不抱希望。我只记得我又重新戴上氧气罩，然后继续往山下走。我们步步维艰，慢慢地，我开始脱离了现实，出现幻觉。我看见爸爸躺在浴缸里，妈妈在奥勒洗桑拿。总之是各种各样的幻象。这我告诉过你，小丽。"

"对。"她说。

"但我从没说过我也看到僧人，对吧？就像汤坡崎寺中的那些佛僧，后来有另一个身影让我想起他们，但又好像截然不同。那人不是下山，而是往山上走，和其他僧人不同的是他真真实实存在。尼玛·里塔正在雪地中跋涉，朝我们而来。"

布隆维斯特迟到了，不禁后悔引诱凯特琳到利德玛酒店来。应该另挑一天才对。但是要随时保持理性并不容易，尤其是面对她这样的女人，此时他冒雨走在陀特宁街上，准备前往位于布拉西岛的饭店。他正打算发一条短信说"十分钟后到"，忽然发生了两件事。

有人传来短信，但他还来不及打开看，电话就响了。这一天他一直在找许多人，甚至包括斯万特·林德伯格，因此每分每秒都期待有人回电。可惜运气不佳，电话另一头的声音是个上了年纪的男子，连自我介绍都省略了。布隆维斯特本想直接挂断,但是对方语气友善,说的虽是瑞典话,却操英国口音。

"能麻烦你再说一次吗?"他说。

"我现在坐在自己家里,和一对夫妻在喝茶,听他们说一个非常惊人的故事。他们十分乐意与你分享。最好是明天,越早越好。"

"我认识这对夫妻吗?"布隆维斯特问。

"你帮过他们一个大忙。"

"最近吗?"

"就是这几天,在海上。"

他仰头望天,看着落下的雨水。

"我很乐意见见他们,在哪里?"他说。

"你若不介意,细节用另一个电话说吧,用一个与你无关又有适当配置的手机。"

布隆维斯特细想过后,就只有凯特琳的手机和她的 Signal app 了。

"我可以用加密的链接告诉你另一个号码。"他说,"但我需要先确认这对夫妻真的在你那里,而且他们安然无恙。"

"他们称不上安然无恙,"男子说,"但他们的确在这里,而且是出于他们自己的意愿。你可以和那位先生说几句话。"

布隆维斯特闭上眼睛停下脚步,站在王宫旁边的雄狮坡路上,海的对面就是大饭店和国家博物馆。他应该顶多只等了二三十秒,却觉得度秒如年。

"麦可,"终于传来一个声音:"我欠你一份天大的人情。"

"你还好吗?"他说。

"比当时好。"

"当时是什么时候?"

"我快溺毙的时候。"

是福塞尔。

"你想谈吗?"布隆维斯特问。

"不太想。"

"是吗?"

"可是我老婆丽贝卡坚持要我说,而且她很快就会知道所有来龙去脉,所以我恐怕没有其他路可走。"

"我明白。"布隆维斯特说。

"不见得吧。不过请恕我冒昧一问,在你发表以前能不能先让我过目?"

布隆维斯特起步走向通往国王花园的桥,暗暗咀嚼他这句话。

"我引述的话可以改到你满意为止,你也可以检查文章的真实性,甚至欢迎你来说服我改变内容。只不过我不保证会照你的意思写。"

"听起来很合理。"

"那好。"

"我们就等你咯。"

"好的。"

福塞尔再次向他道谢后,将电话交回给另一人,由他和布隆维斯特谈妥接下来该怎么做。随后布隆维斯特发出凯特琳的电话号码,并加快了脚步。他心跳急促,思绪纷纷,这是怎么回事?刚才应该多问几个问题。为什么福塞尔已不在医院?照他的状况看来,这么快出院肯定不是明智之举,还有,来电的那个英国人是谁?

布隆维斯特对此一无所知,只知道很可能和尼玛·里塔及珠穆朗玛峰有关,但他很确定这场牌局中还有其他一些他不知道的牌,也许是与俄国有关的线索(福塞尔这一生都让人联想到俄国),或者是关系到曼哈顿的英格曼?

到时候就知道了。毫无疑问,他很快就会得知真相,内心兴奋莫名。这是大新闻啊,超级大新闻,他心里这么想,但事实上根本也不能确定。现在得保持头脑冷静。他拿出手机,用 Signal 给凯特琳发了短信:

〈抱歉,很不顺的一天,但我马上就到了。另外,再说声抱歉,你还得帮我一个忙。你很快就会收到一条短信,回头我再跟

你解释。等不及了。抱抱，M〉

这时他才想起电话响起前的那条短信。读了之后觉得很奇怪，简直像是在回答他的问题，他不由得纳闷，这是否和刚刚结束的谈话有关？或者正好相反，可能是来自另一方的消息——假如这件事果真有许多方的话。

〈听说你对二〇〇八年五月在珠穆朗玛峰发生的事感兴趣。我建议你查一查维克多·葛兰金，就是死在山上的登山向导。他的背景比一般人所知道的有趣得多。这是解答这一切的关键之钥。约翰尼斯·福塞尔在二〇〇八年秋天被驱逐出境，就是因为葛兰金。

虽然没有正式的数据源，但相信以你的经验，很容易就能发现他的履历是假造的，只是充当门面而已。我现在刚好人在斯德哥尔摩，下榻在大饭店。我很乐意与你见面，说出我所知道的事情，我有文件证据。

我是夜猫子，只怕是个坏习惯。加上还有时差。查尔斯〉

查尔斯？查尔斯是哪号人物啊？有点美国情报单位的味道。但也可能完全不是这么回事，甚至可能是陷阱。令他不安的是此人竟然住在大饭店，离他现在站立之处仅一水之隔，非常靠近利德玛。但话说回来，几乎所有有钱的或重要的外国人士都会下榻在大饭店，美国国安局的艾德老大就是个好例子。所以这也许纯属巧合，并无可疑之处。

不过他心里还是不太舒坦。不行，查尔斯先生得先等一等。眼下这些事已经够他忙的，何况他对凯特琳也过意不去，因此从大饭店的门口匆匆经过，进入利德玛酒店后奔上楼去。

第二十七章

八月二十七至二十八日，夜里

丽贝卡不知道自己启动了些什么，也不知道她和孩子们会面临什么后果，但眼下已别无选择。现在对于这些事，已不可能再保持缄默。

此刻她端着一杯酒，坐在褐色扶手椅沉思着，同时留意到丈夫和科瓦斯基正在厨房里窃窃私语。还有其他重要的事隐瞒她吗？她很确定还有，甚至怀疑自己之前听到的内容是否全部属实。不过她确实感到现在已经明白珠穆朗玛峰上面发生了什么事。这整件事的来龙去脉无可辩驳，她心里不禁感到，大家所知道的真相何其少，不只是当时在基地营的时候，还有事后搜集证词时也一样。

她知道尼玛·里塔两次上山，将马兹·拉申和夏洛特·李希特带下山来，却不知道他还去了第三趟，而这件事他在接受询问与后来的调查过程中绝口不提。然而这正好说明了为什么当天晚上，他们在基地营的领队苏珊·魏罗找不到他。

根据福塞尔的说辞，当时已经过了晚上八点。离天黑不远了，酷寒的气候很快又变得更加恶劣。但尼玛毫不犹豫地往回走，一心只想带克拉拉下山。他自己的状况已经很差。福塞尔看见从雪雾中冒出来的人，低着头、顶着风暴蹒跚前行，一如既往没有戴氧气罩，只有一具头灯的灯光在雪地里漫射，双颊都冻伤了。他一直到差点撞上福塞尔和林德伯格，才看见他们。当他们俩发觉果真是活生生的他，简直像是收到天赐的礼物。福塞尔几乎无法站立，眼看就要成为那天晚上在山上的第三名遇难者，尼玛却毫不关心，嘴里只念着："要找到曼萨希，要找到曼萨希。"林德伯格对他大喊说没有用，她已经死了。可是尼玛不听，甚至不管林德伯格大声咆哮：

"那你会害死我们。你宁可救死人也不救我们，我们还活着呀！"

尼玛仍径自往斜坡上走，羽绒大衣在风中翻飞的身影消失在风雪中，灾难就这么开始了。福塞尔因体力不支而倒地，无论是凭着自己还是在林德伯格的搀扶下都无法起身。他不知道接下来发生了什么事，也不知道时间过了多久，只知道黑暗降临，他全身冰冷，林德伯格则高喊着：

"拜托，约翰尼斯，我也不想丢下你，可是没办法，对不起，要不然我们两个都会死的。"

林德伯格一手抱着头站了起来。福塞尔明白自己要被抛弃了。他会就此冻死。但这时候他听见叫喊声，那有如野兽般的嚎叫。听到他说这些，丽贝卡心想：事情毕竟没有那么糟。的确不美好，但那就是人性的反应，在那上面常理并不适用。山上有不同的标准，福塞尔没做错什么，至少当时没有。

那时的他已经累到根本搞不清楚状况，因此不管后来发生什么事，她还是希望他能够找一个像布隆维斯特那样的记者谈谈——一个可以深入挖掘事情经过、可以依循迂回曲折的脉络去了解他深层心理状态的人。可是这也许是个错误。也许有些事她还不知情，一些更糟的事。

这个可能性不能排除，尤其看到福塞尔在厨房里低声交谈时那么激动，科瓦斯基也张开双臂一个劲地摇头。唉，她真是个大笨蛋。也许他们应该试着把整件事掩盖掉，守口如瓶——为了孩子们着想，为了她着想。哦，老天帮帮他们吧，她忍不住暗骂丈夫。他怎么能让他们陷入这种困境？

他怎么能？

布隆维斯特听着凯特琳喃喃地说着梦话。时间很晚了，他也累得不得了，但就是无法入睡。他满脑子乱糟糟的思绪，心跳剧烈。到底是怎么搞的，在这场游戏中我已不算新手了，他暗自揣想。但他亢奋得有如一个准备写自己生平第一个独家新闻的菜鸟记者。在床上辗转反侧时，他想起凯特琳说的话：

"你不觉得葛兰金也是个军人吗?"

"为什么这么说?"

"看起来很像。"她这么说,而且回想起来,似乎的确如此。

他隐约透着一种资深军官的神态,若是平时,布隆维斯特不会多心,因为人的真实内在有可能与外表南辕北辙。但方才那个神秘的"查尔斯"发来的消息,也指向了同一个方向。而且葛兰金似乎是福塞尔被逐出俄国的原因之一。这条线有必要追查。

布隆维斯特一直都是这么想的,本来也打算在明天上午见福塞尔夫妻之前先查一查,既然现在睡不着,为何不干脆起床?只要别吵醒凯特琳就好。对她,他已感到愧疚。于是他小心翼翼地慢慢下床,拿着手机蹑手蹑脚走进浴室,心里暗想:葛兰金,维克多·葛兰金。

他真笨,在此之前竟没有更仔细地调查一下他的背景。但老实说,他根本没想到葛兰金除了珠峰向导之外还有其他身份,总以为他在这个故事里扮演的角色仅止于此,只是个可怜的混蛋,爱上有夫之妇,在山上又做了一些错误决定,结果丢了性命。不过没错,他的背景资料确实有点太干净也太不明确了。

毫无疑问,他是杰出的登山专家,征服过全世界许多艰险高峰,如乔戈里峰(K2)、艾格峰、安娜普纳峰、迪纳利峰、托雷峰等,当然还有珠穆朗玛峰。可是除此之外几乎没有什么具体信息,只是一再提及他当过冒险旅游假期的顾问。工作内容到底是什么?布隆维斯特没有太多发现,只是意外找到一张旧照片,是葛兰金与安德雷·柯斯科夫的合照。这个名字是不是有点耳熟?

那可不,真该死。柯斯科夫就是二〇一一年十一月流亡海外的商人兼吹哨人。事后不久,也就是二〇一二年三月,他走在伦敦肯顿区时忽然暴毙。一开始警方并未发现任何可疑的地方,然而三个月后,从他的血液采样中发现了钩吻的成分。布隆维斯特发现这种亚洲的双子叶植物有时称为断肠草,浓度过高的话会让心跳停止,绝非不知名的毒物。一八七九年,柯南·道尔就曾经在《英国医学期刊》发表过相关文章。但很长一段时间，史料或新闻都未曾提及这类植物，直到二〇一二年，在美国巴尔的摩，有一个名叫伊果·波波夫的特务，死后尸体验出这类成分，钩吻才再度声名大噪。现在布隆维斯特有了警觉。军情局、可疑的中毒身亡事件、福塞尔有计划地调查活动并被逐的传闻……

这会不会又是一个误导人的巧合？就像那个军事史学家马茨·萨宾？这毕竟只是葛兰金和一个死因可疑的人的合照。无论如何……向那个该死的"查尔斯"探探虚实，看他知道些什么，总是没坏处。于是他发出短信：

〈所以葛兰金到底是谁？〉

才过十分钟，就收到答复：

〈中校。内部调查组〉

天哪，他暗暗惊呼，天哪。他当然不是就这么相信了，在知道对话者的身份以前，他是不会轻信的。

〈那么你是谁？〉

答案立刻传来。

〈前官员〉

〈英国军情六处？美国中情局？〉

〈老话一句：不予置评〉

〈国籍总能说吧？〉

〈美国，我的报应〉

〈你怎么知道我在挖这条新闻？〉

〈这种事我应该要知道的〉

〈你为什么想向媒体泄漏〉

〈也许因为我是老派思想〉

〈哪方面？〉

〈刚好相信罪行必须要曝光并受到惩罚〉

〈就这么简单？〉

〈或许我还有自己的理由，但那真的重要吗？我们有共同的目标，

麦可〉

〈那么给我一点证明,好让我知道我不是在浪费时间〉

不到五分钟送来了一张身份证件照,影中人正是维克多·亚历塞维奇·葛兰金中校。

〈除了珠峰以外,葛兰金和福塞尔还有其他交集吗?〉他写道。

〈福塞尔是去延揽葛兰金的。但出了大差错〉

"什么鬼话!"布隆维斯特自言自语道。

〈你要泄漏这个给我?〉

〈只要保护消息来源不曝光,是的〉

〈成交〉

〈那你现在马上搭出租车来。我在大厅等你。然后,即使像我这样的夜猫子也需要睡一下〉

〈好〉布隆维斯特回答道。

他是不是太大意了?他对此人毫不了解,只知道他掌握不少内幕,而在明早的会晤之前,布隆维斯特所需的事实信息越多越好,花一分钟走到大饭店,肯定值得冒险一试吧?现在是深夜一点五十八分,外面街上还有人声,这座城市还醒着。他记得,大饭店门外随时有夜班出租车在排队,无疑也会有门童在。不会的,肯定不会有危险。他无声无息地穿上衣服后,又无声无息地离开房间,搭电梯下楼到大厅,再由旋转梯走下一楼。外面的马路被大雨打湿了,不过阴霾的天色已渐开。

到外头来的感觉很好。对岸的王宫灯火灿烂,更远处的国王花园里依然有一小群一小群的人在活动。看见堤岸上也有一些人,看到一对年轻男女走过,他不由得松了口气。有一名女侍在清理户外桌上的杯子,还有一名身穿白色亚麻西装的男子,坐在露台酒吧的另一端,眺望海水。警报解除,他边想边迈开脚步。但忽然听到一个声音说:

"布隆维斯特吗?"

他一回头,发现是那个穿白色西装的男人在打招呼,他是个六十来岁绅士模样的人,头发灰白、五官英俊,带着一抹谨慎、甚至诡秘的微笑。是什么让他觉得有趣？是在讥笑布隆维斯特的报道？还是性格？就算是，他也永远没机会得知。

他听见身后有脚步声，接着感觉身体抽搐，仿佛有电流通过。他颓然倒地，头撞到人行道的地面，奇怪的是他的第一个反应不是害怕或疼痛，而是愤怒。而且愤怒的对象不是攻击者，而是他自己：他怎么会愚蠢到这种地步？怎么会？他试图移动，但又是一阵电击让他全身痉挛，好像癫痫发作。

"天哪，他是怎么了？"

说话的可能是那名女服务生。

"好像是癫痫发作，得赶快叫救护车。"

穿白色西装的男人异常镇定地说，接着有脚步声渐渐远去。这时有其他人靠上前来，布隆维斯特听见汽车引擎声，接下来一切发生得非常快速。他被抬上担架送上车，车门关闭，车子驶离，他从担架滚落到地上。他想开口大喊，但因惊愕过度只能发出呻吟，直到车子穿过港口街，他才勉强说出此时浮上心头的几个字。

"你在做什么？你在做什么？"

莎兰德被模糊不清的声响吵醒，迷迷糊糊地往床头柜上摸索武器。可是当她抓起手枪，用枪口将房间横扫一圈，才发觉那声音来自手机。是有人在喊叫吗？

很奇怪，她过了一两秒就断定只可能是布隆维斯特。她闭上双眼，深呼吸一口，试着厘清思绪。"拜托了，"她低声说，"告诉我你只是刚好说了那几个字，拜托。"

她将手机的声量调高，聆听着乒乒乓乓、噼里啪啦的声音。可能没什么，只是汽车或火车的噪声。但紧接着她听见他在呻吟，然后是粗重、痛苦的呼吸声。他失去意识了吗？她急忙跳下床，咒骂着坐到桌前。

莎兰德还待在诺尔毛姆广场的诺比斯酒店，自从袭击了康尼·安德森以后，整晚都在监视海滨大道的房子。屋里有一些动静，还看见葛里诺夫走出来。不过她并不特别担心,便在一点左右上床睡觉(好像才没多久而已),希望还能再休息一天。结果她错了。

从计算机上可以看见布隆维斯特被带着往北走,出了斯德哥尔摩,再来他们随时可能搜他的口袋,丢掉他的手机。如果此事涉及葛里诺夫和波达诺夫,他们绝对知道该如何掩盖行踪,所以她可不能傻傻地坐在这里追踪地图,必须付诸行动。她将带子回转,听见布隆维斯特喊道:

"你在做什么?"

他重复了两遍,状况肯定不妙,是受惊吓的声音。她只听见他的呼吸声,被人下药了吗?她用力捶了一下桌面,并注意到车子的位置在诺兰街上,离她目前的所在地不远。但他们不太可能是在那里抓他上车,因此她继续往回倒带,听见他的脚步声与呼吸声,然后一个声音说:"布隆维斯特吗?"是个上了年纪的男人,她心想。接下来一声呻吟、吐了口气,一个女人大叫:

"天哪,他是怎么了?"

这一切是在哪里发生的?

看起来像是布拉西岛。她无法确认位置,但想必是在大饭店或国家博物馆外面的某个地方。她立刻拨打紧急电话,通报说记者麦可·布隆维斯特在那一带遭受攻击。接电话的年轻人知道他的名讳,口气兴奋地询问更多细节。不料莎兰德还没得及多说什么,就听见对方背景里有人说同一区已经接获报案:有个男人好像因为发病,倒在利德玛酒店外面,已经被接走了。

"被谁?"她问道。

电话另一头七嘴八舌,一片混乱。

"被救护车接走了吗?"

"是救护车?"

刹那间她松了口气,但旋即又警觉起来。

"是你们派去的吗?"

"应该是。"

"'应该'是？"

"我查一下。"

背景又是一片嘈杂，实在听不清他们在说什么。不久那人重回在线，显然十分紧张。

"请问你是？"

"莎兰德，"她说，"莉丝·莎兰德。"

"没有，我们好像没派车。"

"那赶快把它拦下，"她吼道，"马上。"

她迸出一连串咒骂后挂断电话，仔细聆听实时录音。太安静了，她暗忖。除了车子行驶的隆隆声和布隆维斯特费力的呼吸声，其他什么也听不见。没有其他人的声音，不过……如果真是救护车，这也算是一条线索，她在考虑要不要报警，大闹一番。但其实不必，除非紧急救助中心全是一群笨蛋，否则一定已经在追查了。

现在重要的是，要在手机信号消失前赶紧行动，而就在同一时间，救护车的警笛声大作（好像怕她怀疑刚才收到的讯息），接着还有其他响动：是摩擦声，她心想，有手在搜布隆维斯特的口袋，随后有动作与粗重的呼吸声，再来一个巨大的咔嚓声，手机不是被丢掉，而是被踩烂，然后信息断了，突如其来得像一记枪响，像电源被切断，她气得踢了椅子一脚，随手抓起桌上的威士忌酒杯，往墙上砸个粉碎。"去你妈的……妈的！"

她甩甩头，让自己冷静下来，查看卡米拉所在。当然还在海滨大道，她不会弄脏自己的手。去死吧！她打电话给瘟疫，一边大吼大叫一边穿上衣服，并将笔记本电脑、手枪和 IMSI 捕捉器装进背包，戴上安全帽与谷歌眼镜，立刻往外冲向停在广场上的摩托车。

丽贝卡要求自己一个人睡。她心想，福塞尔和科瓦斯基一起睡，绝对没问题。但现在的她却在一间塞满书的小书房里，躺在窄床上用手机看新闻。没有关于福塞尔从医院失踪的片言只语。她很庆幸事先打了电话给院方，说她会亲自照顾福塞尔，还用保密电话告诉贝尔，他听了虽然又是告诫又是威胁,她却置若罔闻。说句实在话,贝尔并不知道自己在这整个事件中,扮演着多么无关紧要的角色。

她一点也不在乎贝尔或是其他军方高层。现在她只希望能好好分析出刚才自己所听到的信息之间的关系,或许也好好反省一下,为何之前完全没有起疑。其实有不少征兆,如今倒是看得清楚了。譬如后来福塞尔在基地营时情绪十分不稳定。虽然有人遭遇不幸,但看见他平安活着,她不禁喜极而泣,也几乎难以体会他完成了多伟大的壮举,但他却不想谈。当时那些零零星星的片段并没有什么特别的意义,如今却能拼凑成一个新的整体。就像将近三年前那个十月的晚上,孩子们都上床了,福塞尔刚刚被任命为国防部长。他们俩坐在斯德松家中的沙发上,他用一种前所未有、令人不安的语气提起了克拉拉。

"我一直很好奇,她当时在想什么。"他说。

"什么时候?"

"被丢下的时候。"

她回答说克拉拉很可能什么也没想,她可能已经死了。但在今天夜里,丽贝卡明白了丈夫的意思,这实在令她无法承受。

第二十八章
二〇〇八年五月十三日

第一次被丢下时，克拉拉什么也没想。她的体温已降到二十八度，当时的心跳缓慢而不规律。她既没听到远去的脚步声，也没听到风雪呼啸。

她已深度昏迷，没有意识到自己一手抱着葛兰金，甚至不知道自己抱着的是一具尸体。她的器官渐渐封闭起来，作为最后的防御形式，再过不久她就要死了。那时的确毫无疑问，或许也可以说她是这么希望。

丈夫史丹从不隐藏对她的鄙视，而且堂而皇之地搞外遇，他们十二岁的女儿朱丽叶也常常闹脾气，于是克拉拉为了逃离这一切，跑到珠穆朗玛峰去，和平时一样强颜欢笑，事实上她患有严重的忧郁症，一直到上星期她才找到重新活下来的理由。这理由不只是她对葛兰金的爱，还有她又开始怀抱希望，要让史丹一夕垮台，万劫不复。

她再次坚强起来，就连往山顶前进时也不例外，出发前她喝了许多蓝莓汤，听说这对身体很好。但是不久她开始觉得身子异常沉重，眼皮不断闭上，而且越来越冷，最终体力不支而倒地。她的意识开始游移，浑然不知暴风雪正从北方来势汹汹地危及整个登山队。在她的感觉中，时间直接没入了黑暗与寂静，什么都听不见，直到有一柄冰斧开始劈凿她的脸。

她其实不太明白是怎么回事，只是那劈凿声就在耳边，近在咫尺，却又十分遥远，仿佛在另一个世界。但突然间……她的呼吸顺畅了些，有脚步声远去，她睁开双眼。可以说是奇迹吧。被误以为死去而抛下的克拉拉环顾四周，不明所以，只是发现自己宛如身在地狱。但记忆一点一滴地回来了，她看看自己的双腿和靴子，随后看着一只手臂，不太搞得清楚那是谁的手，冰冻僵硬地悬在她的臀部上方。再一细看才发觉是自己的手臂,便试图挪动。可是动不了。她全身都冻僵了。这时发生了一件事,让她得以站起来。

她看见女儿就在面前,清晰得仿佛触手可及,试了四五次之后,她终于站起身来,开始跟跟跄跄下山,两手举在前面,活像在梦游。尽管分不清东西南北,但能听见野兽般的嘶吼声,好像在为她指路。过了许久,她才惊觉那是自己的呐喊声。

尼玛·里塔向来认为自己现在所在之处住着鬼神,因此便不去管那些叫喊声。他心里暗想,叫吧,爱怎么叫就怎么叫吧。他到底为什么要再上来?他自己也不敢相信。他已经看到她,也已经与她道别,全然无望了。不过他也知道自己过于听信别人的话,把他不该舍弃的人丢在了山上。或许他已不在乎自己是否也会倒下,如今重要的是证明自己没有放弃。就算死,也要死得有尊严。

心力交瘁的他已完全失去理智,身子被冻伤,眼睛又几乎看不清任何东西,只听到迷蒙雪雾中的风暴与呼号声。然而他一刻也没有将那声音与曼萨希联想在一起,正当他打算停下来歇口气时,忽然听见雪地里有吱吱嘎嘎的脚步声不断接近。

接着他看见一个伸直双手的鬼魂,好像在向生者乞讨什么,一片面包、些许抚慰、一句祷告……他朝着鬼魂走去。说时迟那时快,那个身影竟然跌入他怀里,重量惊人。他们一起倒在雪中翻滚了几下,他重重地撞到头。

"救救我,救救我,我得去找女儿。"那人说道,他一听就知道了。

他本来并不明白,在依稀困惑中渐渐想清楚了,接着一阵欣喜流遍他疲乏的全身。是她。真的是她,这只有一个原因能解释,就是山上的女神眷顾他。女神想必是看见他如何痛苦挣扎了。这下没事了,他心想,于是他凝聚起仅剩的力气,双手抱住她的腰,让她重新站起,然后两个人一起跌跌撞撞地往下走,她仍继续嘶喊,而他则逐渐脱离现实。

他的脸出奇僵硬。好像到了另一个世界，但手里还抱着她，不是吗？他在奋斗着。从他的呼吸声能明显听出他拼了命在奋战。她向天祈祷让她能回家与女儿团圆，而且无时无刻向自己承诺不会放弃，不会倒下。现在不会，接下来也不会。一切都会没事的，她暗想着。

　　她每跨出一步便告诉自己：只要活着度过这一关，就再也没有什么难得倒我。这时往山下稍远处，隐约可见另外两个身影，为她带来更大的希望。

　　现在我安全了。

　　现在，我终于安全了，一定是的。

第二十九章
八月二十八日

早上八点半，凯特琳在利德玛酒店的双人床上醒来，翻了个身想将布隆维斯特拉近，不料却扑了个空，她便大声喊道：

"布隆铃？"

这是她前一晚替他起的可笑绰号，因为不管她说什么他都没听进去，她便说"你这个布隆铃，满脑子都只有蓝铃"，至少把他逗笑了。否则他还真像一面铜墙铁壁，而这毕竟不难理解。他即将要专访国防部长，事情极为保密，还以加密形式将指令送到她的手机里。唯一能让这个男人开口的方式，就是和他讨论这次访谈，一旦开口他便不再那么拒人于千里之外。有一度他甚至试图邀请她来《千禧年》工作。紧接着她解开他的衣扣，随即又解开其他所有的扣子，两个人开始翻云覆雨。之后她想必就睡着了。

"布隆铃？"她又喊一声，"麦可？"

她看看手表，比她想的还晚了。他肯定已经出门许久，说不定现在都开始采访了。她实在纳闷自己怎么没醒，不过有时候她的睡眠会出奇深沉，而且外面安安静静，几乎听不到车声。她继续躺着，直到电话铃响。

"凯特琳·林达斯。"她接起后说道。

"我是丽贝卡·福塞尔。"一个声音说，"我们开始有点担心了。"

"麦可没有跟你们在一起吗？"

"他已经迟到半小时，手机又关机了。"

"那就奇怪了。"她说。

非常奇怪。她对布隆维斯特的了解不算深，但这么重要的会面，他绝不可能迟到半小时。

"你不知道他可能上哪儿去了吗？"丽贝卡问。

"我醒的时候他已经出门了。"

"真的吗?"

凯特琳察觉到对方的声音带着一丝恐惧。

"我也开始担心了。"凯特琳说。

或者应该说"胆寒"?心惊胆寒。

"你会担心,有什么特别的理由吗?除了他迟到之外。"丽贝卡问道。

"这个嘛……"她一时千头万绪,"过去这几天,他都不想待在自己家,他觉得有人在监视他。"她说。

"是因为约翰尼斯这件事吗?"

"不,应该不是。"

凯特琳不知道该透露多少,但一转念,决定毫不隐瞒。

"我只知道和他的朋友莉丝·莎兰德有关。"

"天哪!"

"怎么了吗?"

"说来话长。不过,你知道吗……"她听起来有些激动,"我很喜欢你写的关于约翰尼斯的文章。"

"谢谢。"

"我明白麦可为什么会信任你。"

凯特琳没说出前一晚她发了多少重誓,保证自己绝不会泄漏只言片语,但他似乎每次都不相信。

"请你等一下好吗?"

凯特琳等着,但马上就后悔了。她不能这样袖手呆坐着,必须打电话报警,或许也应该通知爱莉卡·贝叶。丽贝卡重新回来时,她正想挂断电话。

"我们在想你能不能亲自跑一趟。"丽贝卡说。

"我认为应该报警。"

"这是自然。只是我们……我是说这里的屋主……我们这边也有人能着手调查。"

"我不知道……"她说。

"老实说,我们觉得你现在过来是最安全的。你把地址给我,我们会派车过去。"

凯特琳咬咬嘴唇,想到在楼下柜台看见的那个男人,也回想起来饭店的路上总觉得好像被跟踪。

"好吧。"她随即说出地址。

没多久,有人来敲她的房门。

包柏蓝斯基刚刚打电话去 TT 通讯社,希望借由新闻快报,从民众口中得到一些线索。虽然他们从一大早就开始忙,却仍不知道布隆维斯特的下落。他们知道他下半夜人在利德玛,但谁也没看见他,包括柜台服务人员在内。

他离开饭店时刚过凌晨两点。有一小段监视器画面,虽然很模糊,但里头的人无疑是布隆维斯特,身体状况良好,应该十分清醒,还有点兴奋,一只手轻轻拍打着大腿。但接下来不祥的事发生了:监视器故障,画面整个消失。幸好另外有几位目击者,例如一个名叫阿格妮丝·索尔贝的年轻女子,她正在露台上收拾桌子。

阿格妮丝看见一名中年男子走出饭店,当时没有认出他是麦可·布隆维斯特,不过她听见一个较为年长、身材瘦长、穿着浅色西装的先生喊他。那个人一直坐在吧台的最远处,背对着她。接着没多久,她就听到脚步声,可能还有人大叫的声音。她转过身,看见另一个男人,比较年轻也比较壮,穿着皮夹克和牛仔裤。

起初她以为是好心人赶来帮忙。在此之前她看见布隆维斯特(应该说她后来才知道他是布隆维斯特)倒在路上,听到有人用英语提起"癫痫发作",因为她的手机不在身上,她便跑进去打紧急电话。

接下来的情况就得仰赖其他人的证词了,其中包括一对姓克里斯多夫的夫妻,他们声称看见一辆救护车从蹄铁匠街驶来。布隆维斯特被放上担架后抬进救护车,这对夫妻本来根本不会多想,但那些人处理病人时很粗心大意,跳上车的姿势看起来也不太"自然"。

那辆救护车其实是六天前在诺斯堡失窃的车辆，稍后从监控摄像中发现它上了克拉拉贝尔环形道，接着沿 E4 高速公路往北行驶，一路警笛声大作。但随后就消失了。包柏蓝斯基与手下相信是歹徒换了车，然而一切都无法确定，只知道莎兰德亲自打电话到紧急救助中心报案。包柏蓝斯基对此很不满意。

莎兰德怎会这么快就得知这起事故？他不禁怀疑跟她有所牵连，即使后来和她谈过话，也没有稍感释怀。当然，他很庆幸她通报了，也感激她提供的一切讯息。可是她的语气令他不安，其中饱含愤怒，冲天怒火，不管他说多少次："你别插手，交给我们处理。"她好像都没听进去。他十分肯定她并没有全盘托出，也深信她正在暗自进行某项行动。挂上电话后他咒骂了一声，此时与茱迪、霍姆柏、史文森及傅萝等几位同事坐在会议室里，忍不住又咒骂起来。

"怎么样？"他问道。

"我觉得很奇怪，莎兰德怎么会这么快就知道布隆维斯特受到攻击？"霍姆柏说。

"我不是已经说过了。"

"你说她在他的手机上做了什么。"

"没错，她动了手脚——在布隆维斯特同意的情况下。所以她可以窃听他的动静，看他人在哪里，至少在他们关掉他手机以前是这样。"

"我真正想说的是她怎么能这么快就做出反应。"霍姆柏说，"听起来……我也不知道，好像她一直就在附近，等着事情发生似的。"

"她说她就担心会有事，"包柏蓝斯基说，"就像是做最坏的打算。硫黄湖俱乐部的人一直在监视布隆维斯特，不管是在贝尔曼路还是在沙港。"

"关于那个俱乐部，还是一点线索都没有吗？"

"今天早上我们叫醒了会长马可·桑斯壮。但他只是嘲笑我们，说不要命的才会找上布隆维斯特。现在正在试着追踪其他会员，我们会盯着他们。到目前为止还无法证明有谁和这起事件有关，只是有几个人还行踪不明。"

"知不知道布隆维斯特为什么会去利德玛酒店吗?"傅萝说。

"不知道。已经派人过去了。不过布隆维斯特最近好像都非常神秘,连他在《千禧年》的同事也不知道他在忙些什么。爱莉卡·贝叶说他算是正在度假中。看起来他多半在准备关于那个夏尔巴人的报道。"

"那就可能和福塞尔脱不了关系了。"

"的确可能,所以军安局的人都会坐立不安,国安局的也是。"

"会不会是外国人动的手?"史文森说。

"从监视器被入侵的事实看来,不无可能。而且我不喜欢他们窃用救护车,感觉真的像在挑衅,不过十有八九……"

"……都和莎兰德有关。"茉迪替他把话说完。

"我们都这么想。"霍姆柏说。

"也许吧。"包柏蓝斯基说着陷入沉思。莎兰德对他隐瞒了些什么?

莎兰德没有将海滨大道那栋房子的情况告诉包柏蓝斯基。她希望靠卡米拉带她找到布隆维斯特,不想让警察把事情搞砸了。但卡米拉暂时仍按兵不动。说不定她和莎兰德在等同样的东西,让莎兰德害怕的东西:布隆维斯特受虐的画面,进而要求她出面交换人质,或者更糟的是布隆维斯特的尸体照片,进而威胁要杀死其他与她亲近的人,除非她投降。

趁着晚上的时间,莎兰德已经联系了安妮卡·贾尼尼、德拉根·阿曼斯基、蜜莉安·吴与另外两三人——甚至连应该无人知晓的波琳娜也没落下——叫他们去待在安全的地方。这不是愉快的差事,但她做了自己该做的了。

布隆维斯特被带到哪里去?她毫无线索,只知道似乎是往北走,因此她住进阿兰达机场的克拉丽奥酒店,至少是同一方向。但就像对其他事物一样,她对房间与饭店本身都毫无所察,夜里更是一刻也没合眼。

她在桌前花了好几个小时,试图查出一些蛛丝马迹,找到一个突破口,可直到此时才终于收到信号,她立刻在椅子上坐直起来。卡米拉要离开海滨大道的公寓了。好妹妹,她心忖,现在请粗心大意一点,带我去找他。但这是奢望。卡米拉有波达诺夫,而波达诺夫和瘟疫是同一类高手。

因此即便妹妹带路到达了某个地方,不一定就是突破,也可能是陷阱,企图诱她现身。她必须做好万全准备,但现在……她两眼直直地瞅着地图。卡米拉的车与昨天救护车走的是同样路线,沿着 E4 公路北行。看来情况乐观,非乐观不可。莎兰德收拾了行李,下楼退房,然后骑上川崎摩托车呼啸而去。

凯特琳裹着浴袍前去开门,发现门外站着一名制服警员,年纪轻轻,一头金发,发际线整齐分明。她紧张得结结巴巴说了一句"早安"。

"我们想找这间饭店里可能见过记者麦可·布隆维斯特,或是与他接触过的人问话。"警员说道,她立刻觉得他可疑,也许甚至带着敌意。

他的两眼闪着自信的光芒,身体站得笔直,仿佛想展现自己的高度与力量。

"发生什么事了?"她声音中的惧怕口吻显而易见。

警察靠上前来上下打量她,那种眼神她再熟悉不过。在市区走动时遇见过太多次了,是那种既想剥掉她衣服又想伤害她的眼神。

"你叫什么名字?"

这是挑衅的一部分。看得出来他很清楚她是谁。

"凯特琳·林达斯。"她回答。

他在笔记本上写了下来。

"他本来和你在这里,对吗?你们一起过夜了吗?"

那有什么关联?她想要大叫。可是她害怕起来,往后退入房内,解释说当天早上她醒来时，布隆维斯特已经离开了。

"你们用假名登记住房的吗？"

她努力保持呼吸平稳，同时暗自狐疑真有可能与他理性对谈吗？尤其他现在已经专横地大步走进房间。

"你有名有姓吧？"她说。

"什么？"

"我记得你好像没有自我介绍。"

"卡尔·卫纳松巡官，诺尔毛姆警局。"

"好的，卡尔。"她说，"那么也许可以请你先告诉我，到底怎么回事？"

"今天凌晨，麦可·布隆维斯特在这间饭店外遭到攻击和绑架，所以你应该能体谅，我们确实非常重视这个案子。"

她顿时感觉四面墙仿佛朝她挤压过来。

"我的天哪。"她说。

"所以请你把之前的情况如实告诉我们，这点非常重要。"

她在床沿上坐下。

"他受伤了吗？"

"不知道。你还没回答我的问题。"他说。

她心跳加速，思索着该说什么。

"他今天早上有个重要会议，但我刚刚才得知他没出现。"

"什么样的会议？"

她闭上了眼睛。她怎么这么白痴？明明已经发誓不会告诉任何人。可是她又惊惶又困惑，大脑无法正常运作。

"我不能告诉你，我要保护消息来源。"她说。

"你是说你拒绝配合？"

她用力地吸气，目光望向窗外，想寻求脱身之道。但就在此时，卫纳松无意中帮了她，由于他两眼盯着她的胸部，让她火冒三丈。

"我很乐意配合。可是在此之前，我想先和一个对消息来源保护法有粗浅认识的人谈，而且他至少要懂得稍微尊重一下别人，尤其是当对方刚刚接获关于自己至亲之人的震撼消息时。"

"你在说什么?"

"我在叫你联系你的上级,然后滚出去。"

卫纳松一副想马上逮捕她的样子。

"马上出去。"她的怒火瞬间上升,他果真低低地说了一声"好",但忍不住又补上一句:"可是你不能离开这里。"

她没有回答,直接开门请他出去,然后默默无语,呆呆地坐在床边。手机嘀的一声,立刻将她拉回现实。是《瑞典日报》的一则快讯:

知名记者在斯德哥尔摩利德玛酒店外遭攻击绑架

几分钟之内,她专注地看着各种报道。大标题到处可见,但几乎没有什么实质内容,唯一的信息是据说他被一辆救护车载走,却没有人叫过救护车。听起来……很不可思议。她到底该怎么办?她真想放声尖叫。忽然间,她想起一件事,是她夜里听到的:浴室里传出声响,她觉得是窃窃私语声,是麦可的一声惊呼。也许她还小声地回问了:"你在干什么?"

或者是她在做梦?无所谓。他会离开房间可能与那阵低语有关。报道中说他是凌晨两点左右在饭店外被绑架,也就是说——她尽可能清晰地思考——他心里有事。他留下她离开后,立即遭到攻击。会不会根本就是个陷阱,要骗他出去?该死,该死。这是怎么回事?发生什么事了?

她想起那名乞丐,想起丽贝卡·福塞尔与她绝望的口气,也想起昨晚麦可对于这场采访的兴奋之情。不管那个白痴警察了。她下定决心后,换了衣服,收拾了行李,下楼到柜台结账,然后被一辆英国大使馆派来等在门外的黑色外交车辆接走。这期间都没有再看到那个讨人厌的警察。

第三十章
八月二十八日

房间的屋顶很高，屋子里面很热，有个大大的瓦斯火炉正烧着火。建筑物内没有日光渗入，仅凭几盏聚光灯照亮。大大的玻璃窗不是染了色就是被煤灰覆盖，布隆维斯特任由目光在四下乱窜，约略看见了混凝土梁与钢铁结构，地上有碎玻璃，还从火炉闪闪发光的金属边缘看见了自己的倒影。

他最后被带到一间废弃的工厂，过去可能是个玻璃工厂，离斯德哥尔摩想必有一段距离，但究竟是哪里，他毫无概念。他心想，车程并不短。他们换了一两次车，但由于他被下了重药，只对夜晚与白天有零碎的记忆。而此时他就在这里，被绑在一张行军床或担架上，离火炉很近。

"救命啊！拜托了，有人在吗？"他高喊。

他倒不是真觉得叫喊会有用，只是除了在皮带底下扭动冒汗，感受脚边的灼热的炉火之外，总得做点什么，否则他会疯掉。火炉发出嘶嘶声，像蛇一样，令他惊恐不已。身上的衬衫已被汗水浸湿，嘴巴又干，而现在……那是什么？他听到吱吱嘎嘎声，是玻璃碎片被踩压的声音。有脚步声接近，他立刻感觉到那步伐并未带来解脱的希望，反而像是刻意慢慢闲晃着，还伴随口哨声。

什么样的人会在这种时候吹口哨？

"早啊，麦可。"

正是今天凌晨在饭店外叫唤他的那个英国口音。但仍不见任何人。他们可能是故意的，可能不想露脸。他用英语回答：

"早。"

脚步声停止了，口哨声也是，布隆维斯特继而听见呼吸声，闻到淡淡的须后水味，他于是将自己的神经紧绷起来，准备迎接即将发生的事，不管是拳打、刀刺，还是猛推担架（似乎是放置在某种滑轮台车上），将他的脚推进火炉中。不料全无动静。

"没想到会听到这么愉快的招呼声。"那人说道。

布隆维斯特没有作声。

"我接受的就是这样的教养。"那声音说。

"什么意思？"他终究还是结巴地开了口。

"不管发生什么事，随时都要假装镇定。不过在这里真的不需要。我比较喜欢诚实，而且我不介意承认，其实我觉得有点……不自在，内心有点抗拒。"

"为什么？"布隆维斯特说。

"我喜欢你啊，麦可。我很尊敬你面对真相的态度，何况这件事……"

他略一停顿以增强效果。

"……本来应该只是家庭纠纷。但就像许多世仇争斗，往往会牵连他人。"

布隆维斯特感觉自己开始发抖。

"你在说札拉。"他呻吟着说。

"没错，札拉千科同志。但你从来没见过他，对吧？"

"对。"

"我想你应该为此感到庆幸。见到他会是令人难忘的经验，但也会留下印记。"

"你认识他？"

"我敬爱他。只可惜有点像是敬爱神，你得不到回馈，只会有一道炫目的光芒，让你变得愚蠢又盲目。"

"盲目？"布隆维斯特几乎不自觉地重复他的话。

"是的，盲目而疯狂。现在的我恐怕还是有一点这样。要斩断我和札拉千科的联系是不可能的，我有一种倾向，喜欢冒不必要的风险。其实你和我都不该出现在这里，麦可。"

"那为什么我们会在？"

"简单一句话就是复仇。那种毁灭的力量,你可以从你朋友那里略知一二。"

"莉丝。"他说。

"正是。"

"她在哪里?"

"就是啊,在哪里呢?我们也很好奇。"

又再一次停顿,时间长到让布隆维斯特害怕,怕这个男人会证明自己究竟还有多盲目而疯狂。没想到那人反而走上前来,最先映入布隆维斯特眼帘的是那套白色亚麻西装,和他前一晚穿的是同一套。令布隆维斯特惊恐的是,他能想象自己的鲜血溅污了那件西装。

接着看见脸了。除了眼睛稍微有些不对称、右颊有一条纵向的浅色疤痕外,脸上五官端正分明,浓密的灰发夹杂些许雪白的发丝。此人高大、精瘦、四肢纤细。若换到另一个时空,可能会被当成特立独行的知识分子,类似美国小说家托马斯·沃尔夫之流。但此时此刻,他流露出一种令人不舒服的冰冷,动作也慢得很不自然。

"我想你应该不是一个人。"布隆维斯特说。

"这里还有几个恶人,这些年轻人不知为了什么原因不想露面。另外上面也有一架摄影机。"

男子指向天花板。

"你要给我录像?"

"这你不用担心,麦可。"男子不明所以地改说瑞典话,"就把这个当成纯粹只有你我知道,一种亲密关系。"

布隆维斯特的身体颤抖得越来越厉害。

"你会说瑞典话。"他感到惊骇。

就好像此人转换语言的能力,证实了他有如恶魔化身的形象。

"我是个语言专家,麦可。"

"真的?"

"真的。不过你和我的交流会超越语言。"

他将一直拿在右手的一块黑布放到他旁边的钢桌上,打开来,摆出一些闪闪发亮的东西。

"你这么说是什么意思?"

布隆维斯特的绝望感与时俱增,他在担架上不停扭动,两眼瞪着嘶嘶作响的火光,火炉金属框架上隐约可见他自己那张扭曲变形的脸的倒影。

"人生中大多数事物都能用许多美好的字眼表达。"那人接着说,"尤其是爱,相信你也同意吧。你年轻时一定读过济慈和拜伦的作品,我敢说,他们非常恰如其分地诠释了爱。但是麦可,无尽的痛苦是无以言表的,没有人能够形容,就算再伟大的艺术家也一样,而那正是我们的最终目标啊,麦可,迈向无言。"

一辆黑色奔驰往北驶向迈什塔,波达诺夫正坐在后座,让绮拉看一段影片。她眯起眼睛细看,波达诺夫迫不及待想看到她每回见到敌人受苦,脸上总会绽放的兴奋光彩。

但这次她没有兴奋的迹象,只有忍受许久的、不耐烦的表情,这不是好预兆。他并不信任葛里诺夫,也很确信一切都做得太过了。找上布隆维斯特绝不会有好结果。这其中牵涉到太多情绪,他不喜欢绮拉那副毅然决然的表情。

"你觉得如何?"他问道。

"要寄去给她吗?"

"我得先确保链接的安全性,但老实说,绮拉……"

他犹豫了一下。他知道这话她不爱听,因此回避她的双眼,接着说道:

"你不应该接近那个地方。我们应该马上让你搭飞机回家。"

"在她死以前,我哪儿也不去。"

"我觉得……"他没把话说完。

她不会这么简单就被抓,你太低估她了。他想这么说,但他没把话说出口。他不能让任何一句话或一个表情,泄露出他其实很钦佩莉丝·莎兰德,或者是他所熟识的代号黄蜂。这世上有厉害的黑客,有天才，还有自成一派的黄蜂。这是他的感觉，因此他没有开口，而是往前俯身拉出一个蓝色金属盒。

"那是什么？"她问道。

"噪声盒，法拉第笼，给你的手机用的。我们不能留下任何轨迹。"

绮拉望向窗外，将电话放进盒内。接着两个人都沉默不语，凝视着前方的驾驶与行经的风景，过了好一会儿，绮拉才要求再看看摩根色拉那栋工厂建筑内的情形，波达诺夫便拿给她看。

那些画面他觉得不看也罢。

莎兰德刚经过诺威肯，谷歌眼镜上的信号就消失了，她大声咒骂，并用右手打了一下车把。不过这原是意料中事，于是她放慢速度，直到看见在一小片林地旁有个路边休息区，里面有桌子和长椅。她拿了笔记本电脑，到那儿坐下来，希望今年夏天花费无数时间密切观察卡米拉的帮手圈后，现在能回收成果。

这次行动不可能没有硫黄湖俱乐部的人帮忙效力，虽然莎兰德认为他们只会用预付电话，却仍试着相信总有一两个人会出点小差错。她再一次查看曾经去海滨大道见过绮拉的人：马可、尤马、康尼、柯里尔和米洛。尽管她已取得他们的管理员权限，得以入侵基站台，但还是一无所获。她气愤地往木桌上用力一拍，正打算另寻解决之道，忽然想起了彼得·柯威。

俱乐部的成员中，柯威的犯罪记录最辉煌，据说有酒、女人还有纪律方面的问题。海滨大道附近从未见过他的身影，但夏季期间去过菲斯卡街的人当中有他，因此她也试了他的手机。不久，她发出胜利的欢呼。当天一早，柯威也走了卡米拉现在走的路，只不过他继续从乌普色拉往北走，经过了斯多弗雷塔和比约克灵厄。她正准备仔细看看，电话响了。

本来不想接，但是《千禧年》的爱莉卡打来的。接起后只听到爱莉卡大声叫嚷，唯一听得清楚的只有：

"他烧起来了……他烧起来了!"

她慢慢才明白发生了什么事。

"他们把他推进一个大火炉。他一直在尖叫,真的痛得受不了,他们说……他们写……"

"什么?"

"说除非你,莉丝,到山拿斯塔外的树林去见他们,不然就要把他活活烧死。他们还说只要那附近看见任何警察或可疑的迹象,麦可就会惨死……然后他们会再去找那些和你、和麦可亲近的人,直到你投降为止。天哪,莉丝,太可怕了。他的脚……"

"我会找到他的,听到了没?我会找到他的!"

"他们叫我把影片传给你,还有一个和他们联络的电子邮箱。莉丝,你得告诉我这是怎么回事!"

莎兰德挂了电话。没时间了,她得继续查柯威。昨晚他走了卡米拉现在走的路线,可是沿着E4继续往第耶普和耶夫勒北行,这是令人振奋的发现。事实上,看起来开始出现转机了,她一边用手指弹击桌面,一边喃喃自语:

"来啊,你这烂酒鬼,带我去找他们。"

不料路径来到蒙卡布就中断了。莎兰德呆呆瞪着马路,满脸怒气,有个开着雷诺的年轻人刚刚驶进休息区,见状吃了一惊,连忙又把车开走。她根本没注意到他,只是咬牙切齿地看着爱莉卡传来的影片,与布隆维斯特的特写镜头。

他双眼圆睁,只看得见眼白,瞳孔好像已消失在眼窝中,那整张脸极度紧绷,扭曲变形到几乎难以辨认。他大汗淋漓,汗水从嘴唇、下巴流下,衬衫前襟已经湿透,接着镜头往下移到他的牛仔裤与双脚。他穿着红色袜子,此时正慢慢被喂进一座褐色砖砌大炉,炉内炽烈的火焰嘶嘶作响。袜子与裤脚着了火,经过一段漫长无比的时间后(布隆维斯特似乎在极力忍耐),传出了一声令人肝肠寸断的狂叫。

莎兰德一声不吭,全身肌肉几乎一动不动。但此时已弯曲成爪状的手,将眼前的桌面抠出三道深深的沟纹。随后她读了他们发来的消息,查看了电子邮箱(是加了密的该死玩意),然后整个转传给瘟疫,并附加了简短的指示、彼得·柯威的照片,以及E4与北乌普兰的地图。

接着她收起电脑与武器,戴上谷歌眼镜,出发前往第耶普。

"莉丝,你得告诉我这是怎么回事!"爱莉卡对着电话大喊。

但听到的人只有位于约特路的杂志办公室里的同事,他们看得出她情绪失控。苏菲·梅尔克站得离她最近,因为担心她会崩溃,急忙跑过去扶她一把。爱莉卡拼命地集中精神,希望想出一个行动计划。他们写来的信说,无论如何绝不能报警。但这真的是一个选项吗?这不单是她有生以来所遇见最糟的情形,而且事涉布隆维斯特,她最好的朋友兼最爱的人,这件事着实杀得她措手不及。方才她只是随意打开电子信箱,就像一个习惯到没有意识的动作,一个反射动作,结果突然间竟看到这个……

打电话给莎兰德时,她还不太搞得清楚状况,也不排除可能只是一个恐怖的恶作剧,一段假造的影片。然而一听到她的声音,这些想法立即烟消云散,也了解到这八成是莎兰德所预期的:绝对的邪恶。

这实在无法用言语形容,她大声咒骂、语无伦次,后来才察觉苏菲抱着自己,仿佛刚才那段时间自己完全处于另一个时空。有一度,她考虑要坦诚地告诉同事们,但一转念后挣脱了苏菲,低声说:

"抱歉,我需要一个人静一静。我晚一点再解释。"

她说完走进自己的办公室,用力甩上门,甚至不用说也知道:万一她做了什么导致布隆维斯特丧命,她也会活不下去。但这并不表示她就能呆呆坐着,袖手旁观,更别说是乖乖遵照绑匪的指示了。她需要……需要做什么呢?……思考!当然了,仔细想想,这种犯罪不都是同样模式吗?

歹徒不希望警察插手。可是他们会被抓,其实每次都是因为警察获得密报。她最好用安全线路打电话给包柏蓝斯基，对吧？可是在犹豫片刻后拨了电话，却打不通，他正在另一条线与人通话。她开始不由自主地发抖。

"该死的莉丝，"她愤恨难平，"你怎么可以把麦可拖下水？你怎么可以！"

包柏蓝斯基督察长与凯特琳·林达斯经过一番长谈，此时话筒转交给了一个男人，他自我介绍说名叫雅内·科瓦斯基，与英国大使馆有些关系。包柏蓝斯基认为现在只能相信他了。

"我有点担心。"那人说道，这让包柏蓝斯基想到英国人说话总喜欢轻描淡写，不由得沉思片刻。

"担心什么？"他口气冷淡地问。

"本来两个毫不相干的事情在这里无缝接轨，这也许是巧合，也或许不是。布隆维斯特和莎兰德之间有一些关联，不是吗？而且福塞尔……"

"怎么样？"包柏蓝斯基不耐地问。

"二〇〇八年，在莫斯科最后那段时间，福塞尔刚好在调查莎兰德的父亲札拉千科，以及他叛逃到瑞典的事。"

"我还以为当时只有国安局的人知道。"

"督察长，没有什么事能永远像大家想的那么保密。有趣的是他另一个女儿卡米拉后来与一个男人联手，而这个人正是俄国情报总局里和札拉千科最亲密的人，甚至在他叛逃后还继续与他保持联系。"

"那是谁？"

"他叫伊凡·葛里诺夫，他……怎么说呢……自始至终都忠心不二，原因我们也不太清楚。即使在札拉千科死后，他仍继续对付他昔日的敌人，并将握有毁灭性信息的人灭口。他残忍又危险，我们认为他已经入境瑞典，还涉嫌布隆维斯特的绑架案。他如果能落网，对我们意义重大，所以我们愿意提供协助，特别是因为国防部长福塞尔有他自己的打算，而我也给予他祝福——虽然这么做可能有点轻率。"

"我不太明白。"

"我向你保证,你很快就会明白。我们会送上一些数据和葛里诺夫的照片,只可惜都是很久以前的旧照。再见了,督察长。"

包柏蓝斯基暗自点了点头。对他来说,能得到这种人的协助很不寻常,因为他已经了解科瓦斯基的确切身份,此时他心里真是千头万绪。他起身准备去找茉迪,告知相关情况,正好这时电话响起。是爱莉卡·贝叶打来的。

凯特琳坐在科瓦斯基家客厅的褐色扶手椅上,福塞尔与她相对而坐,旁边则是丽贝卡。她一直无法集中精神,不断地想着布隆维斯特。她设法借到了录音机,而且得将手机放到一旁,心想这样应该就能继续工作。无论如何,她终于渐渐地进入状态。

"所以说你跨不出下一步?"她问道。

"对。"福塞尔继续道,"天色已经变暗,而且冷到极点。我可以说全身都冻结了,只希望尽快了结,希望进入最后的昏迷状态,那时身体会失去热度,好像又会重新觉得舒服些。但就在这时候我听到叫喊声,便抬起头,起初什么也看不见。接着尼玛·里塔再次从风雪中现身,不过这回的他有双头四臂,就像印度的神祇。"

"你在说什么?"

"在我眼中是这样,但其实他是拖着另一个人。我过了一会儿才明白,又过了更久才知道那是谁。我太累了,无法思考,累到不敢期望被救,也许甚至累到已经不想被救。我八成是失去了意识,醒来时感觉旁边有一具躯体,是个女人,两条手臂硬邦邦地伸着,好像想抱我似的。她嘟嘟哝哝地说她女儿。"

"她说了什么?"

"我一直没听懂。只记得我们看着对方,当然已是彻底绝望,但又很惊讶。我想我们是认出了彼此。那是克拉拉,我拍拍她的头和肩膀,记得当时心里还想她再也无法恢复美貌了。她的脸已经被冻坏,我看到我的冰斧在她嘴唇留下的伤口,可能说了些什么,也许她也回了话，我不知道。风雪在我们四周肆虐，斯万特和尼玛却在我们头顶上吵架，互相咆哮推搡。感觉真的好奇怪，我唯一听到的几个字实在太荒谬又令人不快，我就想肯定是我听错了。我听到了'贱人''婊子'之类的英语脏话。在这种生死存亡的关头，怎会说出这种话？我怎么也想不通。"

第三十一章
八月二十八日

布隆维斯特从未想过要死,从未像福塞尔在珠穆朗玛峰上那样渴望死亡,甚至没有遇上过重大危险。但此时躺在这担架上,腿脚严重烧伤,他真想就此消失不见。当下除了痛苦,什么都不存在,他却连叫都不能叫。他全身抽搐,咬紧牙根,无法想象情况还能更糟。但的确可以。

穿白色西装的男人自称伊凡,他拿起身边桌上的手术刀,切入布隆维斯特烧伤的伤口,痛得他身子往上拱起,放声大喊。他不断嘶吼呐喊,直到重新被拉回清醒的世界。但他过了半晌才明白发生了什么事,而且只是隐约意识到有更多的脚步声在接近,这回是高跟鞋的声音。他扭转过头,看见一名女子留着草莓金发,脸蛋美如天仙。她浅浅一笑,也许这微笑本该让他觉得解脱有望,却反而只是增添他的恐惧。

"你……"他勉强挤出一个字。

"我。"她说。

卡米拉轻抚他的前额与头发。被她这么一碰,布隆维斯特不由得打了个寒噤。

"嗨。"她打了声招呼。

布隆维斯特没有搭腔,他整个人就是个不停尖叫的伤口。不过……他的思绪纷乱奔腾,好像有什么重要的事想告诉她。

"莉丝让我担心,"她说,"你也应该要担心她,麦可。时间已经不多了,嘀嗒、嘀嗒,不过你可能已经失去时间的概念,对不对?我可以告诉你,已经十一点了,莉丝要是想救你,也应该和我们联络了,可是到现在都还没有消息。"

她再次面露微笑。

"也许她根本没那么喜欢你,麦可。说不定是嫉妒你有其他女人,嫉妒你的宝贝凯特琳。"

他打了个哆嗦。

"你们对她怎么样了?"

"没怎样,亲爱的,没怎样。还没怎样。但是看起来莉丝宁可让你死,也不和我们配合。她要牺牲你,就像她牺牲其他无数人一样。"

布隆维斯特闭上眼睛,努力地将心思拽向他自己想说的事情,但满脑子总是只有痛楚。

"牺牲我的人是你们,"他说,"不是莉丝。"

"我们?不,不,我们给莉丝提了条件,她没接受,而这个条件我没理由反对,我很乐意让她尝尝失去亲近的人的滋味。以前的你对她来说不是很重要吗?"

她再次抚摸他的头发,这一瞬间他在卡米拉脸上看见了意想不到的东西。他看见了与莎兰德的相似处,或许不是外表,而是眼中一股无言的愤怒,他好不容易才结结巴巴地说出:

"那些……"

他拼尽全力忍受疼痛。

"什么,麦可?"

"……对她来说重要的人是她母亲……和潘格兰,她已经失去他们了。"话声方落,他便意识到自己想说什么了。

"你想说什么?"

"莉丝非常清楚失去亲近的人的感觉,可是你,卡米拉……"

"可是我?"

"……失去了更重要的东西。"

"什么东西?"

他咬着牙吐出了几个字。

"一部分的自己。"

"什么意思?"

她眼里闪着怒火。

"你同时失去了父母，母亲不想正视你的遭遇，而父亲……你爱的父亲……却利用了你，我相信……"

"说啊，你相信什么？"

他闭上双眼，顽强地努力集中精神。

"我相信你是家里最大的受害者。每个人都让你失望了。"

卡米拉一把抓住他的喉咙：

"莉丝在你脑袋里装了些什么？"

他几乎无法呼吸，不只是因为卡米拉的手，还因为火好像悄悄延烧过来，他可以肯定自己犯了错。本来想唤醒她内心的一点什么，不料却只是激怒了她。

"回答我！"她吼道。

"莉丝说……"

他大口喘气。

"说什么？"

"说她应该要知道札拉晚上为什么找你，可是她一心只顾着保护母亲，所以没想到……"

卡米拉松开手，踢了担架一脚，使得他的脚撞到火炉边。

"她是这么跟你说的？"

他脉搏跳得飞快。

"她当时没能明白。"

"放屁！她一直都知道，她明白得很。"卡米拉高喊道。

"冷静点，绮拉。"葛里诺夫说。

"休想，"她怒不可遏地说，"莉丝根本是在睁眼说瞎话。"

"她不知道。"麦可结巴着说。

"她这么说吗？你想知道我和札拉到底是怎么回事吗？想吗？札拉让我成了女人。他一直都是这么说的。"卡米拉显得迟疑，似乎在思索着该怎么说，"他让我成为真正的女人，就像我现在要让你成为真正的男人一样，麦可。"她说着往前倾身直视着他，假如一开始那双眼中只有愤怒与复仇，现在已经变了。

那里头有一丝脆弱的感觉,他想象他们之间有了某种联结,或许她从他无力自卫的状态中,感受到些许同病相怜。但也可能是他想错了。就在一转眼间,她已经转身走出去,用俄语大喝一声,听起来像是命令。

现在只留下布隆维斯特和那个他只知道名叫伊凡的男人,而他唯一能做的就是尽力忍耐,不要注视火焰。

二〇〇八年五月十三日

在雪雾中看见那些登山者时,克拉拉蓦然倒地,滚下山坡,滚离了尼玛·里塔,撞上一具躺在那里的躯体,是个男人。他死了吗?不,还活着,他在动。他看着她,摇摇头。他戴着氧气罩,看不清是谁,但他拍拍她的肩膀。

然后他取下氧气罩与太阳眼镜,当他的眼睛对着她笑,她也报以微笑,或者至少是努力报以微笑。但没持续多久,很快就听见头顶上有争吵声,她只听到一些片段。是关于约翰尼斯——他们真的说了约翰尼斯吗?——为尼玛做了那么多,以后也还会这么做。会盖房子,会照顾露娜。可是她听不懂。

她痛苦万分,只能这样无助地躺在雪地里,无法起身,她向上帝祷告,希望尼玛会再次帮她,好了,他过来了,朝着她弯下身,感觉好像整个世界向她伸出了手。她会平安的。她会回家,会再见到女儿。不料尼玛没有拉她起身。

他拉的是另一个男人,起先她倒不太担心,他们只是先扶他起来而已。她往上看见那个人趴伏到尼玛背上,一如她先前那样,于是她暗想另外那个人会来帮她,就是刚才对着尼玛大喊大叫的人。可是时间一分一秒过去,令人深深忧心的事发生了。他们脚步蹒跚地离她而去。他们该不会丢下她不管吧?

"不要,"她声嘶力竭地喊着,"别丢下我,求求你们!"

但他们真的走了，头也不回地走了，她眼睁睁看着他们的背影消失在风雪中，直到四下除了他们吱嘎作响的脚步声外再无其他，极度的恐惧才骤然袭上心头，她不停地尖叫，直到力气耗尽，最后只能默默啜泣，陷入她从来想象不到的绝望之中。

波达诺夫在一栋新盖的附属建筑内，而绮拉则坐在他对面的单人皮沙发上，紧张地啜饮着特地命人为她准备的高级勃艮地白葡萄酒。

波达诺夫的眼睛紧盯计算机。他必须时时留意一系列的监视影片，不只是呈现布隆维斯特痛苦挣扎的画面，还有监控周遭乡村地区的画面。

这里原是玻璃工厂，如今已废弃不用，以前专门制造高级花瓶与玻璃碗，几年前倒闭后被绮拉买下。此地十分偏僻，靠近森林的边缘，离任何住宅密集区都很远，尽管窗户又高又大，却看不透。波达诺夫做足了防备的功夫，丝毫不敢马虎。在这里应该很安全。但是不知怎的，他并不那么有信心，他的心思飘向了黄蜂与他所听到关于她的传闻。据说她入侵了美国国安局的内部网站，浏览了连总统都不能看的数据。她成功做到一般认为不可能的事，在他的世界里，她是个传奇，而绮拉……绮拉如何呢？

波达诺夫望向她的座位，美丽的绮拉将他带离贫民窟，让他变得富有。他对她应该只有满心感激才对，可是……他觉得体内好像突然多了一份重量……她让他感到厌倦。他已受够了她的威胁与拳头、她对复仇的渴切，因此也不知道为什么，他进入他新设的电子邮箱，停顿了数秒，感受到一股奇特的兴奋。

然后输入了 GPS 坐标。

既然他们追踪不到黄蜂，就让她来找他们。

莎兰德在埃谢什塔不远处，驶进 E4 公路的另一个休息区，抱着笔记本电脑坐在那里，忽然来了一辆车停在路边。是一辆黑色富豪 V90，她吓了一跳，随即伸手准备从外套底下拔枪。结果只是一对中年夫妇带着一个小男孩，因为男孩要尿尿才停车。

莎兰德又回头看屏幕。瘟疫刚刚发来的消息……嗯，不像是有所突破，一点也不像，但总之是个新方向，往东。

不出她所料，硫黄湖俱乐部的那个笨蛋彼得·柯威果然搞砸了，当天凌晨三点三十七分，在第耶普北边，洛克纳的工业路上一家加油站，被监视器拍到了。他一副惨兮兮的模样，又大又蠢笨又浮肿。从录像画面可以看到他脱下安全帽，拿起一只银色水瓶喝水，然后将剩下的水往头发和脸上倒，八成是宿醉太严重，想醒醒酒。

她回消息写道：

〈有没有追到更远的地方？〉

瘟疫回答：

〈在那之后，没了〉

〈有他手机的信号吗？〉

〈完全没有〉

那个酒精上脑的小丑角有可能去什么地方，也许往内陆走，深入诺兰，也可能往北朝海岸的方向。他们到底把布隆维斯特带到哪儿去了？真他妈的毫无头绪。她好想放声大叫，将谁痛打一顿，但她克制住了冲动，坐在那里寻思该不该和那些王八蛋联络，看能不能帮她理出点线索来。她进入他们给的电子邮箱，发现有新的东西：两行数字与字母，一开始看不出所以然。随后她看出了那是 GPS 坐标，地点位在乌普兰的一个小行政区摩根色拉。

摩根色拉。

这是什么意思？上一次，他们叫她去山拿斯塔外围的一个地方，路线指示得巨细靡遗。而这次，没有说明，一个字也没写，只有地点的参考位置，在……哪里呢？她更仔细地查了一下，在林区里的某处，四周全是荒野。她发现摩根色拉是个小小区，居民只有六十八人，位于第耶普东北边，地形主要是森林与平原。当地有一间教堂，这是当然，有一些老旧废墟，还有几个废弃的工厂遗址，那是二十世纪七八十年代，当地创业风气兴盛之际遗留下来的。她认为看起来很有可能，当她将坐标放进谷歌地图，发现一栋有着大玻璃窗的长方形砖造建筑，矗立在一片荒地中央，离森林不远。

在瑞典，差不多每栋建筑物都可能是罪犯藏身处，真要找就得找遍整个国家。为什么直指这一栋呢？又为什么要送坐标来给她？是诱饵？陷阱？

她再看一次地图，发现洛克纳——柯威停下来加油的地方——就在通往摩根色拉的岔路旁。

卡米拉的手下有人泄密吗？有可能吗？坦白说，命令硫黄湖俱乐部的人去对付布隆维斯特这样的人，不会令人心服的，因为风险恐怕太高，但为什么向她泄漏消息？他们想得到什么回报？

实在说不通。她写给瘟疫说：

〈摩根色拉可能是条线索〉

〈说来听听〉

她把 GPS 坐标寄给他，写道：

〈现在过去。你能不能在那附近制造一点混乱？〉

〈要捣蛋随时乐意奉陪。怎么做？〉

〈电力，发送几条手机消息〉

〈了解〉

〈保持联络〉

接着她骑上摩托车，全速冲向摩根色拉。不久，她留意到风力增强，天逐渐转阴，她紧紧握住摩托车的车把，手套内的手指都泛白了。

第三十二章

八月二十八日

葛里诺夫俯视着担架上的记者。好个斗士啊。他已经很久没见过有人能如此坚韧地承受这种痛楚。但现在这样没用，时间不断过去，他们不能再等了。这个记者非死不可，或许是白白地丧命，但已经无所谓了。葛里诺夫心想，无论如何，此时此刻的他正受到过去阴影的驱策，也可以说受到火焰本身的驱策。

当札拉千科的十二岁女儿往他车里丢汽油弹并眼睁睁看着他烧死的时候，葛里诺夫并未与众多情报局同仁一样额手称庆，反而是就此离开，暗暗发誓总有一天要去找那个女孩。不可否认，多年前当他听说自己最亲密的友人兼导师札拉千科变节、成了最恶劣的国家叛徒时，他确实备受打击。

但后来他才明白事情没有这么单纯，于是两个人再度取得联系，多少又重拾了往日的情谊。他们私下会面，交换情报，并一起创立了明星帮。在他心目中，没有人的分量比得上札拉千科，即便他自己的父亲也不例外。尽管知道札拉恶事做尽，葛里诺夫还是会永远怀念他。他的恶行不只是在职场上，还有其他方面，例如虐待自己的血亲，如今也正是这出悲剧的另一面将他带到这里来。

为了绮拉，他什么都愿意做。在她身上他看见了札拉和他自己，既是背叛者也是遭背叛者，既是受害者也是加害者。她与担架上的布隆维斯特谈过后，那副心烦意乱的模样，他从未见过。

葛里诺夫挺直了腰杆。现在已是下午，他觉得身子疲惫、眼睛刺痛，但已经走到这一步，只能继续走到底。他从来就不喜欢这种差事，不像绮拉或札拉。对他而言，只是执行任务罢了。

"我们就赶快了结吧，麦可。"他说，"你会熬过去的。"

布隆维斯特没有应声，只是咬紧牙关沉默以对。他躺着的担架上满是汗水,他的脚严重烧伤,还被划开深长的伤口,炉火始终熊熊燃烧,宛如面前有一头张着血盆大口的猛兽。葛里诺夫轻易便能设身处地想象布隆维斯特的处境。

他自己也受过酷刑,而且一度确信自己会被处决。无论对他还是对布隆维斯特来说,有一点稍稍值得安慰,那就是他相信再大的痛苦都有极限,也就是在身体封闭起来的那一刻。无尽的痛苦不会持续演化,尤其当希望尽失的时候。

"你准备好了吗?"他问道。

"我……已经……"记者开口道,但他显然已到达极限,说不出更多的话来。

葛里诺夫检查确认担架仍可顺利滑动,并揩去脸颊上的汗水。他瞥了一眼火炉金属框里自己的倒影,准备动手。

只要能为自己争取一点喘息的时间,布隆维斯特很想说点什么,可是他没有力气了,此刻回忆与思绪犹如浪潮般一波波涌来。他看见女儿站在面前,看见父母、莉丝与爱莉卡,这远远超过他能承受的程度,他感觉自己的背拱了起来,腿和臀部在发抖,他知道这下完了,自己会被活活烧死。他竭力转头望向葛里诺夫,但眼前一片模糊。

整个房间好像是一片迷雾,不知道是灯真的开始闪烁然后熄灭,还是他的幻觉。有一会儿,他觉得黑暗是他极度恐惧中的一部分。但紧接着他听见脚步声与说话声,看见葛里诺夫转头用瑞典话说:

"怎么搞的?"

有好几个激动的声音在回答。怎么了?布隆维斯特只知道室内突然发生骚动,似乎是停电了。灯光全暗,只剩下火炉还以同样的威胁强度在燃烧,只要轻轻一推,就能让他痛苦地死去。但这片喧闹想必意味着……一定是还有希望。他四下环顾,看见黑暗中有人影在晃动。

也许是警察来了,他试图思考,试图凌驾于疼痛之上。他能不能做点什么,让他们更惊慌?告诉他们说他们被包围了?不行,这样一来，他们恐怕会更快地把他推进火炉。他喉咙紧束，几乎难以呼吸。这时，他低头看着绑住自己双腿的皮带，火炉的热度已将它烘焦，嵌进了他的皮肤，原本阵阵抽痛的小腿顿时感到一阵剧烈刺痛。他的腿上已无完肤，可是……也许能用力挣开？应该会痛不欲生，但现在没有时间多想了。他闭上眼睛，百般艰难地喊道：

"完蛋了，天花板要掉下来了！"

葛里诺夫抬头去看，布隆维斯特立刻深吸一口气，将双腿扯离皮带，同时发出惊天一吼。他想都没想就把下半身晃过去，踢了那人的肚子一脚，接下来所有事物都变得歪斜模糊，在昏厥之前，他最后只记得听见许多声音高喊：

"我们得杀了他。"

二〇〇八年五月十四日

翌日，下山前往基地营的途中他全想起来了，那些字句穿过狂风暴雪，听起来是那么微弱，那是他们最后听到克拉拉的声音，她在绝望地呐喊：

"别丢下我，求求你们！"

他实在无力承受，当时他就知道，下半辈子这句话都会盘旋在他心中。但除此之外，他活下来了，这是多么令人兴奋的事啊。他再一次向天祷告，希望能一路平安下山，再次投入丽贝卡怀中。他深受良心的谴责，却也想活命，而且也心怀感激，不仅是对尼玛，也对林德伯格。要不是他，他已经死在山上了。然而，他仍然无法正视林德伯格，便将注意力转移到尼玛身上。结果发现自己不是唯一一个，大家都很担心他。

尼玛完全不成人样。有人说要用直升机送他就医，但他拒绝接受任何帮助，特别是林德伯格与福塞尔的帮助。他是颗不定时炸弹，这点无可否认。他一旦恢复了体力，会说出什么话来呢？福塞尔十分忧心，林德伯格似乎更加忧心，于是气氛越来越凝重。最后福塞尔决定不管了，只能让一切顺其自然。当他们走向山下安全的基地营、他的体力越来越虚弱之际，冷漠取代了求生的意志，即使最后终于能拥抱丽贝卡，却没有他梦寐以求的感觉。没有安全感，没有攻顶成功的成就感，没有对她的渴望……只有一颗沉重的心。

他几乎不吃不喝，只是睡觉，整整睡了十四个钟头，醒来后闷不吭声。感觉就好像整个令人眩晕的山景被灰蒙住了，他到处都找不到慰藉，就连丽贝卡的笑容也无济于事。好像一切都死了。他满脑子只有一个念头：必须把真相说出来。可是他一拖再拖，不只是因为林德伯格的苦恼模样，还因为营地里有传言说尼玛·里塔的登山生涯结束了，他会不会成为压垮尼玛的最后一根稻草？他会不会就此披露，那个在各方面都堪称山中英雄的人，竟然为了救他福塞尔一命，而将一名女子弃置在风雪中等死？

这简直无法想象。但从基地营下山途中，若不是林德伯格来找他谈，事情很可能就会这么发展。当时已经快到南崎巴札，离一道峡谷不远，谷地里有一条潺潺溪水流过。他独自走着，丽贝卡在前面照顾夏洛特·李希特，她很担心自己冻伤的脚趾。这时林德伯格伸手揽着福塞尔的肩膀说：

"这件事一个字也不能说，永远不能说，你明白吧？"

"对不起，斯万特，我非说不可，否则我自己会受不了。"

"我明白，朋友，我当然明白。但现在情况有点为难。"他接着用无比体贴的语气告诉他，说俄国人掌握了哪些情报资讯，福塞尔听完后，回答说那他还是再等等看。

也许他甚至把这个当成逃避的方法，当他内心的声音告诉自己，他有义务说出真相之际，这成了一条出路。

地理环境并不明确。莎兰德认为已确认是哪栋建筑物，便决定避开通常人们会走的道路。她先沿着林间小径滑行前进，此时则站在摩托车旁，躲在一棵高大枞树后面的蓝莓树丛中，隔着一片荒地注视那栋建筑。

一开始并未侦测到任何生命的迹象,因此自以为这一切都只是烟幕,目的是为了摆脱她的追踪。那栋砖石建筑很长,像马厩一样,处处显出年久失修。巨大的窗户好像十来年没有擦过了,屋顶需要修补,矮墙上的漆已剥落,从她站的地方也看不见一辆汽车或摩托车。但忽然间,她注意到烟囱在冒烟,便给瘟疫下达开始行动的指令。

没多久,有人往建筑物的门外探看,是个穿深色衣服的长发男子。她只匆匆瞄到一眼,却已留意到他扫视四周环境时神色紧张,这样就够了。

她设置了她的 IMSI 捕捉器与手机基站台,片刻过后,又有一个人往外看,也显得忧心忡忡。一定是他们,她现在可以肯定了。很可能还有其他一些人,如果布隆维斯特真的在里面,就肯定还有人,于是她拍下建筑物的照片,并将 GPS 坐标一并以加密方式传给督察长包柏蓝斯基,希望警察能尽快抵达。接着,她朝房子走去。

虽然风大天黑,还是很冒险,因为地域空旷,无处藏身。但是建筑物侧边的高窗一路开到地面,她想借由窗子往内看。她蹲伏着往前移动,枪拿在手上,不料窗子涂了色,什么也看不见。她感觉到危险,开始后退,实在靠得太近了。她蓦地转身,查看电话,捕捉器拦截到一条短信:

〈我们得赶快了结他,离开这里〉

事后回想起来,很难说得清究竟发生了什么事。莎兰德觉得自己似乎迟疑了一下,就像在特维尔大道那样。然而,同一时间在监视器上发现她的康尼·安德森,却觉得像是看见一个坚决果断的身影冲向森林。

波达诺夫也在屏幕上发现她了,但与安德森不同的是,他没有发出警告,只是不情愿却又无法自制地看着她消失在树林里,几秒钟后不见人影。紧接着传来引擎加速的声音，他在屏幕上看到了：她骑着摩托车高速直冲而来。摩托车弹跳着疾驰而过空旷野地，他猜想这将会是他最后一次见到她。

他听见枪响与玻璃碎裂的声音，摩托车在平地上突然转向。不过波达诺夫并未等着看结局。他抓起身旁桌上的车钥匙快步跑出，感觉到一股难以压抑的冲动，终于要解脱了，他急着逃离一个不可能圆满的下场，不管是对他们还是对黄蜂来说。

布隆维斯特睁开眼，看见正前方有一个模糊的男人身影，是一个身形臃肿、没刮胡子、四十来岁的长发男子，脸形方正，眼中布满血丝。那人的手在发抖，握在手里的枪也在抖，两眼则是紧张地看着还在费力喘气的葛里诺夫。

"要开枪吗？"那人喊着问。

"开枪，"葛里诺夫说，"我们得离开这里了。"布隆维斯特一听，开始疯狂乱踢，好像能用受伤的脚挡子弹似的。就在他看见那人眯起眼睛，前臂的肌肉绷紧，而他也正好大叫"不要，拜托了，不要啊"时，忽然听见车辆高速接近的轰隆声。那人随即转过身去。

四下里枪声大作，可能是机关枪，无法判别。唯一能确定的是那辆车直接朝着他们而来。哗啦一声，碎玻璃片纷纷落下，撒满工厂地面。只见一辆摩托车轰隆隆冲过一面窗，上面坐着一个瘦小的人，一身黑衣。她直接撞上其中一个站在那里的人，自己也跟着弹飞出去，撞到墙壁。

枪声持续不断，那个一身松垮肥肉的方脸男子，此时手枪不是瞄准他，而是瞄准刚刚摔落摩托车的人。但她已经起身移开。狂乱仓促的脚步声向他奔来，布隆维斯特看见葛里诺夫的脸变得僵硬，不知是因为害怕还是专注。他又听见更多枪声与叫喊声，最后终于承受不住疼痛欲呕的感觉，再次失去了意识。

林达斯、科瓦斯基与福塞尔夫妻暂时中断工作，吃了一顿外送的印度餐。此时，大伙坐在客厅里，林达斯正努力地让自己恢复冷静，整理思绪。她急着想进一步了解，当登山队员们从基地营跋涉下山时，林德伯格对福塞尔说的话究竟是什么意思。

"我以为他是一心为我着想。"福塞尔说，"他跟我说他担心若是说出实情，我们会受到其他指控，而当时的情况已经是一触即发。"

"那是什么意思？"

"他们显然知道我们的身份。他们会怀疑葛兰金的死和我们出现在山上是否有所关联。斯万特继续用同样友善的口吻说：'他们想逮到你已不是一天两天的事了，我相信你也知道。'这是事实，我的确知道，他们把我视为让他们头痛的危险人物。接着，他又再次用那种体谅人的该死口气提醒我，说他们手上很可能握有我的黑资料。"

"黑资料？"

"有损名声的资料。"

"他指的是什么？"

"和一位姓安东森的部长有关的意外事件。"

"商业部长？"

"对。当时，二〇〇〇年初，史坦·安东森刚刚离婚，情绪有点低落，爱上了一个名叫伊莉莎的年轻女子。那个可怜人简直乐不可支。没想到在一次造访圣彼得堡的行程中——我当时也在那里——他们俩在饭店房间喝了一堆香槟，正玩得不亦乐乎的时候，伊莉莎忽然打探起敏感的信息。我想他就在那时候恍然大悟，原来不是真爱，只是个老套的美人计，于是他彻底失控，开始大声叫嚣，他的警卫连忙进入房间，整个场面闹得不可开交。不知是谁想出的馊主意，要我去质问那个女人，所以就把我叫进房间。"

"后来呢？"

"我尽快赶去了，第一眼看见的就是伊莉莎穿着蕾丝短裤、吊带袜之类的。她陷入歇斯底里的状态，我试图安抚她，她忽然开始大叫说要钱，不然就要告安东森伤害。我一时措手不及，因为身上刚好有一沓钞票，就给了她。处理得不是很漂亮，但我当下只能想出这个办法。"

"你担心可能有照片?"

"是的,而林德伯格提醒我这件事,让一切又更加复杂。我想到小丽,想到我有多爱她,我很怕她以为我是什么无耻之徒。"

"所以你就继续默不作声?"

"我下定决心要等待时机,后来看到尼玛也不提,我就把它放到一边去了。何况后来也开始出现其他问题。"

"什么样的问题?"

科瓦斯基回答说:

"有人告密,说约翰尼斯试图招纳葛兰金。"

"怎么会呢?"

"我们认为是史丹·英格曼。"科瓦斯基说,"那年夏秋时分,我们接到可靠的报告,指称他也是明星帮的一员。我们怀疑英格曼在登山队安插了眼线,所以知道约翰尼斯和葛兰金之间的情谊。我们甚至以为是尼玛·里塔。"

"结果不是?"

"不是,但情报总局肯定通过某些管道得到了消息,即使我们认为他们并无确切情报讯息。无论如何……他们向瑞典政府提出正式控诉,声称由于约翰尼斯施压,使得葛兰金在珠穆朗玛峰山上的压力更加沉重,因而丧命。如你所知,约翰尼斯就被驱逐出境了。"

"原来是这个原因吗?"林达斯说。

"一部分。事实上,那个时期有很多外交官被驱逐出境,但没错,这是部分原因,对我们所有人来说都是一大损失。"

"但我不觉得,"福塞尔说,"对我而言,那是一个新的、更好的开始。我退役了,感觉无比轻松。接着恋爱结婚,接手父亲的事业,忙于拓展业务,然后有了小孩。我觉得人生又再次变得美好。"

"那很危险。"科瓦斯基说。

"你别这么犬儒。"丽贝卡说。

"但这是事实。人一旦幸福就会松懈。"

"我变得粗心,没能理智地判断情势。"福塞尔说,"在我眼中,林德伯格依然是值得信任的朋友与支持我的人。我甚至任命他担任副部长。"

"你现在认为那是个错误?"林达斯问。

"委婉一点来说,几乎就在他上任后,事情马上就一件接着一件来了。"

"你受到了不实消息的抹黑。"

"那也是,但最主要是雅内找上了我。"

"他想做什么?"

"我想谈谈尼玛·里塔。"科瓦斯基说。

"请解释一下。"

"当然。"福塞尔说,"你知道的,我很长一段时间都和尼玛保持联系。我拿钱接济他,替他在坤布盖了房子,可是到头来,不管我做了什么,都没有差别。自从露娜死后,他整个人生都崩溃了,人病得非常厉害。我设法和他通过几次电话,却实在听不懂。他只是絮絮叨叨地说着。他脑袋里一团乱,后来谁都懒得再听他说话。大家都认为他无害,连林德伯格也不例外。没想到到了二〇一七年秋天,事情起了变化。有一位《大西洋》月刊的记者莉莉安·亨德森,在写一本关于珠峰事件的书,计划要在来年出版,纪念那起山难事件的十周年。莉莉安对许多细节知之甚详,她不仅知道葛兰金与克拉拉之间的恋情,也知道史丹·英格曼与明星帮的关系,甚至调查过有关英格曼想让妻子与葛兰金死在山上的谣传。"

"我的天。"

"可不是。而且她在纽约和史丹进行了一场言辞犀利的访谈。史丹当然否认所有的指控,莉莉安也不一定拿得出证据来证明自己的发现。尽管如此,史丹想必心知肚明,他麻烦大了。"

"结果呢?"林达斯问。

"莉莉安犯了个错误,她不该提起自己要去尼泊尔找尼玛·里塔谈。我说过,在正常情况下,尼玛完全无害,可是面对一个调查记者，恐怕就不是那么回事了。因为记者具有足够的背景知识，能分清哪些是事实，哪些是疯言疯语。"

"什么事实？"

"最令莉莉安感兴趣的事。"科瓦斯基说。

"什么意思？"

"我们在加德满都大使馆的人看到了尼玛贴在墙上的大字报。其中有个信息是英格曼要求尼玛在山上杀死曼萨希，不过尼玛好像把英格曼的 Engelman 拼成 Angelman，外人看起来会以为下令的是天堂的黑暗天使。"

"你们认为那是真的？"林达斯问道。

"是的。"科瓦斯基接着说道，"我们认为英格曼考虑利用尼玛已经有一段时间。"

"真有可能吗？"

"别忘了，当英格曼得知克拉拉和葛兰金一起计划要对付他，他应该是别无他法了。"

"尼玛有什么反应？关于这点有人知道吗？"

"你应该想象得到，他深受打击。"福塞尔说，"他所做的一切，他的整个职业生涯，都是为了帮助人，而不是取人性命，因此他不肯听。但事后他发现，克拉拉的死终究与他脱不了干系，心里始终过不去。你光是想象就能知道，他饱受愧疚与妄想的蹂躏，当二〇一七年秋天雅内来找我的时候，尼玛迫不及待地想在加德满都坦承他的罪行。他想昭告全世界。"

"看起来的确如此，"科瓦斯基说，"我告诉约翰尼斯，倘若尼玛和莉莉安·亨德森会面，将会使他陷入危险。英格曼与明星帮恐怕会想除掉他，约翰尼斯立刻就说我们有责任照顾他、保护他。"

"你们真的做了？"

"对。"

"怎么做的？"

"我们告知了军安局的科拉斯·贝尔，然后用英国外交专机把他接过来,让他住进欧斯塔湾的南翼,只可惜……"

"怎么了?"林达斯问。

"他没有受到太好的照护,而我……"约翰尼斯欲言又止。

"而你?"

"我本来打算经常去探望他,结果没有做到。不只是因为忙……看到他那个样子实在太难受了。"

"所以你就继续过你的幸福生活?"

"可以这么说吧,但也没有持续太久。"

第三十三章

八月二十八日

摩托车冲破窗子时,莎兰德低下了头,当再次抬头,看见一个穿皮背心的男人用手枪瞄准她,便骑着车向他直冲过去。由于冲击力道太过猛烈,她从车上摔落,身体撞到墙壁后重重跌下,刚好落在一根铁梁上,疼痛难当。她迅速站了起来,跳到一根金属柱后面,同时将建筑的细节、在场人数与武器、距离、障碍物,以及较远处她在影片上看到的火炉,尽数收入眼底。

有个穿白色西装的男人就站在布隆维斯特旁边,拿着手帕在擦脸,她一回神,发现自己已经在一股无法遏制的内在力量驱使下,朝着他们飞奔过去。一颗子弹擦过她的安全帽,其余的则在她四周嗖嗖地飞射,她开枪回击,火炉旁有一个人中弹倒地,这样已经不错了。不过她其实并没有计划。

她只是不顾一切地往前冲,看见那个穿白西装的已经抓住担架,准备把布隆维斯特推入火中。她又开一枪,但射偏了,于是她直接扑向那人,和他一起摔倒在地。接下来就不知道到底发生了什么事。

她只知道她赏了对方一记头槌,撞断他的鼻子,然后站起来,很快地跑向另一个模糊身影。她摸索着想要解开布隆维斯特一只手臂上的皮带,这是不该犯的错,但她觉得有此必要。他躺的担架放在某种滑轮台车上,只要一推就能把他送进火炉,虽然只花了几秒钟解开带扣,却已让她分神。

她感觉背后挨了一拳,手臂也中枪,人瞬间往前扑倒,没能闪开攻击,手中的枪被人一脚踢飞。惨了。她还没来得及起身,已被团团围住,心想他们一定会马上开枪。不料众人显得困惑又紧张,也许是在等候命令。

她毕竟是他们一直在追踪的人,于是她往四周扫视一圈,寻找逃跑管道。他们倒了两个人，一个受伤了但还能站，这表示她得以一敌三，而布隆维斯特是帮不了忙的。他看似神情恍惚，两条腿也……

她转过头，再次面对那群恶徒。有她硫黄湖俱乐部的老朋友尤马和柯里尔，还有彼得·柯威，受伤的人就是他，是最弱的一环，而柯里尔的状态也不太好。刚才骑车撞到的人是他吗？

稍远处有一扇蓝色的门通往一栋附属建筑。那里头还有更多人，她暗想，并听到被她赏头槌的人在背后呻吟。那人一定就是葛里诺夫，他也没有失去行动力。此时她的手臂血流如注，情势越来越明显，她命不久矣。只要一个不小心，枪火就会朝她齐发。但她不肯放弃，大脑飞快地运转着。在这个地方有什么样的电器？监视摄影机，这是当然，还有计算机和网络链接，也许还有警报器。可是不行……现在这些她都无法取用，何况也没电。

为今之计只能拖延时间，她又看了看布隆维斯特。她需要他，所有能得到的援助她都需要，而且现在必须正向思考。尽管只是暂时，至少她救了布隆维斯特。其他一切则都一塌糊涂。自从她在特维尔大道的猎杀现场稍稍迟疑了那么一下，接踵而来的就只有麻烦与痛苦，以致即便脑子忙着寻找解决之道，她仍不忘痛骂自己。

她细细观察那些人的肢体语言，审度着自己与那个窗洞、与她的摩托车、与躺在地上一根吹制玻璃用的铁条之间的距离。她一一斟酌各种行动计划，又一一否决。她就像相机一样拍下了这栋建筑的所有细节，同时聆听着种种动静与突出的声响，但又有一种奇怪的预感。不一会儿，蓝色的门倏然打开，一个再熟悉不过的身影朝她走来，脚步声带着胜利，却也带着绝望。空气中弥漫着紧张与严肃，只听见她身后一个疲弱的声音用俄语说：

"不会吧，绮拉，你还在这里？"

二〇一七年九月三十日，加德满都

尼玛·里塔蹲在离巴格马提河（火化死者之处）不远的一条僻巷

内,穿着羽绒大衣,汗流浃背。这件外套就是他在卓奥友峰缝隙里见到露娜最后一面时穿的那件。他仍可清晰地看见她就在眼前:俯趴在地上,两手张得开开的,像在飞翔,从生者世界的另一边呼喊着:

"求求你,求求你你别丢下我!"

她的呼喊声就和曼萨希一样,听起来那么绝望,一想到就令人难以承受。尼玛·里塔喝下啤酒,倒不是酒精能让呼喊声消失(没有一样东西做得到),但它确实能让声音转弱,世界会用较轻柔的声音鸣响。他低头一看,还剩三瓶,很好。他会把酒喝完,然后回医院去见莉莉安·亨德森,她千里迢迢从美国来见他,的确是一件大事,恐怕也是许久以来唯一让他燃起希望的事,只不过他当然也担心到最后她也会背他而去。

他受到了诅咒。现在谁都不听他说话,他的话语就这么飞旋开来,犹如河畔随风而逝的灰烬。他仿佛是种病,或是仿佛染上了病似的,人人唯恐避之不及。但他向山上众神祈祷,希望像莉莉安这样的人能够理解,他也非常清楚自己要告诉她什么。他要说他错了,曼萨希不是坏人,真正的坏人是那些污蔑她的人,是英格曼萨希和林德伯格萨希,是那些想要她死的人,那些欺骗他、在他耳边说一些可怕的悄悄话的人。邪恶的是他们,不是她,这就是他想说的——但他做得到吗?他病了,他自己知道。

所有的事情都混在一起了。他觉得被自己丢在雪中等死的不只是曼萨希,还有他的露娜,因此他必须像怀念与爱露娜一样地怀念与爱曼萨希,日复一日,这使得他的不快乐增加了一倍、增加了百倍。但他会坚强起来,努力分辨各种声音,不要让它们全混淆在一起而吓着了莉莉安,就像他吓跑其他人一样。于是他闭起眼睛,快速而有条不紊地喝下啤酒。四周围弥漫着香料与汗水的气味,人潮涌动,但他忽然听到脚步声靠得很近,抬头一看,是两个男人,一老一少。他们用英国腔的英语说:

"我们是来帮你的。"

"必须告诉莉莉安曼萨希。"他说。

"你会有机会开口的。"他们说。

他也不太清楚接下来是怎么回事，一回神，已经坐在车上前往机场，而且始终没能见到莉莉安·亨德森。没有人知道究竟发生了什么事，而不管他几度向众神祈求原谅都没有用，他失败了。

他将万劫不复。

凯特琳·林达斯将身子往前倾，直视福塞尔的眼睛。

"如果尼玛想向记者披露，为什么不让他这么做？"

"我们断定他的状况太差。"

"你说他受到很差的照顾，说他大部分时间都被关着。为什么没有人帮他厘清他的说辞？"

福塞尔低下头，双唇紧张地嚅动着。

"因为……"

"……因为你其实也不希望他开口。"她插嘴道，语气之严厉连她自己也没想到，"你不希望有任何事情破坏自己的幸福，对吧？"

"拜托，"科瓦斯基说，"你就饶了他吧。在这件事里头，坏蛋不是约翰尼斯，而且我们都知道，他也没过多少快乐日子。"

"你说得对，抱歉。"她说，"请继续。"

"你不用道歉。"福塞尔说，"我的行为确实可悲。我把尼玛抛到九霄云外去了，只顾着忙自己的生活和工作。"

"你是说那一波仇恨海啸？"

"那对我的影响倒是不大，我以平常心看待，反正就是虚张声势的假新闻。不，真正的灾难是在几星期后才到来。"

"怎么了？"

"我当时在部长办公室，几天前就知道尼玛·里塔从南翼失踪了，因此林德伯格进来的时候，我正忧心忡忡地想着这件事。很显然是出问题了。你要知道，我从未告诉他我们把尼玛接到这里来，只字未提。那是雅内和他手下的人下的命令。可是那时候的我按捺不住，明知道他的控制欲有多强，一旦到了紧要关头却还是想依赖他。那是我从珠穆朗玛峰带回来的习惯,于是我对他全盘托出。不假思索地就全说了。"

"他有什么反应?"

"冷静、沉着。他当然会惊讶,但并未流露出丝毫的惊慌神色。他只是点点头就离开了,我心想一切都会圆满解决的。那个时候我已经联络了科拉斯·贝尔,他也承诺会找到尼玛,并将他送回医院。结果什么动静也没有,直到八月十六日星期天林德伯格才来电。他在车上,就在我们斯德松住家外面,说要和我谈谈,还叫我别带手机,因此我猜想是敏感的事。他在车上把音乐开得很大声。"

"他说了什么?"

"说找到尼玛·里塔了,发现他在张贴大字报,叙述珠穆朗玛峰上发生的事。说他一直企图联系记者。'我们现在处境这么危险,可不能让那类消息泄漏出去。'林德伯格这么说。"

"你怎么回答?"

"我真的不知道。我只记得他说他已经处理好了,要我不用再担心。我大发雷霆,叫他一五一十地告诉我他做了什么,结果他心平气和地回答说:'我很乐意说出来,但这么一来你也脱不了干系,我们就是同一艘船上的人了。'我对着他大吼:'这我不管,我要知道你在打什么算盘。'然后那个混蛋就把来龙去脉全告诉我了。"

"他跟你说了什么?"

"他在北铁广场找到尼玛·里塔,给了他一瓶动过手脚的酒,尼玛并没有认出他,然后隔天尼玛就会在睡梦中平静地死去。这是他说的话,'在睡梦中平静地死去',接着还说任谁都会以为他是自然死亡或吸毒过量。他说:'那家伙的样子真是惨不忍睹,惨不忍睹。'我听了以后,真的气疯了。我说我会举报他,让他吃一辈子牢饭。但他只是若无其事地看着我,那一刻我全明白了。我就像被闪电击中,顿时看得清清楚楚:他是谁、他会做出什么样的事来。许许多多的事历历在目,我几乎不知该从何说起。但我记得我想起了珠穆朗玛峰上的蓝莓汤。"

"蓝莓汤？"林达斯口气中透着诧异。

"林德伯格在达拉纳省找到一个赞助商，是制造一种特别营养的蓝莓汤的公司，你想必也知道这是非常瑞典的东西。可是在珠峰上，他非常热情地推荐这种汤，所以队上每个人都会喝，那天我们坐在车上时，我想起了我们从第四营要出发攻顶之前，他把一瓶瓶的蓝莓汤发给大家。那是夏尔巴人扛上山的。我记得他给了葛兰金和克拉拉一人一瓶，我又想到他们后来变得昏沉无力，于是我明白了……"

"他先在瓶子里动了手脚。"

"这个我无法证明，他当然也没承认。但我明白事情就是这样，他在他们的饮料里加了东西，让他们变得虚弱，说不定也加了安眠药。他肯定是和英格曼说好的，他们俩联手保护自己和明星帮。"

"可是你不敢举发他们？"

"对，而这是真正让我崩溃的原因。"

"林德伯格握有你什么把柄吗？"

"首先，他有我拿钱给安东森的情妇的照片，这已经够糟了，但当然不止如此，还有各式各样的报告说我嫖妓、对女性施暴。他声称有一大堆关于我的档案，荒谬到我只能呆坐在那里，气都喘不过来。小丽也知道，我从不曾像他说的那样动过其他女人一根毫毛。但是他脸上写得一清二楚，我却好像第一次看见似的。"

"什么？"

"他根本不在乎那一切都是捏造的，我们的友谊也不重要，只要对他有利，他就会毁掉我。我永远忘不了他甚至还威胁我，如果我存心和他作对，他会以谋杀尼玛·里塔的罪名把我抓起来。老实说，我吓坏了。小丽，我看得出来我们面对的是一场灾难，我应付不来。结果我什么也没做，反而请了一星期的假，跑到山登去，剩下的事你都知道了。我承受不了，就跳进海里了。"

"真是个卑鄙无耻的小人。"林达斯说。

"太恶劣了。"丽贝卡说。

"那么林德伯格提到的档案，是真的存在还是他吹牛的？"

"很不幸,是真的存在。"科瓦斯基的声音变得更加沉重,"不过这最好还是由你来说,约翰尼斯,必要的话我再补充。"

长大以后殷殷期盼的目标就要实现,绮拉原打算好好享受,可是她却觉得……什么呢? 老实说,主要是觉得泄气。不只是因为事情即将就此结束,她不能再抱有幻想,还因为这番胜利不如她想象中的辉煌,那匆忙与忧虑的氛围,让这个重大的时刻黯然失色。而最重要的,还是因为莎兰德本身。

莎兰德完全没有露出她所希望的神色,既没有深受打击,也没有惧怕。她趴在地上,手臂的血流个不停,整个人又脏又瘦,言语无法形容。但不知为何,她仍然像一头随时可能一跃而起的虎豹。她用手肘撑起身子,仿佛准备展开进攻,那双黑色眼眸看穿了所有人,望向出口大门,光是那个眼神,那种被视而不见的感觉,就让绮拉勃然大怒。她想扯开嗓门大喊:看着我,姐姐,看着我。但她绝不能示弱。

"我们终于抓到你了。"她说。

莎兰德沉默不语,只是四下环视,看了看布隆维斯特和他严重烧伤的腿,还有更远处的火炉。她似乎想在亮闪闪的金属中寻找自己的倒影,绮拉见状,稍稍为之一振。也许莉丝终究还是有点害怕。

"你会被火烧死,就跟札拉一样。"她说道,而姐姐也终于有了反应。

"难道你觉得,这样之后会感觉好过些吗?"

"这你应该知道。"

"不会。"

"我会。"

"你知道什么事让我后悔吗,卡米拉?"

"我才不在乎。"

"我后悔当时没有看清。"

"狗屁。"

"我后悔没有和你一起对付他。"

"绝对不会……"绮拉没把话说完,若非不知道该说什么,就是知道自己不管说什么都不对。于是她转而大声嚷嚷:

"射她的腿,把她带到火炉边去。"说完后,她内心确实感到一阵兴奋和悸动。

那些笨蛋果真开了枪,但想必还是在迟疑之余晚了一秒钟,使得莎兰德趁机翻滚过去,布隆维斯特也忽然站立起来,天晓得他是怎么办到的。绮拉看见姐姐抓起地上一根生锈的铁条,连忙往后退。

此刻所有人的注意力都放在莎兰德身上,布隆维斯特才得以让双手挣脱皮带,试着站起身来。他的腿几乎是无法支撑,但多亏肾上腺素的激发,才使他能够站直身子,并从附近的桌上拿起一把刀。

几米之外,莎兰德抓着一根铁条滚过地板,安全地滚到她的摩托车旁。只见她冷不防猛力一拽,将摩托车拉直起来,用车身挡了几秒钟子弹。然后跳上车启动引擎,从窗口骑了出去,消失在荒野的另一端。由于太出乎众人的意料,大家甚至都停止了射击。她逃跑了吗?

简直不可思议。可是引擎声确实越来越微弱,终至逐渐消失。布隆维斯特自觉好像被一阵冷风扫过。

他凝视烧着火的炉子,再低头看自己重伤的双腿,不禁觉得手上的刀卑微得可怜,有如死战中的一根木棍。突然间一阵剧痛难忍,他瘫倒在地。

一切戛然而止。空气中悬浮着令人不敢置信的气息,有粗重的呼吸声与嘟嘟嚷嚷的抱怨声,有凌迟他的葛里诺夫起身的声音。他的鼻梁断裂,鼻子满是鲜血,白西装上到处沾着血渍与灰烬,嘴里则喃喃地说应该要马上离开。卡米拉与他四目相接,脑袋不明确地动了一下,可能是点头或摇头,也可能什么都不是。她似乎和其他人一样呆住了。她低声咒骂,朝着地上一个受伤的人踢了一脚。远处有个人在大叫,好像说波达诺夫怎么样了。

就在此刻,布隆维斯特听到新的声音,是车子加速朝建筑物急驰而来的引擎声。一定是莎兰德。她在做什么?她再次冲着他们来,但这次没有那么快,而且不是对着先前被她冲破的那个窗洞。她是对准了他和火炉,那群歹徒又开始开枪,不顾一切地疯狂扫射,可是引擎声继续靠近,紧接着摩托车轰然一声冲过他正前方的窗户。

莎兰德再一次在碎玻璃纷飞中登场,玻璃碎片如瀑布般落在地上,打到葛里诺夫的头和肩膀,他就像看到鬼一样惊跳起来。原因不难理解。因为莎兰德一脸惨白,仿佛完全丧失心智,而且这次她没有握住摩托车手把,而是挥舞着铁棍,先将一人手上的枪打落,随后撞上担架摔在布隆维斯特身上,直接撞向墙壁。不过一眨眼间她已重新站起,并抓起在地板上滑行的手枪开始射击。

四下里顿时火光四射,布隆维斯特已弄不清到底是怎么回事。他只听到枪声与喊叫声、脚步声与喘息声、呻吟声与身躯倒下的声音。当噪声终于停歇,至少是一度停歇,他决定要采取行动,要做点什么……什么都好。

他发觉手上还握着刀子,便试着爬起来,但实在痛到无法忍受,只得深吸一口气,再试一遍,这次终于成功。他恍恍惚惚地左顾右盼,发现此时只剩三个人还站着:莎兰德、葛里诺夫和卡米拉。

只有莎兰德有武器。局势骤变,她占了上风,如今也该收工了。然而奇怪的是她保持镇定,仿佛被冻住了似的,没有任何行动。连眼睛也是一动不动,几乎眨都不眨。事情不太对劲。布隆维斯特感觉恐惧袭将上来,有如胸口被刺了一刀,现在他也看见了:莎兰德的手在发抖。

她下不了手,而葛里诺夫和卡米拉则壮起胆子往前走,分别从不同方向靠近,葛里诺夫流着血,满脸震惊,卡米拉愤怒得全身颤抖。卡米拉瞪着莎兰德看了几秒钟,眼中充满恨意与近似疯狂的神色。忽然间,她好像想被射中一样,直直奔向姐姐。但莎兰德没有对她开枪,这次还是没有。

她反而往后跌倒,砰的一声,头撞到火炉附近的砖块。葛里诺夫跑上前去,抓住她,有一个倒在较远处的人笨拙地爬了起来。这回,他们似乎又完蛋了。

第三十四章
八月二十八日

"那时候的我越来越绝望，"福塞尔说，"而且不只是害怕，心里也瞧不起自己。林德伯格不仅仅是威胁我，还把我对自己的观感都扭曲了。他所提出的对我的指控，一点一滴渗入我的血脉，我开始觉得自己不配活在人世。我说过，前不久媒体上对我有许多仇视言论，我一向都不怎么在意，但是在车上与林德伯格谈过后，所有网民说过的话好像都变成真的，好像那的确是我的一部分，我再也应付不了了。我就那样躺在山登家的床上，像瘫痪了似的。"

"可是我听到你对着电话大声咆哮，"丽贝卡说，"看起来你还是准备要作战。"

"没错，我的确想奋战。我打电话到这里找雅内，把事情告诉他，而且我常常是电话已经拿在手上，眼看就要拨给总理和警察总长，我已经准备要采取某种行动。至少我想要这么相信。林德伯格看我请假一定很担心，就跑到山登找我。现在回想起来，我怀疑他那么做会不会只是为了监视我。"

"为什么这么说？"林达斯问。

"因为有一天早上，小丽出去买东西，他忽然毫无预兆地出现，我们站在海滩上说话。他就在那时候把档案拿给我看。全是假的，但能搜集得那么齐全还真叫人毛骨悚然，有被打到全身瘀青的女人的照片和证词、向警方的报案记录和相关的证据，还有一些证明书看起来就像真实的科学或技术证明。所有的文件应有尽有，明显是专业人士的杰作，我立刻领悟到这其中牵连之广、耗时之久，很可能造成无法弥补的伤害。记得我后来走回屋内，四下张望，那里的每样物品——每把菜刀、楼上的窗子、墙上的插座——都成了可以用来伤害自己的东西。在那一刻，我只想一死了之。"

"我觉得不尽然,约翰尼斯。"科瓦斯基说,"你还残留着一点战斗力。因为你又打电话来,把一切都告诉我了。"

"这倒是真的。"

"而且你提供了足够的情报资讯,让我们能确认早在二〇〇〇年代初期,林德伯格就被明星帮收买了。我们不仅发现他贪腐堕落到极点,也终于明白究竟发生了什么事。"

"他给葛兰金和克拉拉下药了吗?"

"我们非常清楚他从头到尾的动机是什么。就跟史丹·英格曼一样,他非常担心克拉拉和葛兰金会揭发些什么。我们并不认为葛兰金知道林德伯格在那个集团里的角色,但那不是太重要。你一旦被吸收进那样的组织,就得听命行事。那时候,明星帮有充分的理由除掉葛兰金和克拉拉。"

"我开始有点明白了。"林达斯说。

"那么你也应该理解林德伯格有不止一个理由,要把克拉拉留在山上等死,他不单是为了帮助朋友。"

"他想灭口。"

"克拉拉死而复生就意味着集团再次陷入危险。只可惜我们太专注于手上搜集到的资料,忘了让约翰尼斯了解具体的事态发展。"

"你们就任由他自生自灭。"丽贝卡说。

"我们忘了给予他所需要的支持,我真的深感痛心。"

"最好真是这样。"

"你说得一点也没错,这件事非常令人遗憾也太不公平,凯特琳,希望你听完这些以后也是这么想的。"

"什么?"她说。

"一直以来,约翰尼斯只是努力地想做对的事。"

林达斯没有回答,却盯着手机上的新闻快讯。

"发生什么事了吗?"丽贝卡问道。

"警方在摩根色拉展开行动,可能和麦可有关。"她说。

莉丝的头重重撞到砖墙上,感受到了火炉炽烈的热度。她知道她必须镇定下来,这不只是为了自己。她到底是怎么搞的?可以拿熨斗烫伤男人,可以在他们的肚子上刺字,可以做一些疯狂至极的事,却无法对妹妹开枪,即使关系到自己的生死,也还是下不了手。

她又犹豫了一次,而此时此刻,在四周的狂乱当中,卡米拉已抓住她的伤臂,试图将她拖向火炉。她的头发着了火,嘶嘶作响,人眼看就要摔进火里。但她依然直立着,并看见另一端有一个人(应该是尤马)举枪瞄准她,她回击打中了他的胸口。四面八方都有危险,只见葛里诺夫弯下腰去捡枪,她也打算朝他开火,却没有时间。

布隆维斯特瘫倒在地,痛得脸都纠结变形了,但在倒下的同时抓住了葛里诺夫的肩膀。就在此时,卡米拉倒退了一步,用一种无远弗届的恨意瞪视着莉丝。在做好准备之际,她全身都在颤抖,接着往前冲去,想把她推进火炉。不料莉丝往旁边一闪,卡米拉收不住势头,一切就在瞬间结束了。

可是感觉过了好久好久。不只是动作本身与摔倒的姿态与挥舞的双手,还有她身体摔入火焰中的轰然响声,皮肤烧焦与头发着火的嗞嗞声,紧接而来是随即被烈火点燃的尖叫声,她为了脱困拼命挣扎,接着踉跄了几步,跌回地上,头发和衣服上全是火。

卡米拉哀号着甩头,痛苦地扭动,莉丝却只是动也不动地站在一旁看着这一幕。有那么一刹那,她心想是否应该帮帮妹妹。但她还是没动,倒是发生了其他事情。卡米拉突然安静下来,僵住不动。她想必是从火炉金属框上瞥见自己的倒影,才会忽然又开始尖叫:

"我的脸,我的脸!"

就好像失去了比性命更宝贵的东西似的。不过她多少还可以行动,于是弯身拾起葛里诺夫掉落的枪瞄向姐姐,莉丝一惊,也准备要回击。

卡米拉的头发还在烧,肯定影响了她的视线。她高举着枪摇摇晃晃地转来转去,莉丝则已经手扣扳机,随时准备开枪。就在电光石火的瞬间,她以为自己开枪了,有一记枪声,却不是发自她手上的枪。

是卡米拉，她朝自己的脑袋开了枪，莉丝在不知不觉中伸出一只手，想要说些什么。然而不管是什么话，她始终未说出口。卡米拉砰地倒下，莉丝站在那里俯视着妹妹，整个世界宛如走马灯闪过她的脑海，一个被火焰与毁灭吞噬的世界。

她想到母亲，想到在奔驰车里燃烧的札拉，没多久头顶上传来直升机桨叶的轰鸣声，她低下头看着布隆维斯特，他还躺在地上，离卡米拉和葛里诺夫不远。

"结束了吗？"他喃喃问道。

"结束了。"话刚说完，就听到外面有警察渐渐接近，大声吆喝。

第三十五章
八月二十八日

　　包柏蓝斯基（偶尔也被称为泡泡警官）走在旧玻璃工厂前的荒地上，四下到处是警察和医护人员，还有一支电视团队正在做现场直播。据手下报告，布隆维斯特与许多伤员已经被送走，但令他意外的是，他似乎瞥见一个熟悉的身影，坐在稍远处的一辆救护车上。

　　车门开着，那个人全身布满伤口与尘土，头发烧焦了，一只手臂缠着绷带。她愣愣看着一具担架被抬出来，上面躺着用灰色毛毯包裹的躯体。包柏蓝斯基略带迟疑地趋向前去。

　　"莉丝……你还好吗？"他问道。

　　她没有应声，甚至没有看他。他又接着说：

　　"我们得谢谢你，要是没有你……"

　　"这一切都不会发生。"她打断他。

　　"别这么苛责自己。能不能请你答应我……"

　　"我什么都不会答应。"她的口气让他害怕。他再度想到了从天堂坠落的天使：不侍奉任何人，也不属于任何人，于是不自在地笑了笑，催促救护人员尽快送她就医。

　　这时茉迪正穿过空地朝他走来，他转向她，心想自己已经老了，不适合再处理这种疯狂的事——这念头已转过不下千次。他渴望大海，或者随便哪里，只要是平和又遥远的地方都好。

　　他们盯在手机前坐着。国家电视台正在进行直播，布隆维斯特与莎兰德被抬出建筑物，受了伤，但意识清醒，林达斯不由得热泪盈眶。她双手颤抖，茫然地注视着前方，忽然感觉到有一只手搭放在自己肩上。

　　"看起来他们不会有事的。"科瓦斯基说。

"但愿如此。"她一边说,一边想着自己是否应该马上离开。

但她明白在这个阶段,她什么忙也帮不上,还不如将起了头的工作做完,因为还有一个问题需要解答。

"约翰尼斯,我想民众会同情你的困境,至少那些愿意理解的人会同情你。"她说。

"通常这种人并不多。"丽贝卡说。

"现在我也无法可施了。"福塞尔说,"要不要我们送你到什么地方,凯特琳?"

"不用了,谢谢。"她说,"不过我还有一件事想问你。你说你不常去南翼探望尼玛·里塔,但总是去过几次,对吧?你也一定注意到他的情况不好咯?"

"是的。"

"那么为什么不要求院方做点什么?你为什么不安排让他转到比较好的地方去?"

"我坚持要他们做各种各样的事,甚至对那里的人大声咆哮,但还是不够吧,我想,也许我太轻易就放弃了。我逃避不去面对。也许那不是我能掌控的事。"

"怎么说呢?"

"我们每个人都有自己应付不来的事情。"他说,"到最后就干脆视而不见,假装没有那回事。"

"有这么糟吗?"

"一开始我还是会常常去的,然后我等了将近一年,事情就变成那个样子了,我记得当我再回去的时候,觉得又紧张又不安。他拖着脚向我走来,身上穿着灰色衣服,活像个饱受摧残的囚犯。我站起来,张开手拥抱他,但他的身体僵硬、毫无生气。我试着交谈,问了他许多问题,他的回答都很简短,而且冷淡。他似乎已经放弃了,我的反应很剧烈,心里感受到莫名的怒火。"

"对医院吗?"

"对他。"

"我不懂。"

"很简单,事情就是这样,愧疚感会让人有这种反应,到最后会产生莫名的怒气。尼玛就好像……我的反面。我能过这么幸福快乐的日子,他就是我要付出的代价。"

"你能解释一下吗?"林达斯说。

"你难道不明白?我欠他的,永远也偿还不了。我甚至不能感谢他,因为他会回想起令他痛苦万分的事。我能活命,是因为牺牲了克拉拉,因为牺牲了尼玛,最后还牺牲了他的妻子,我实在难以承受。我再也没有回南翼去,我转过了头。"

第三十六章
九月九日

爱莉卡再次摇头。不,她说,她不知道这一切是怎么回事,但她很清楚地表达她不喜欢他们的遣词用字。她不是什么完美主义者或死板的卫道人士,她其实很厉害,文章充满热情和力量,你们应该要觉得骄傲,而不是抱怨个不停,所以就出去做事吧。

"马上。"她喝道。

"好啦,好啦,"他们嘟哝着说,"我们只是想……"

"你们想怎样?"

"算了,没事。"

当两名年轻的记者史坦・阿斯特罗姆和弗莱迪・韦兰德悄然走出她的办公室时,她又附送了几句斥责。但无可否认,有时连她自己也觉得纳闷,事情到底是怎么发生的?这是一段风流韵事,在饭店的一夜情过后,意想不到的结果,她只知道这么多,但再怎么说……凯特琳・林达斯?

她是这世上最出乎爱莉卡意料、最难以想象会愿意为《千禧年》撰稿的人。然而林达斯爆出了惊天动地的新闻,整篇报道充满了赤裸裸的热忱,文章都还没发表,国防部长福塞尔就已请辞,他的副部长斯万特・林德伯格也遭逮捕,因为有充分证据显示他涉嫌谋杀、恐吓与双重间谍罪。尽管消息已经一天一天、一时一刻地泄漏出去,成为媒体的头条新闻,却仍无损他们杂志社的声誉,也没有浇熄读者对最新一期的热切期盼。

"有鉴于下一期《千禧年》即将披露的内容,我将会辞去内阁的职位。"福塞尔在新闻稿中宣布。

这简直是天外飞来的礼物,但事实上她底下有几名员工无法为这次的胜利庆幸,反倒觉得应该严厉抨击爆出这条独家新闻的人,记者心胸之狭小由此可见一斑。他们还因为必须配合德国杂志《Geo视界》而抱怨连连，因为有一位名不见经传的作家波琳娜·穆勒为该杂志写了一篇文章，叙述确认夏尔巴人尼玛·里塔身份的科学作业程序。

整篇报道的基础当然是布隆维斯特打下的，但他本人一个字也没写。他大部分时间都在吗啡的作用下昏睡，努力对抗疼痛与一连串的手术。医生们的诊断令人放下心来：他估计在半年内就能恢复正常走路，真叫人松了一大口气。不过他依然沉默寡言，心情低落，只偶尔和她谈论她的离婚进展时，才像是又回到从前的他。她说她正在和一个名叫麦可的男人交往，他听了笑起来。

"还真方便。"他说。可是他不肯谈论他自己或是他所受的折磨。

他隐藏起他的痛苦，令她忧心不已。幸运的话，今天他应该会稍微敞开一些心胸。他可以出院回家了，她打算当天晚上去找他。但是要先把他那篇关于网军工厂的报道看一遍，他其实不想发表，所以是心不甘情不愿才传给她。她戴上眼镜读了起来。好，总的说来，开头还不错，她心中暗忖。他的确是撰写引言的高手，不过……可以理解他为什么不满意。

太松垮无力了，拖拖拉拉的，一下子想说太多的东西，于是她先去倒一杯咖啡，然后开始东删一句、西删一句。咦……这是什么东西？文章末尾莫名其妙加了一段，说有个名叫弗拉基米尔·库兹涅佐夫的人不只拥有网军工厂，也是最主要的负责人，而且还在幕后主导网络仇恨言论，这个消息前所未闻。

她查了一下。没有，网络上所能找到关于库兹涅佐夫的数据几乎都是……比较正面的。他似乎是餐厅老板，称得上是个人物，是冰上曲棍迷，也擅长烹煮熊肉排，专门为领导和精英筹办豪华宴会。这和布隆维斯特笔下写的大相径庭。他在文中指称此人散播假消息，并发动黑客攻击，这才引发了今年夏天的股市崩盘。在世界各地散布的谎言与仇恨，有极大部分都是他在幕后推动。这也太劲爆了吧！布隆维斯特到底在玩什么把戏？他怎么能把这种天大消息深藏在报道中，毫无征兆地就这么说出来？

爱莉卡将文章重读一遍，发现库兹涅佐夫的名字可以链接到一些文件，便叫来伊黎娜，她是社里的编辑兼研究员，今年夏天稍早的时候曾帮过布隆维斯特。伊黎娜身材矮壮，脸上挂着大大的牛角眼镜和歪斜的热情笑容。她立刻坐进爱莉卡的位子，埋首于文件数据，大声翻译出来，最后她们彼此互看一眼，低低地说了声：

"不会吧。"

布隆维斯特刚刚挂着拐杖回到贝尔曼路的家，方才爱莉卡在电话上说的话他一句也听不懂。他还是有点迟钝，因为整个人都还在吗啡作用下，头脑沉重，不断有画面闪现。

起初莎兰德和他一起在医院里，让他感到一定程度的平静，或许是因为身旁的人非常清楚他经历了什么，让他觉得好受一些。但就在他渐渐习惯有她相陪，她却一声不响地走了。这当然引起了一阵骚动，不仅医生护士，包柏蓝斯基和茱迪也是分头寻找，她还没做完证人的笔录。但她哪里会在乎这个呢。

莎兰德不见了，他实在难以接受。你这该死的莉丝，为什么老是要从我身边跑开？你看不出来我需要你吗？但他也无计可施，只能用愤怒的咒骂与吃更多止痛药来填补她的缺席。

有时候，在日夜交接的混沌时刻，他会濒临疯狂的边缘，就算好不容易入睡，也会梦见摩根色拉的火炉，梦见自己的身体被慢慢推入火海，遭火焰吞噬。接着当他惊醒或在呼喊声中醒来，总会惊惶失措地低头看，以确定双腿没有着火。

他最平静的时间是有人来探病的午后，有时他会抛开一切，至少可以将玻璃工厂的记忆隔离开来。有一名目光炯炯的黑人女子抱着一束花出现在病房，让他大吃一惊。女子身穿亮蓝色的喇叭裤装，一头整整齐齐的发辫，看起来有如赛跑选手或舞者，走路几乎悄然无声。一开始他不明白为何觉得她面熟，随后想起来了，她是卡蒂·林德，他在菲斯卡街公寓门口（那里目前已是她的住处）见到的那位专业董事兼心理学家。

卡蒂说她读了报上的报道深受感动，想来看看有没有什么帮得上忙的地方，但她似乎还有其他话想说。见她一副坐立不安又有点别扭的神情，他便问她是不是有什么心事。

"我收到一封电子邮件。"她说，"其实说电子邮件并不准确。我的计算机画面闪了一下，然后像变魔术一样，出现了一个关于富米亚银行的佛瑞迪·卡尔颂的档案。你应该知道，就是那个多年来一直不放过我，不停说我坏话的家伙，因为我在《商业周刊》里说他不老实。"

"我隐约记得。"他说。

"而那个档案里有许多铁证，可以证明卡尔颂在负责该银行在波罗的海国家的业务时，曾经从事精密复杂的洗钱活动，我发现他不只是单纯的不老实，还是彻头彻尾的罪犯。"

"天哪。"

"但最让我惊讶的不是这个，而是在档案链接底下的讯息。"

"说了什么？"

"大致是说'我一直在留意监视器，以免有人不知道我搬家了'。就这样，刚开始我不知道那是什么意思，而且没有寄件人的网址和姓名。但我忽然想到你的来访和发生在摩根色拉的惨事，顿时恍然大悟：我买下了莉丝·莎兰德的公寓，这让我……"

"你不需要担心。"他打断她的话。

"担心？不是的，天哪，我一点也不担心，我是崇拜她啊！看得出来那个关于卡尔颂的档案是莎兰德以她的方式在补偿我，担心我会因为她感到困扰。老实说，我太感动了，也让我更想帮帮你们俩。"

"完全不需要，"他说，"你能来看我，我就很感谢了。"

接着布隆维斯特自己也没想到，竟凭着一时的心血来潮，问卡蒂愿不愿意担任杂志社的董事，同时提醒她《千禧年》在媒体市场中极易受到攻击，也有许多买家想方设法要并购他们。她一听，立刻喜上眉梢地答应了，隔天，他也征得了爱莉卡与其他同事的同意。

凯特琳当然是最常到医院来看他的访客，不只是因为他们实际上已是情侣，也因为他们正在合写那篇报道。他一篇接着一篇地阅读草稿，一次又一次地与她讨论内容。林德伯格和英格曼都已被捕，葛里诺夫也是。偶尔以妹妹的身份去探病的安妮卡，告诉他说林德伯格犯了叛国罪，极可能被判无期徒刑，那些非法所得也肯定会面临充公的命运。看起来硫黄湖俱乐部已经没戏唱，不过明星帮恐怕不然，他们的后台太硬了。

然而，福塞尔似乎不会有太大问题，有时候布隆维斯特觉得凯特琳对他太过宽容。但福塞尔毕竟给了他们这条独家新闻，何况他也喜欢这个人，所以这种程度的让步或许还能接受。无论如何，丽贝卡和孩子们应该都松了口气。

有个格外令人振奋的消息是，尼玛·里塔被送回到尼泊尔的汤坡崎，依佛教仪式举行火化，另外也办了一场追思会，罗伯特·卡森会专程从丹佛赶去。菲德丽卡·尼曼也会去。一切似乎都尘埃落定了。但不知怎的，他就是高兴不起来，总觉得自己像个旁观者，尤其是现在当爱莉卡在电话那头，兴奋地噼里啪啦说个不停。她到底在说什么？

"谁是库兹涅佐夫？"他问道。

"你是完全丧失记忆了吗？"

"记忆？什么意思？"

"你都把他晾出来了。"

"我吗？"

"他们到底给你打了什么药？"

"一点也不够重。"

"而且写得也很烂。"

"我已经事先预告了。"

"可是你用你一贯的烂风格清清楚楚地强调，库兹涅佐夫是今年夏天股市崩盘的始作俑者。"

他完全听不懂,于是一瘸一拐地走到计算机前,打开旧档案。

"听起来很疯狂。"

"比起你的反应,还不到一半程度呢。"

"这一定是……"

他话只说到一半,但也不必再说下去,爱莉卡也想到了同一件事。

"是莉丝做的吗?"

"我真的不知道,爱莉卡。"他感到震惊,"不过,你说库兹涅佐夫是吗?"

"你得自己看看。伊黎娜正忙着翻译那些附加的文件和证据。不过真的太难以想象了,库兹涅佐夫就是疯狂姐妹乐团在《以谎言毁灭世界》中唱的那个人。"

"在什么?"

"抱歉,我老是忘记你和世界的联系大概只到老牌歌手蒂娜·透纳而已。"

"别挖苦我了。"

"我尽量。"

"至少让我有机会多了解一下。"

"今天晚上我会过去一趟,到时再聊。"

他想到凯特琳说好傍晚要来。

"我们明天碰面吧,让我有时间把这些事想清楚一点。"

"好吧,顺便问一声,你现在觉得怎么样?"

他略加思索后,决定应该认真回答她。

"很不好过。"

"我想也是。"

"不过现在……"

"怎么样?"

"已经开始有重生的感觉。"

他急着想挂电话。

"我得要……"他接着说。

"和某人联络?"

"可以这么说。"

"那就保重咯。"她说。

他结束通话后,又试了一次在医院已试过无数次的事——联系莎兰德。自从她消失后就仿佛人间蒸发,除了得知她寄送那条消息给卡蒂·林德之外,什么消息也没听说,让他非常担心。这份焦虑是他日常状态的一部分,一种悄悄爬上心头的不安,每到深夜与凌晨时最为严重。他担心她停不下来,会从过往寻找新的阴影,到最后运气总会用光。他一直有个挥之不去的念头,唯恐她命中注定不得善终,这个想法让他无法忍受。

他拿起手机,这回要写什么呢?外头乌云滚滚而来,风势渐起,晃得窗玻璃哐啷作响,他感觉到胸腔内的心扑通扑通跳着。摩根色拉那个血盆大口般的火炉浮现脑海,他思忖着要让这条短信的口气显得严厉:她再不联络,他就要疯了。

但最后还是走轻松路线,就好像害怕被她知道他有多担心似的。

〈所以说光给我一条独家还不够?还要双手奉上库兹涅佐夫的人头〉

可是没有回音。几个小时过去了,白昼转为黑夜,凯特琳来了。他们接吻、共享美酒,他一度忘了他的烦恼。他们不断地聊着,直到十一点左右,才在彼此的怀中入睡。三个小时后他醒来,有一种厄运即将降临的感觉,紧张地拿起手机。可是莎兰德毫无音信。他撑起拐杖,跛着脚走进厨房,在那儿坐到天亮,心里想着她。

尾声

伏尔加格勒西北的戈罗第榭,天色阴霾、风雨将至,阿图·戴洛夫巡官将车停在一栋烧得焦黑的屋子外面的碎石路上。他百思不得其解,为何这场火会引起如此大的骚动。

没有人受伤,建筑物也称不上什么好房子。这一带全是破旧荒废的房舍,而那一间甚至不知屋主是谁。可是却来了一群重要人物,情报人员,也有帮派分子吧?他暗想,还有一些本该在学校或和母亲待在家里的小男孩。他将他们驱离,开始勘查废墟,差不多只剩一个老旧铁炉和坍塌的烟囱,其他一切都已烧毁,连一点余烬都没有。整块地一片黑沉荒芜,正中央开了一个大洞,仿佛通往冥府的入口。废墟旁立着几棵烧焦如鬼魅般的树,枝丫则像是张开的焦黑手指。

一阵阵风吹来,扬起地上的灰烬与煤灰,让人呼吸困难,感觉好像吸入了毒气,阿图不禁胸口一紧。但他摇摇头,甩掉这念头,转向同事安娜·马兹洛娃,她正站在一旁低头看着火灾过后的碎石瓦砾。

"这到底怎么回事?"他问道。

安娜的头发沾了片片煤灰。

"我们认为这是一个宣示。"

"什么意思?"

"这房子是一个星期前,通过斯德哥尔摩一家律师事务所买下的。"她说,"本来住在这里的一家人搬到了伏尔加格勒一个比较舒适的新家。昨天晚上,搬走最后一件家具以后,就听到里面有爆炸声,房子瞬间起火,烧成灰烬。"

"为什么大家这么关心这件事?"他问。

"因为亚历山大·札拉千科,就是创立明星帮犯罪集团那个人,小时候在这里住过几年,父母双亡以后,才搬到乌拉尔区斯维尔德洛夫斯克的一家孤儿院。那家孤儿院在前天烧毁,好像让一些头面人物很担心,尤其那个集团又刚好遭遇了另外几次挫败。"

"那么看起来应该是有人铁了心要烧掉这个邪恶的根源。"他若有所思地说。

空中响起隆隆的雷声。突然一阵强风扫过,废墟中的灰烬与煤灰被卷起,夹带在风中,吹过树梢远去。不久开始下起雨来,空气似乎在倾盆大雨中得到解放,变得清新,阿图也感觉胸口变得轻松起来。

过后不久,莎兰德在慕尼黑降落,在搭出租车进城时,看见手机上有布隆维斯特连续发来的短信。

她过了大半晌才决定答复,她写道:

〈我已经画下句点〉

他立刻就回复了。

〈句点?〉

〈该重新开始了〉

这时她微微一笑,人在贝尔曼路家中的布隆维斯特也露出微笑,虽然她并不知道。感觉是该尝试点新鲜事了。

致谢

衷心感谢我的出版人伊娃·耶丁与经纪人马格达莱纳与杰西卡。

大大地感谢诺斯特的发行人彼得·卡尔森与我的编辑英格玛·卡尔森。感谢斯蒂格·拉森的父亲埃兰德与弟弟约瓦金。

感谢记者兼作家卡琳·波吉斯为我提供关于夏尔巴人基因的信息,感谢法医学教授玛丽亚·艾仑协助我深入研究。

还要感谢卡巴斯基实验室的资深信息安全研究员大卫、我的英国出版人克里斯多夫·麦里浩、我的英文译者乔治·古尔丁、法医学教授亨利克、国家法医委员会斯德哥尔摩分处处长佩特拉、吉他乐手兼作家约翰·诺伯格、DNA顾问雅各布·诺尔斯泰特、瑞典警局巡官彼得,以及诺斯特的琳达·伯格、凯瑟琳·莫克与卡吉莎·洛德——还有我的第一个也是最重要的读者,我的安妮。